FAHRENDES VOLK

Jutta Michels

FAHRENDES VOLK

Carl Schünemann Verlag

In Erinnerung an meinen Vater
Hermann Josef Michels (1929–2016),
der das Dichten liebte.

Prolog

Vagabundenleben

Am Äußeren konnte man redliche Wanderburschen kaum von Bettlern, Hausierern oder kriminellen Gestalten unterscheiden, sie alle trugen ärmliche Kleidung und führten lediglich ein schmales Bündel mit den notwendigsten Dingen bei sich. Die Obrigkeit hatte es daher allen Wanderburschen zur Auflage gemacht, ein kleines Büchlein zu führen, in dem vermerkt wurde, wo und bei wem sie sich um Arbeit bemühten oder gar eine Anstellung bekamen. Die Herbergen, in denen sie übernachteten, notierten die Verweildauer und setzten ordnungsgemäß ihren Stempel darunter – sofern sie einen solchen besaßen. Das Nächtigen unter freiem Himmel oder versteckt an anderen Orten hingegen war den redlichen Wandergesellen streng untersagt. Schnell konnte man deswegen bei einer Polizeikontrolle in Unannehmlichkeiten stecken und eine Strafe auferlegt bekommen.

Begegnungen unterschiedlichster Art zeugten von der Lebendigkeit des Wanderdaseins. Dennoch waren es nicht nur Handwerksgesellen auf der Walz, die durch die Lande zogen. Denn das Leben auf der Straße versprach Freiheit, wenn man sich darauf verstand.

Kontrollen umgehen, Gefahren im Voraus wittern und eine gehörige Portion Menschenkenntnis, damit ließ sich das Leben auf der Straße meistern. Woher man kam, war zweitrangig, hier zählten andere Werte.

Doch es gab auch schmerzliche Entbehrung. Wenn man sich beispielsweise mit Frauen einließ, dann nur für kurze Zeit. Es gab ab und zu Gelegenheit, eine unerfahrene Magd zu verführen, sich auf den Jahrmärkten den leichtfertigen Schaustellerinnen zu nähern oder ausnahmsweise etwas Geld für eine Hure abzuzweigen. Und manchmal, wenn die Hose arg wurde, musste man sich einfach nehmen, wonach einem zumute war. Mit Liebe hatte dies nichts zu tun, dafür bot das Straßenleben keinen Raum.

Viele redliche Vagabunden verdingten sich als Tagelöhner, arbeiteten für wenig Geld, das stets nur für das Notwendige ausreichte. Umso wichtiger war es, heimliche Quartiere und geeignete Unterschlüpfe zu kennen.

Ein erfahrener Vagabund nächtigte inmitten der sesshaften Bevölkerung, ohne von ihr bemerkt zu werden. Und erst, wenn er weitergezogen und sich genommen hatte, was fehlte, bemerkten die Dorfbewohner seine Anwesenheit.

Bremer Freimarkt

Oktober 1894

»Diese Menschenfresser würden nicht einen Augenblick zögern, Sie, meine verehrten Damen und Herren, bei lebendigem Leibe zu verspeisen!«, verkündete der Rekommandeur lauthals und wies mit der Nilpferdpeitsche in der rechten Hand auf eine kleine Gruppe farbiger Männer, die in archaischen Eisenkäfigen eingesperrt auf dem erhöhten Podium ausgestellt waren. Mit ernsthafter Miene schritt der wohlgenährte Betreiber der Schaubude auf der erhöhten Bretterbühne hin und her. »Direktor Carl Faustus' Theaterbühne« stand in kunstvoll ausgemalten Buchstaben über dem Eingang geschrieben und es gab keinen Zweifel daran, dass der kleine Mann der Direktor selbst war.

Hanebüchene Übertreibungen und eine durchdringende Stimme gepaart mit einer seriösen Erscheinung, das war die Mixtur eines erfolgreichen Anpreisers, der auf der kleinen Vorbühne das zu erwartende Programm anpries. Es war der letzte Freimarkttag und so bot der Mann noch einmal all sein Können auf, um das zahlungswillige Publikum anzulocken.

Dicht an dicht reihten sich die Attraktionen auf dem Rathausplatz, bildeten kunstvolle Gassen, die scheinbar in zauberhafte Welten führten. Der sehnsuchtsvolle Klang einer Drehorgel schien von den wohligen Düften der Bratbuden getragen zu werden. Dazwischen hallten immer wieder die dumpfen Schläge eines Holzhammers auf einen Metallknopf. »Hau den Lukas« erfreute sich gleichbleibender Beliebtheit, konnten doch hier die Kavaliere ihren Angebeteten imponieren.

Der Freimarkt war ein Fest für die Sinne, eine Auszeit vom harten Alltag, der keinen Raum für Träumereien zuließ. Umso mehr konkurrierten die Schaubuden um das zahlungswillige Publikum. Sie versprachen Illusionen gegen reale Taler. Schlangenmenschen, Riesen und Zwerge, Messerwerfer oder abnorme Geschöpfe, die aufgrund einer körperlichen Besonderheit interessant waren, sie alle versuchten, mit ihren Darbietungen möglichst viel Geld in die Kassen zu spielen. Auffallen um jeden Preis war die Devise. Wer sich nicht von der Masse abhob, machte keine Geschäfte. Je vollmundiger und unvorstellbarer die Ankündigungen ausfielen, umso mehr weckten sie die Neugier. Einige Schaubudenbesitzer annoncierten sogar im Voraus und versprachen wahre Weltwunder.

Direktor Carl Faustus' Stimme übertönte die Kakofonie des Rummelplatzes und erreichte so das vorbeiströmende Publikum, das sich zögernd näherte und endlich eine große Menschentraube bildete.

In zweiter Generation betrieb er das einträgliche Geschäft und zog mit seiner Schaubude von Jahrmarkt zu Jahrmarkt. »Direktor Carl Faustus' Theaterbühne« war weithin bekannt für die fantasievollen Inszenierungen mit afrikanischen Menschen. Aber auch die anderen Darbietungen waren durchaus von Bedeutung, ganz besonders in den Zeiten, zu denen kein Markt die Massen lockte. Und Faustus' sicheres Gespür für die Bedürfnisse der Bevölkerung ließ ihn auch heute nicht im Stich. Das Publikum liebte die vermeintliche Gefahr, das Anders- oder Abartige und Verruchte. Voyeurismus existierte in allen Gesellschaftsschichten. Und besonders die Männer fühlten sich nicht nur durch das Kräftemessen, sondern auch durch die scheinbaren sexuellen Versprechungen der knapp geschnittenen und eng anliegenden Kostüme und der unorthodoxen Verhaltensweisen der Artistinnen angesprochen, die eine willkommene Abwechslung zur prüden bürgerlichen Wirklichkeit boten. Auch Faustus' Tochter Flora beherrschte die Rolle der zauberhaften und begehrenswerten Seiltänzerin in Perfektion, wobei der Direktor eifersüchtig über sie wachte. Sie war gerade 18 Jahre alt, bildschön und alles andere als ein leichtfertiges Frauenzimmer. Mit ihren langen rotblonden Haaren, den klaren grünen Augen und einer zum Himmel strebenden, von Sommersprossen überzogenen Stupsnase sah sie aus wie eine zarte Elfe.

Illusionen aufbauen, in Szene setzen und verkaufen, das hatte Direktor Faustus von Kindesbeinen an gelernt und an sie weitergegeben. Nichts anderes bot sie ihrem Publikum erfolgreich an – und wehrte die zahlreichen Avancen junger und älterer Männer später charmant, aber bestimmt ab.

Ausstaffiert mit einem makellos weißen Matrosenanzug erweckte der Direktor den Eindruck, als sei er soeben von einer weiten Seereise aus Afrika an diesen Ort zurückgekehrt. Allen Gefahren zum Trotz schien es ihm gelungen zu sein, die gefährlichen Wilden einzufangen und auszustellen. Wie zum Beweis baumelte eine große südländische Seeschnecke an einem Lederband um seinen kräftigen Hals. Ein exotisches Mitbringsel, das er in Wahrheit von einem Seemann in Hamburg erstanden hatte. Es erfüllte seinen Zweck hervorragend. Carl Faustus' gedrungene und stets gebräunte Gestalt strahlte eine natürliche Autorität aus, der sich die Wilden offensichtlich unterworfen hatten. Mit gesenkten Häuptern hockten sie, nur mit einem Lendenschurz bekleidet, auf kleinen Holzkisten in den kargen Tierkäfigen. Der einzige Schmuck bestand aus zarten Bändern elfenbeinfarbener Kaurimuscheln, die die kräftigen Fußgelenke der Wilden zierten. Sie zeigten kaum eine menschliche Regung. Doch ihre glänzenden muskulösen Körper ließen ihre Kraft erahnen.

»Doch, was für ein Glück«, verkündete der kleine Direktor selbstsicher weiter, »das Bürgerliche Gesetzbuch verbietet es diesen Wilden, uns auf ihren Speiseplan zu setzen.« Lachen erscholl aus dem Publikum. Jetzt hatte er die ungeteilte Aufmerksamkeit der Menschenmenge. Gelassen tippelte Direktor Faustus mit kleinen Schritten gefährlich nahe an den Käfigen vorbei, dann steckte er seinen linken Arm durch die Gitterstäbe und griff mit der Hand unter das Kinn eines der Männer. Dieser fletschte daraufhin die Zähne dem Publikum entgegen und gab ein knurrendes Geräusch von sich. Einige erschrockene Ausrufe quittierten das Geschehen, manche Menschen zuckten zurück, aber die Mehrheit des Publikums hoffte auf weitere Attraktionen. Diesen Moment nutzte Direktor Faustus, ließ den Mann los und forderte die neugierig gewordenen Menschenmenge auf: »Hereinspaziert! Unsere große Schau mit den wildesten und stärksten Männern Afrikas beginnt in wenigen Minuten. Außerdem kämpfen die mutigsten Zuschauer gegen einen der Wilden. Dem Sieger winkt ein hoher Preis, der Verlierer muss um sein Leben fürchten.« Während seiner Ansage zog er ein Bündel Geldscheine aus der Anzugtasche und hielt es wie ein Versprechen in die Luft. »Der Eintritt beträgt 20 Pfennige. Unser reizendes Fräulein Flora«, dabei deutete er auf seine zierliche Tochter, die in einem kurzen paillettenbestickten Kleid hinter einem winzigen Kassentisch stand und verführerisch lächelte, »verkauft am heutigen Tage die Billetts und wird später in der ihr angeborenen Anmut ihr Können am Hochseil zeigen. Außerdem dabei: Herkules, der stärkste Mann der Welt. Gegen ihn ist kein Kraut gewachsen. Auch hier winkt dem Bezwinger ein ordentlicher Gewinn. Hereinspaziert! Für nur 20 Pfennige erleben Sie eine Schau der Spitzenklasse.«

Die Zuschauerblicke wanderten zwischen Direktor Faustus, den angsteinflößenden Wilden, dem muskulösen Herkules und der anmutigen Flora hin und her. Direktor Carl Faustus bediente mit seiner Schau die unterschiedlichsten Bedürfnisse. Er forderte zum Wettkampf heraus, stellte einen attraktiven Preis in Aussicht, zeigte exotische und erotische Elemente. Und am Ende stimmte seine Kasse.

Während einige Zuschauer noch zögerten, stürmten andere die schmalen Holzstufen hinauf, um ein Billett zu erwerben und sich die besten Plätze zu sichern. Der Weg führte seitlich an den Käfigen vorbei eine schmale Treppe hinunter in den Vorstellungsraum des Stabuffs, wie die Schausteller ihre Buden nannten. Dieses bestand aus einfachen Bretterwänden und einem ebensolchen Dach, das Schutz vor jeglichen Wetterkapriolen bot. Im Halbkreis verteilten sich einfache Holzbänke um die mittig gelegene Bühne, auf denen bis zu fünfzig Personen dicht gedrängt Platz fanden. Der gesamte Raum lag in einem schummrigen Halbdunkel. Für die Vorstellung wurde eine im Dach befindliche Luke geöffnet, die das Tageslicht direkt auf die Bühne fallen ließ – und im schlechtesten Fall auch schon einmal Regen.

Nur wenige Minuten später war das Stabuff bis auf den letzten Platz gefüllt und die Menge erwartete ungeduldig den Beginn der angekündigten Attraktionen.

Mit der geflochtenen Nilpferdpeitsche schlug nun Direktor Faustus kräftig gegen die rostigen Stäbe der Käfige, die noch oben auf dem Rekommandierpodium standen. Dahinter senkte sich ein dunkler Vorhang herab, der den Eingang verschloss und den Passanten Einblicke verwehrte. Aufgeschreckt durch die Peitschenhiebe gebärdeten sich die Eingesperrten wie wilde Tiere. Sie tobten, klammerten sich an den Gitterstäben fest, rüttelten daran, trommelten sich mit den Fäusten auf die Brust und schrien dem Publikum fremdartige Laute entgegen. Augenblicklich richtete sich die gesamte Aufmerksamkeit auf sie und es herrschte angstvolles Schweigen. Alle Augen ruhten auf Direktor Faustus, der hoffentlich wusste, was er da provozierte. Dieser ließ sich nicht aus der Ruhe bringen, vielmehr setzte er die große Seemuschel an die Lippen und blies hinein. Es folgte ein tiefes, vibrierendes Geräusch, das dem Tuten eines Dampfschiffes glich. In diesem Moment öffnete sich wie von Zauberhand die Luke in der Decke der Schaubude. Tageslicht drang ein und tauchte den gesamten Innenraum in ein diffuses Licht. Gleichzeitig endete der Spektakel der wilden Männer abrupt.

»Gesucht werden zwei bis acht todesmutige Männer aus dem Publikum, die die Käfige samt Inhalt von hier oben, die wenigen Stufen hinunter, bis in die Mitte der Hauptbühne tragen«, rief der Direktor in die gespannte Stille hinein. Auffordernd blickte er sich nach geeigneten Kandidaten um. An allen Seiten schnellten Arme empor, sodass binnen weniger Sekunden sogar zehn Träger gefunden waren.

»Auf gar keinen Fall dürfen Sie die Wilden reizen, weder durch Knuffen oder Albernheiten noch durch Worte, wenn Sie die Käfige tragen, sonst kann ich für nichts garantieren«, instruierte der Direktor die Träger. »Zwar sind sie so abgerichtet, dass der Klang der Seemuschel sie beruhigt, aber ob dies wirklich immer gelingt, wage ich nicht zu beschwören.«

Die zehn freiwilligen Träger verteilten sich auf die Käfige, packten jeweils die Eckstäbe mit festem Griff und hoben die Käfige leicht an. Sie schwankten unter ihrer Last, bis sie das Gewicht ausbalanciert hatten. Dann schleppten sie ihre Fracht die Stufen hinunter. Hier reihten sie die Käfige nebeneinander auf, bevor sie unter verhaltenem Beifall erleichtert auf ihre Plätze zurückkehrten.

»Hochverehrtes Publikum«, wandte sich Direktor Faustus nun wieder an die aufmerksame Zuschauermenge, dabei wiegte er seinen massigen Körper vor und zurück, »diese Wilden erscheinen mir heute friedlich gestimmt, sodass ich es wagen kann, einen einzigen von ihnen aus dem sicheren Käfig hinauszulassen. Allerdings bedarf es dazu Ihrer unverzichtbaren Mitarbeit, verehrte Anwesende.« Der erfahrene Mann verstand sich darauf, die Spannung im Raum immer weiter zu steigern. »Wohlgemerkt, der Käfig dient Ihrem Schutz, verehrtes Publikums.« Er macht eine dramatische Pause und ließ seine Worte auf die Anwesenden wirken, die wie gebannt an seinen Lippen hingen. »Zu Ihrer eigenen Sicherheit achten Sie bitte darauf, die Wilden nicht durch lautes Grölen oder durch provozierende Gesten in Rage zu versetzen. Auch ist es nicht erlaubt, in die Kämpfe einzugreifen. Diese Wilden hier waren in ihrer Heimat gefürchtete Kämpfer, die so manchem Gegner im Zweikampf Mann gegen Mann den Hals umdrehten. Ich selbst habe es mit eigenen Augen gesehen«, versicherte er und zog dabei die Nilpferdpeitsche demonstrativ entlang der eigenen Kehle. »Von Gesetzes wegen muss ich darauf hinweisen, dass ich für Schäden an Leib und Leben nicht hafte. Wenn Sie also die Vorstellung doch lieber verlassen möchten …« Er atmete tief ein und musterte die Besucher. Die Spannung war auf dem Höhepunkt angelangt und es war an der Zeit, mit der eigentlichen Vorstellung zu beginnen.

»Wer von den Anwesenden ist mutig genug und traut sich zu, einen dieser Wilden im Ringkampf zu bändigen?«, fragte er ins Publikum. Einige Übermütige drängten sofort an den Rand der Bühne, machten durch Rufen und Handzeichen auf sich aufmerksam. Die Unruhe übertrug sich auch auf die schwarzen Männer in den Käfigen. Sie fletschten erneut ihre weißen Zähne in Richtung Publikum und gaben fremdartige Grunzlaute von sich, dabei rüttelten sie an den Käfigstäben. Mit sicherem Gespür wählte Carl Faustus einen Zuschauer aus der Menge vor der Bühne aus. Der Bursche war knapp dreißig Jahre alt, hatte breite Schultern, kräftige Arme und Hände. Doch einen kampferfahrenen Eindruck machte er nicht. Faustus reichte ihm die Hand und zog ihn mit einem kräftigen Ruck zu sich auf die Bühne. Lauter Beifall erklang, der jedoch nach wenigen Sekunden durch eine eindeutige Geste beendet wurde.

Das Publikum versuchte trotzdem, die Auswahl des Gegners durch Zurufe zu beeinflussen, bis alle einvernehmlich auf einen der Wilden zeigten.

»Eine gute, aber auch eine gefährliche Wahl!«, rief der Direktor. »Dies ist ein kongolesischer Prinz, der in seiner afrikanischen Heimat aufgrund seiner Tapferkeit vier Frauen ehelichen durfte und mit ihnen 60 Kinder zeugte. Dies ist sonst nur den mächtigsten Häuptlingen gestattet. Auch praktiziert sein Stamm die zehn blutigsten Rituale des gesamten Kontinents, die mir bekannt sind.« Bei diesen Worten verstummte das Publikum nach und nach.

Diese Spannung nutzte Faustus, um an einen mit einem seidigen Tuch abgedeckten Gegenstand heranzutreten, der, von der Zuschauermenge unbemerkt, auf der Bühne abgestellt worden war. Mit einer ruckartigen Bewegung zog er den Stoff herunter. Die Zuschauer fuhren erschrocken zurück, da in dem darunter befindlichen Vogelbauer ein aufgeschrecktes Huhn laut gackernd mit den Flügeln schlug. Auf dem Boden des Bauers lag ein großer Schlüssel, den der Direktor herausnahm und dann mit einer theatralischen Geste in das massive Schloss des Käfigs steckte, in dem der kongolesische Prinz gefangen war. Quietschend öffnete sich der Käfig und in einer eigenartigen Sprache befahl Faustus dem Wilden herauszukommen, um zu kämpfen. Der Freiwillige aus dem Publikum trat unwillkürlich einen Schritt hinter den Direktor zurück, als ob er seinen Mut bereits bereue. Der Wilde fixierte ihn, warf aggressiv den Kopf in den Nacken, trommelte sich mit beiden Fäusten auf den Brustkorb und stimmte ein ohrenbetäubendes Gebrüll an. Dann stürzte er wie besessen zu dem Hühnerkäfig, riss ihn auf und biss dem Huhn den Kopf ab. Anschließend saugte er das Blut aus dem toten Tier heraus und spuckte es dem Herausforderer vor die Füße. Sein Gesicht und Körper waren überall mit Blut besudelt, was ihm ein noch furchterregenderes Aussehen verlieh. Angesichts der schauerlichen Tat bekamen es einige Zuschauer gehörig mit der Angst zu tun und forderten lauthals, der Direktor möge den Wilden in seinem Wahnsinn aufhalten. Direktor Faustus ließ sich nicht lange bitten und ergriff die Seeschnecke. Aus Leibeskräften blies er hinein. Seine Wangen blähten sich nach außen, wie bei einem balzenden Frosch. Der lang gezogene dumpfe Ton übertönte den Tumult und beruhigte offenbar den Wilden und in der Folge auch die Menschenmenge.

»Zivilisierte Sprachen verstehen diese Wilden nicht, aber die Kampfregeln sind ihnen bekannt. Keine Griffe in die Geschlechtsteile, in Körperöffnungen oder an die Kehle. Treten, Boxen und Spucken sowie das Ausreißen von Haaren sind verboten. Gerungen wird drei Runden, die Zeit wird durch diese Sanduhr angezeigt«, erklärte der Direktor und zeigte auf eine zwei Fuß große Sanduhr, die Flora keck präsentierte. »Gewonnen hat derjenige, der den Gegner zu Boden ringt und ihn dort 20 Sekunden lang halten kann. Die Sekunden werden vom Publikum unter meiner Anleitung heruntergezählt. Möge der Stärke gewinnen!«, eröffnete Direktor Faustus den Ringkampf und Fräulein Flora drehte die Sanduhr mit einer grazilen Geste zum ersten Mal um.

Die beiden Kontrahenten umrundeten sich zunächst abschätzend und versuchten, die Schwächen des Gegenübers auszumachen, um sich in eine gute Position zu bringen. Der Wilde, der plötzlich sehr konzentriert schien, konnte sich durch die spärliche Bekleidung leichter bewegen und war durch das Blut auch schwieriger zu packen. Die Hand des Herausforderers rutschte immer wieder von dem feuchten Körper ab. Der Bursche aus dem Publikum trug ein ordentliches Hemd und eine derbe Stoffhose mit Hosenträgern. Jackett, Lederstiefel sowie Strümpfe hatte er vor dem Kampf abgelegt. Es dauerte nur anderthalb Sanduhren, bis der Wilde die Hosen seines Gegners zu fassen bekam, ihn in die Luft hob, auf den Rücken drehte, zu Boden presste und sich mit seinem gesamten Gewicht auf ihn setzte. Dann senkte er ganz langsam den Kopf zu seinem Widersacher und fletschte erneut die Zähne. Im Gesicht des Unterlegenen zeigte sich Panik. Augenblicklich gab der Direktor den Einsatz und das Publikum begann rückwärts zu zählen. Bei 15 bäumte sich der Unterlegene ein letztes Mal auf, merkte aber schnell, dass er chancenlos war. Dann ergab er sich dem Wilden. Direktor Faustus trennte die beiden Kämpfer und ehrte den Sieger, indem er dessen Arm nach oben streckte. Der Verlierer stieg erleichtert von der Bühne, froh darüber, das Abenteuer gesund überstanden zu haben. Und Carl Faustus grinste zufrieden, während er die nächste Attraktion ankündigte, das Preisgeld blieb auch heute in seiner Kasse.

Im anschließenden Boxkampf benötigte Herkules lediglich eine Runde, um seinen Gegner aus dem Gleichgewicht zu bringen. Benommen verzichtete dieser auf die Fortsetzung des Kampfes.

Dann zeigte Flora all ihr Können auf dem Hochseil. Sie feuchtete die Ledersohlen ihrer weichen Ballerinaschuhe an, ergriff ihr kleines Schirmchen und ließ sich mit Schwung von Herkules auf das dünne Drahtseil katapultieren.

»Hoppla!«, ertönte ihre klare Stimme von oben auf die Zuschauer herab, als Flora auf dem Seil zu sitzen kam. »Musik bitte!«, forderte sie dann den Drehorgelmann auf, der mit seinem Instrument bereitstand. Für Notfälle hielt sich Herkules bereit, der ihre Künste aufmerksam beobachtete und vorauszuahnen schien, wann es gefährlich wurde. Er war ihr Sicherheitsnetz und fing sie im Notfall auf. Glücklicherweise benötigte sie diesen Schutz nur sehr selten. Sie tänzelte zu der Musik über das Seil und spielte all ihren Liebreiz aus. Sie vollführte Drehungen auf einem oder zwei Beinen, glitt langsam in den Spagat und wippte mit dem Seil auf und ab, bis die Drehorgel verstummte. Besonders ihr Abgang war spektakulär und machte sie zu einer kleinen Berühmtheit. Flora glitt rückwärts am Seil herunter und blieb mit angewinkelten Beinen dort hängen, ohne die Hände zu benutzen. Sie schwang vor und zurück, während ihr kurzes Röckchen sich zu einem Blütenkelch formte und ihren Oberkörper umspielte. Plötzlich streckte sie die Knie durch, drehte sich im freien Fall und landete aus drei Metern Höhe in den sicheren Stand am Boden. Erschreckte Ausrufe durchbrachen die Stille, dann folgte erlösender Beifall. Ein paar Verehrer, die nicht zum ersten Mal in ihrer Schau waren, warfen ihr Blumen zu, die sie artig aufsammelte, ohne jedoch auf die drangehängten Kärtchen mit Einladungen zum Rendezvous einzugehen. Sie knickste mehrfach, bedankte sich mit vielen Handküssen und Verbeugungen für den Applaus. Dann trat Herkules hinter sie und ergriff mit beiden Händen ihre schmale Taille. Einer Feder gleich hob er sie auf seine linke Schulter und trug sie hinaus. Direktor Faustus beendete das Programm und entließ ein freudig erregtes Publikum.

Die Geschäfte liefen ausgezeichnet und Carl Faustus war sehr zufrieden. Dennoch stand ihnen eine weniger erfreuliche

Zeit bevor. Die letzte Vorstellung auf dem Bremer Freimarkt bedeutete zugleich, Abschied zu nehmen von lieb gewonnen Freunden und der Stadt, in der sie gerne gesehen waren. Die einzelnen Schausteller zogen in alle Himmelsrichtungen davon, jede Familie pflegte ihre eigenen Kontakte, um über den Winter zu kommen.

Kaum dass Flora und Herkules das Stabuff verlassen hatten, entwand sich Flora dem starken Griff und eilte zum Einspänner, mit dem sie durch die Lande zogen. Er stand etwas abgeschirmt von den Menschenmassen hinter dem Stabuff. Er war ihre Zuflucht, ein einziger Raum diente ihnen als Wohn- und Schlafplatz, aber auch als kleine Küche. Und in der Winterzeit wurde er zudem zum magischen Kabinett, in dem Fräulein Flora die Karten legte. Eine kleine Küchenhexe, die fest mit dem Holzboden verschraubt war, ermöglichte das Kochen und wärmte zugleich den Raum. Das Ofenrohr steckte in der dünnen Holzwand und streckte sich über das gerundete Dach hinweg, sodass der Rauch problemlos abzog.

Flora tauschte schnell ihr Paillettenkostüm gegen ein warmes Wollkleid, dann warf sie sich eine Schürze über. Im Küchenwagen, so nannte sie ihr mobiles Heim seit Kindertagen, lag schon das Huhn bereit, das in der Vorstellung sein Leben hatte lassen müssen.

»Oh, du arme Henne!«, sprach Flora, während sie das Huhn an den Beinen hochhob. Es hatte ordentlich Gewicht, stellte sie erleichtert fest, und eine pralle Brust, sodass sie reichlich Fleisch für das Festmahl zur Verfügung hatte. Diese blutige Darbietung zeigten sie nur, wenn am Abend Huhn auf dem Speiseplan stand.

Das ganze blutrünstige Gehabe war nichts weiter als aufgesetzt und einen kongolesischen Prinzen hatte niemand von ihnen jemals getroffen. Keiner der »Wilden«, geschweige denn ihr Vater, war jemals in Afrika gewesen. Die deutsche Sprache beherrschten sie alle gut, auch wenn nicht jeder des Lesens und Schreibens mächtig war. Es waren einsame, verlorene Seelen, die in den Schaustellerkreisen eine Heimat fanden. Das einfache Volk ließ sich leicht durch so ein Spektakel beeindrucken, gerade auf dem Lande. So sorgten sie mit ihren archaischen Vorführungen für reichliche Einnahmen.

Gekonnt brühte Flora das geköpfte Huhn mit kochendem Wasser ab, rupfte die Federn, senkte die Kielenden mit einem Kerzenstumpf ab und entfernte die Innereien. Während das Huhn im Wasserbad köchelte, putzte sie Gemüse, Liebstöckel und andere Kräuter, wog Grütze und kleine Nudeln ab. Sie kreierte eine reichhaltige und wohlduftende Hühnersuppe auf der kleinen Feuerstelle im Wagen. Seitdem ihre Mutter vor fünf Jahren verstorben war, verrichtete Flora die hauswirtschaftlichen Aufgaben meistens alleine. Allerdings forderte sie Hilfe an, wenn es um gröbere Tätigkeiten ging, die Kraft erforderten, wie zum Beispiel das Auffüllen der Wasservorräte. Aber das Kochen liebte sie und ließ sich von den Männern nur ungern ins Handwerk pfuschen. Lediglich die Hilfe ihrer Tante Kassandra, die auf einer der Nachbarbühnen als Frau ohne Unterleib auftrat, im realen Leben aber sehr wohl auf beiden Beinen stand, akzeptierte Flora nur allzu gerne. Sie war die Zwillingsschwester ihrer Mutter und erinnerte sie auf wohltuende Weise an die Verstorbene, da Flora nichts mehr fürchtete, als das Gesicht ihrer Mutter mit der Zeit zu vergessen. Das Seiltanzen hatte sie von ihr erlernt, auch die vielen kleine Kniffe und lieblichen Posen. Flora liebte die spektakulären Auftritte auf dem Hochseil, welches ihrer Mutter zum Verhängnis geworden war. Die Erinnerung daran versuchte Flora beiseitezuschieben.

Schnell verdrängte sie die trüben Gedanken und suchte das passende Geschirr zusammen. »Herkules«, rief sie energisch aus der Tür des Küchenwagens heraus, »trage mir bitte die Zinkwanne mit dem Geschirr hinüber ins Stabuff.«

Dort bauten die Männer aus einfachen Holzplatten und Böcken Tische auf. Herkules trug drei Zuschauerbänke gleichzeitig, die sie vor die Tische stellten. Das machte ihm so schnell keiner nach. Zum Scherz versuchte noch einer der Männer, sich oben drauf zu setzen.

»Wenn du zu schwach zum Laufen bist, ist es nicht klug, sich mit mir anzulegen!«, kommentierte Herkules den unsinnigen Versuch, folgte dann aber rasch dem Ruf von Flora. Das zarte Fräulein konnte ganz schön unwirsch werden, wenn man nicht sofort ihren Wünschen, die wohl eher Befehle waren, nachkam.

Der Drehorgelmann gesellte sich mit seinem Instrument dazu und spielte, was das Zeug hielt. »Mit Musik geht doch alles viel leichter!«, rief er den anderen Männern zu, die mit dem Aufbau fast fertig waren. »Was für ein Glückspilz, der im Handumdrehen sein Geld macht«, spottete einer der Männer zurück. Doch niemandem wäre es in den Sinn gekommen, dem Drehorgelmann das Musizieren zu neiden.

Nach den letzten Vorstellungen trudelten die befreundeten Artisten nach und nach ein. Carl Faustus war einer der wenigen Schausteller, die es zu etwas Wohlstand gebracht hatten. Mit einer mobilen Schaubude zog er in den Sommermonaten durch die Lande. Viele andere Artisten mieteten sich in Gasthäuser ein oder zeigten ihre Schau unter freiem Himmel, wobei sie lediglich dünne Stoffbahnen als Sichtschutz verwendeten und den Launen der Witterung schutzlos ausgeliefert waren. Entsprechend geringer war ihr Einkommen bei schlechtem Wetter.

Es wurde ein rauschendes Abschiedsfest. Flora erhielt ordentlich Lob für ihre Kochkünste. Der Suppentopf wurde restlos geleert. Auch dem Alkohol sprachen die Feiernden reichlich zu. In spielerischer Spontanität ergriff Diamondo, der ungarische Teufelsgeiger, sein Instrument und ließ es erklingen. Sein schwarzes Haar wirbelte im Rhythmus des Bogens zu den Zigeunertonleitern, die die Besonderheit seiner Musik ausmachten. In typischen Tempiwechseln entlockte er seinem Instrument schnelle temperamentvolle Melodienfolgen, die von gefühlvollen getragenen Passagen wieder eingefangen wurden. Rhythmisches Klatschen, gemischt mit fröhlichem Gesang begleitete ihn. Am Ende hielt es viele nicht mehr auf den Holzbänken. Flora und Kassandra tanzten so wild um die Tische herum, dass ihre Gesichter rot anliefen. Die Stimmung wurde immer ausgelassener. Prinz Zaunkönig, der kleinste Mann der Welt, er maß gerade einmal 78 Zentimeter, nahm all seinen Mut zusammen und versuchte, seinem Namen alle Ehre zu machen. Wie ein König näherte er sich mit erhobenem Haupt einer unfassbar großen und massigen Frau.

»Ich bitte Euch um den ersten Tanz des Abends, liebliche Anita, solange ich noch auf beiden Füßen zu stehen vermag«, säuselte er angeheitert zu ihr aufblickend. Er ergriff ihre mächtige Pranke und Anita zog ihn lachend in die Höhe, sodass er mit beiden Beinen einige Zentimeter über dem Boden in der Luft zappelte.

»Das nenne ich todesmutig!«, lachte einer der Gäste und haute sich auf die Oberschenkel. »Nimmst du dir den kleinen König zur Brust, damit du nicht aus Versehen über ihn stolperst? Gefallene Frauen gibt es schließlich schon genug«, spottete er.

Viel Genuss und wenig Bewegung war das Geheimnis der üppigen Artistin, die als dickste Frau der Welt und lebender

Amboss auf der Bühne zu sehen war. Bei ihren Auftritten hielt sie auf ihrem Schoß ein massives Brett mit Steinen, die ihr Partner dort mit einem Hammer zerschlug. Dabei zuckte sie für gewöhnlich mit keiner Wimper. Allerdings verfiel ihr fleischiger Körper bei jedem Schlag in eine anhaltende Vibration.

Das ungleiche Paar gebärdete sich allen Unterschieden zum Trotz ausgelassen. Mehrfach fürchtete Flora um das Leben des kleinen Prinzen. Anita drohte ihn mit ihrem gewaltigen Körper unter sich zu begraben, wenn sie ins Straucheln gerieten. Die Folgen mochte sie sich nicht ernsthaft vorstellen. Sie fragte sich besorgt, ob Anita es überhaupt bemerken würde, wenn sie auf den kleinen Mann fiele.

Als die massige Frau erneut stolperte und sich in höchster Not auf eine der Bänke plumpsen ließ, brach diese krachend zusammen. Für einen kurzen Moment erstarb die Musik und es herrschte vollkommene Stille. Dann brach die gesamte Gesellschaft in schallendes Gelächter aus und drei kräftige Männer halfen ihr wieder auf die Beine. Und auch Prinz Zaunkönig tat sein Möglichstes, um zu helfen.

»Nun lass mal gut sein, kleiner Prinz!«, teilte Anita ihr Desinteresse an weiteren Tanzeinlagen mit. »Sonst werden die anderen Frauen noch ganz eifersüchtig.«

Auch die Siamesischen Zwillingsschwestern Bora und Lora, die bereits mit einer einträglichen Varieté-Schau durch weite Teile Europas gereist waren, sprachen dem Starkbier zu. Kichernd wünschten sie gegenseitig ein langes Leben, wenn sie miteinander anstießen. Und der Alkohol entfaltete schnell seine Wirkung. So endete ihre Tanzeinlage in einem Desaster, da sie sich nicht auf die Richtung einigen konnten. Die Eine strebte mit ihren Schritten nach vorne, die andere nach rechts. Mehrfach rangen sie um die Richtung, obwohl sie in Gesang und Tanz ausgebildet waren. Es folgte ein handfester

Streit, sogar Ohrfeigen gaben sie sich gegenseitig, da keine von beiden einlenkte. Am Ende wünschte eine der anderen den Tod, was völlig unsinnig erschien, da dies einem Selbstmord gleichkäme. Zwar besaßen sie zwei Köpfe mit eigenen Meinungen, vier Arme und Beine, die sie unabhängig voneinander bewegen konnten, aber nur einen gemeinsamen Leib. Er musste verdauen, was die beiden Schwestern ihm zuführten, und beim Trinken mochte heute Abend keine von Beiden ganz verzichten.

»Was für eine üble Sache treibt ihr da?«, fuhr Flora die Streitenden erbost an. »Morgen in der Frühe werden euch beide Köpfe schmerzen, weil ihr so stur seid!« Doch ihr Appell blieb ungehört. Schlussendlich zogen sich die streitenden Schwestern in ihr Quartier zurück. Ihre keifenden Stimmen hallten noch eine ganze Weile durch die Dunkelheit. Flora blieb traurig zwischen den Feiernden sitzen, denn mit Bora verband sie eine enge Zuneigung. Sie war die sanftere und geduldigere der Zwillingsschwestern, die häufig unter den Launen der anderen litt. Ihr größter Wunsch war es, so hatte sie es Flora einmal ins Ohr geflüstert, im Leben einen ganzen Tag alleine sein zu können. Doch dies würde ein Traum bleiben.

Kurze Zeit später überkam Flora die Müdigkeit und sie kehrte in den Küchenwagen zurück. Das Aufräumen verschob sie auf den Morgen. Mit wenigen Handgriffen richtete sie die Bettstatt im hinteren Teil des Küchenwagens her. Heute hatte sie ihn noch für sich allein, aber in den nächsten Wochen mussten sie mit ihrem Vater und Herkules enger zusammenrücken. Sorgfältig legte sie den Türriegel um, damit sie im Schlaf keinen ungebetenen Besuch bekam.

Am folgenden Tag war alles schnell zusammengepackt. Flora sputete sich, den Küchenwagen reisefertig zu machen. Alles musste gut gesichert und verstaut sein, damit auf den holprigen Wegen nichts zu Bruch ging. Abschied hatte sie bereits genommen, nun trocknete sie die letzten Tränen in ihren Augenwinkeln. Am liebsten war es ihr, wenn sie als eine der Ersten loskamen. Für die Letzten blieb am Ende nur noch sehnsuchtsvolle Leere, wo zuvor Freunde gewesen waren. Bis zum Osterfest reiste sie mit ihrem Vater und Herkules in kleiner Besetzung durch die Lande. Die wilden Männer mussten zusehen, wie sie den Winter überstanden. Ein neues Engagement bekamen sie von Carl Faustus erst im kommenden Frühjahr in Aussicht gestellt.

Einen starken Mann wie Herkules konnte man auf Reisen dagegen immer gebrauchen. Oft gab es etwas zu heben, zu tragen, zu halten oder auch zu schützen. Da Herkules über einen äußerst friedlichen und bescheidenen Charakter verfügte, war er obendrein noch ein angenehmer Reisegenosse. Im Laufe der Zeit war er wie selbstverständlich ein Teil der kleinen Familie geworden. Allerdings kam er allmählich in die Jahre. Er selbst schätzte sein Alter auf zirka 45 Jahre, sein genaues Geburtsdatum kannte er nicht.

»Was soll denn einmal auf deinem Grab stehen, wenn es soweit ist?«, hatte Flora ihn einmal irritiert gefragt. »Geboren werden und sterben gehört doch zusammen und für beides gibt es ein festes Datum. Da kann es keine Ausnahmen geben!« Nach einiger Überlegung hatte Flora daher seinen Freudentag auf den 5. September festgelegt, der Tag, an dem er das erste Mal auf Carl Faustus' Theaterbühne aufgetreten war.

Das Stabuff und den dazugehörigen Leiterwagen lagerten sie bei einem befreundeten Pferdehändler ein, der nicht weit vom Festplatz entfernt seine Hofstelle betrieb. Dort stellten sie auch das zweite Zugpferd unter. »Gib mir gut acht auf das treue Tier, es hat immerhin schon 15 Jahre auf dem Buckel«, verabschiedete sich Carl Faustus von dem Pferdehändler und tätschelte dabei den Hals des Pferdes. Erst im Frühjahr würden sie zurückkommen und alles wieder in Besitz nehmen.

Bis dahin zogen sie nur mit dem Küchenwagen los, an dem nun ein Brett mit einer kunstvoll ausgeführten Aufschrift prangte, das Carl Faustus vor einigen Jahren selbst angefertigt hatte: »Dr. Carl Faustus' Geheimes Kabinett«.

Flora hatte noch einige letzte Besorgungen getätigt und im Wagen verstaut, nun saßen sie zu dritt auf dem Kutschbock und Carl Faustus ließ die Zügel auf die Kuppe des Pferdes knallen.

»Adieu, bis zum Frühjahr!«, rief Flora und winkte dem Pferdehändler niedergeschlagen zu. Nun begann die einsame Zeit, in der sie gänzlich auf sich gestellt waren. In der Winterzeit, in der es so gut wie keine Jahrmärkte gab, sah man einmal von Weihnachtsmärkten ab, mussten sie ihr Geld auf anderen Wegen verdienen. Es lohnte nicht, mit vielen Artisten und der gesamten Ausrüstung durch den Winter zu ziehen. Dies wusste Carl Faustus aus bitterer Erfahrung. Die Zeiten waren hart und wer überleben wollte, musste sich etwas einfallen lassen. Jeder war sich selbst der Nächste.

Der Küchenwagen war nun ihr Zuhause, den sie sich zu dritt teilen mussten. Herkules würde, wenn sich die Gelegenheit bot, nicht nur Ringkämpfe, sondern auch Boxkämpfe in den Gasthäusern bestreiten. Flora versuchte sich im Wahrsagen und Handlesen. Sie nannte sich nun Madame Flora und trug statt des engen Paillettenkostüms weite bauschige Blusen und Röcke, dazu ein dunkles Kopftuch. Ihr junges Gesicht verbarg sie hinter einem leichten Schleier, über dem nur ihre strahlenden Augen hervorschauten. Ihrer Stimme gab sie dann einen fremdartigen slawischen Klang, der sie älter erscheinen ließ. Mit wenigen Handgriffen ließ sich der Küchenwagen in ein geheimnisvolles Kabinett verwandeln, in dessen Halbdunkel sich alle Arten von Geistern befragen ließen. Mit Räucherwerk, einer Glaskugel und einem Satz Tarotkarten beschwor Flora im Küchenwagen eine mystische Atmosphäre herauf, die ihre Wirkung bei den einfachen Leuten nicht verfehlte. Dennoch fiel ihr Verdienst in der Regel eher mager aus, obwohl Flora ihre Rolle wahrhaft meisterlich inszenierte. Das Balancieren auf dem Hochseil beherrschten jedoch nur sehr wenige Artisten und es galt auf jedem Markt als absolute Attraktion, die gutes Geld in die Kasse brachte. Daher übte Flora bei jeder sich bietenden Gelegenheit auf einem niedrigen Hanfseil, dass sie einfach zwischen dem Wagen und einem Baum aufspannten. Das Gefühl für das Gleichgewicht durfte sie in der Winterzeit nicht verlieren.

Direktor Carl Faustus selbst verdingte sich als heilkundiger Quacksalber mit eigenen Tinkturen, die auf alten Familienrezepten basierten. Besonders ein starker Mohnsaft, der als Schlaf- oder Betäubungsmittel einsetzbar war, ging auf die Rezeptur einer Ahnin zurück, die den Ruf einer wahren Hexe gehabt hatte. Doch vor allem Mittel gegen Läuse, Warzen oder Schrunden wurden ihm regelrecht aus den Händen gerissen. Aber auch Lungen- und Hautleiden wusste er zu behandeln. Flora hatte die notwendigen Zutaten für die Mittel vor ihrer Abreise aus Bremen besorgt. Die kleinen Tiegel und Fläschchen ließen sich einfach transportieren. So reisten sie auch in abgelegene Landesteile, wo die Menschen nur selten einen Arzt zu Gesicht bekamen und für jede Hilfe dankbar waren.

Rotenburg

14. Februar 1895

Ein seltsames Schreiben des Organisten Murken erregte an diesem frühen Morgen die Aufmerksamkeit des Rotenburger Kriminalinspektors von Hugo. Einer Gewohnheit folgend, befand er sich lange vor den anderen Amtmännern auf dem Revier, um in den ersten stillen Stunden des Tages ungestört seiner Arbeit nachzukommen.

Murken spielte sonntags die Orgel in der Ahauser Kirche und wohnte im selben Ort zur Untermiete im Haus der Pfarrwitwe. Von Hugo und Murken kannten sich und hatten die gleiche Auffassung von Recht und Ordnung. Es musste sich um eine ernste Angelegenheit handeln, mutmaßte von Hugo, wenn sich der Organist veranlasst sah, zu Papier und Feder zu greifen.

Hoch geehrter Herr Kriminalinspektor von Hugo,

gestern Mittag ging ein fremder Mann im Dorfe bettelnd von Haus zu Haus. Im Thieschen Hause, welches derzeit von drei Frauen und zwei Kindern bewohnt wird, kommt er in grober Weise und forderte eine Gabe. Als die Tochter Anna sagte, sie habe kein Geld, fängt der Bettler an zu schimpfen, die drei faulen Weiber sollten arbeiten, dann könnten sie ihm auch etwas geben. Über den Streit kommt die Schwester Katharina dazu. Als diese den Mund auftut, schlägt der Mann sie mit seinem dicken Knüppel tüchtig. Über das Geschrei kommt auch noch die Mutter herzu. Diese schlägt er auch so tüchtig, dass der Arm dick und wund wird. Nachher ist der bösartige Mann noch einmal wiedergekommen und hat noch mehr gedroht. Wohl haben die Frauen beim Dorfvorsteher und dem Gendarmen Hilfe gesucht, aber keine gefun-

den, obwohl der böse Mensch nachher noch im Dorfe weiter gebettelt hat. Die Frauen meinen, dass einer ihrer Nachbarn wohl den Mann aufgehetzt habe. Gestern ist dieser Mann nach Hellwege gegangen und zwei Ahausern begegnet. Denen hat er seine Heldentat erzählt und gesagt, nächstens komme er wieder, dann wolle er seine Sache noch besser machen. Ich bringe das in meinem Namen zur Anzeige, weil es doch unrecht ist, dass schwache Frauen schutz- und hilflos dastehen.
Ahausen, den 12. Februar 1895
Gehorsamst H. Murken Organist

Das war in der Tat ein starkes Stück, überlegte von Hugo. Die armen Frauen hatten sich vergeblich um Hilfe seitens der Obrigkeit bemüht, sodass der Organist sich gezwungen sah einzugreifen. Postwendend verfasste von Hugo ein strenges Schreiben an den Ahauser Gendarm. Dieser Mann sollte es nicht noch einmal wagen, seine Amtspflichten nicht gewissenhaft auszuüben, dann würde der Kriminalinspektor es nicht mit einem Mahnschreiben bewenden lassen.

Ihr Verhalten in der Angelegenheit betreffend die Misshandlung der Frauen des Thieschen Hauses durch einen Strolch vermag ich nach Prüfung des Sachverhalts nicht zu billigen, weil Sie es an einer umsichtigen und energischen Verfolgung der Tat in jeder Hinsicht haben fehlen lassen. Ich spreche die Erwartung aus, dass Sie in Zukunft Ihren Pflichten als Gemeindebeamter, insbesondere nach Maßgabe der §§34 und 35 der Kreisordnung vom 6. Mai 1884, mit Umsicht und Eifer nachkommen.
Rotenburg/Wümme, den 14. Februar 1895
Gezeichnet von Hugo, Kriminalinspektor

Winterzeit im Teufelsmoor

1894

Dies waren nun die ungemütlichen Monate, in denen sie ständig weiterzogen, sich nur selten einmal für mehrere Tage an einem Ort aufhielten. Das gemeinsame Zuhause hatte eine Länge von knapp vier Metern. Die vier eisenbeschlagenen Speichenräder, hatten keinerlei Federung. Alle Unebenheiten des Weges spürten sie als derbe Stöße im Körper.

Immerhin bot der kastenförmige Aufbau Schutz vor Regen und Kälte. Licht gelangte durch ein seitliches Fenster hinein, das sie mit einer Fensterklappe fest verschließen konnten. Über zwei fest montierte Treppenstufen gelangte man auf der Rückseite über eine schmale und niedrige Tür in den Wagen hinein. Jeder Zentimeter wurde genutzt, um das nötige Hab und Gut unterzubringen.

Alles war möglichst praktisch. Mit wenigen Handgriffen wurde aus einer Sitzbank eine bequeme Bettstadt. Zusätzlich spannte Herkules jeden Abend seine Hängematte quer durch den Wagen. Besonders stolz war Carl Faustus auf seinen kleinen Kochofen. An zwei Stellen war dieser mit der hölzernen Außenwand verschraubt, damit er auch auf den unebeneren Wegen nicht umstürzte. Im Handumdrehen erwärmte er das Wageninnere, sodass sie es auch in den strengsten Wintern darin aushielten. Der Ofen war ein Geschenk der Siamesischen Zwillingsschwestern Bora und Lora, die dafür keine Verwendung hatten.

Noch zeigte sich das Wetter aber von seiner guten Seite. Die tief stehende Sonne wärmte noch ein wenig und Flora saß hinten auf den Treppenstufen, den Kopf auf die Hände und die Ellbogen auf die Oberschenkel gestützt, während Herkules das Gespann umsichtig dirigierte. Sie genoss die schaukelnde Fahrt entlang der Wiesenwege. Sie träumte von einer großen Liebe, einer sorglosen Existenz und wusste doch zugleich, dass sie niemals sesshaft werden würde. Das Schaustellerleben lag ihr im Blut. Ihren festen Platz trug sie im Herzen, er war nicht an einen Ort sondern an die Menschen, die sie begleiteten, gebunden.

Von Bremen ging es zunächst in Richtung Fischerhude. Hier ergaben sich schnell neue Kontakte, die Menschen waren aufgeschlossen und freundlich. Sie bekamen die Erlaubnis, ihren Wagen auf dem Dorfanger mitten im Ort abzustellen und dort ihren Geschäften nachzugehen. Das war eine wunderbare Sache, da sie hier nicht nur zentral, sondern vor allem auch sicher standen. Schnell sprach sich ihre Anwesenheit im Ort herum. Auch in der angrenzenden Gaststätte vermietete man ihnen ohne Probleme den Saal. Der Wirt erklärte sich mit einer Beteiligung von 5 Prozent des Umsatzes einverstanden und begann sogleich, Reklame für das anstehende Spektakel zu machen. Ihr Verdienst war auch für den Wirt von Vorteil. Diese Art von Geschäft bevorzugte Carl Faustus auf seinen Reisen, da er dafür keine unkalkulierbaren finanziellen Verpflichtungen einging. Für ihn konnte die Vorstellung nun nicht schnell genug beginnen.

Flora wusste, dass ihr Vorgehen nicht rechtens war, aber Herkules hatte sie bekniet, ihm zu helfen.

»Wenn einer dahinterkommt, wird es eine Menge Ärger geben. Auch Vater gegenüber darfst du nichts davon verraten. Auf keinen Fall, hörst du?«, flüsterte Flora Herkules eindringlich zu, der nur matt nickte. Er spürte in diesem Winter sehr deutlich, dass die Zeit seiner unangefochtenen Erfolge vorbei war. Seine Kniegelenke und auch die Finger schmerzten, insbesondere wenn es nasskalt wurde. Manchmal konnte er nicht einmal mehr eine richtige Faust machen, da die Fingergelenke zu stark anschwollen. Weder die Tinkturen von Carl Faustus noch das Aufsuchen eines Baders änderten etwas daran.

»Es ist die Gicht«, hatte dieser festgestellt und behauptet, dass man daran nichts ändern könne und er in nicht allzu ferner Zeit keine Kämpfe mehr durchführen könne.

Darum rieb Flora seinen Oberkörper vor den Ringkämpfen nun mit einem dünnflüssigen Öl ein. Damit er nicht wie eine Speckschwarte glänzte, massierte sie es minutenlang in die Haut. Mit einem weichen Tuch entfernte sie die letzten glänzenden Überreste, wobei sie stets an dem anzüglichen Frauenbild herum rieb, dass auf seinem Schulterblatt prangte.

»Irgendwann werde ich es wegbekommen«, scherzte sie. »Wie konntest du dir nur so etwas machen lassen?«

»Florchen, ohne dich bin ich geliefert. Mir schwinden die Kräfte und dann werden andere Männer als Sieger aus dem Kampf gehen«, sagte Herkules verzweifelt.

»Ach, so arg wird es nicht kommen«, tröstete sie ihn und gab ihm einen Klaps auf den Rücken. »Fertig!«

Durch die Ölbehandlung bekamen die Gegner Herkules nicht richtig zu fassen, da ihre Hände von seinem fettigen Körper leichter abrutschten. Wenn Flora ihre Sache gut machte, sah man von der Ölbehandlung nichts. Erst mit dem Schweiß trat auch das Öl wieder aus den Hautporen und wirkte dort wie ein Schmierfilm. Allerdings fiel dies dann nicht auf. Die Gegner wirkten einfach zu schwach, um den Hünen in den Griff zu bekommen. Bevor sie richtig verstanden hatten, warum sie den Kampf verloren, war er bereits vorbei.

»In meinem Alter bleiben mir nur die Erfahrung und die List im Ringkampf!«, beklagte sich Herkules weiter. »Es passt einfach alles nicht mehr recht zusammen. Jeder Kampf ermüdet mich mehr und ich komme nur noch langsam wieder zu Kräften. Am Ende kann mich jedes Weibsbild besiegen.«

Und auch im Boxen erging es ihm nicht viel besser. Sein Vorteil war hier, dass er über eine ungewöhnliche Armlänge verfügte und so die meisten Gegner auf Distanz halten konnte. Sie landeten keine Treffer und er wartet geduldig ab, bis sie Fehler machten. Dann reichten meistens wenige Schläge, um den Gegner auf die Bretter zu schicken; seine Schlagkraft war legendär, ließ jedoch immer mehr nach.

Und da Carl Faustus nach dem Motto lebte, dass ein Esser, der nichts einbrachte, ein Esser zu viel war, befürchtete Herkules, seine ganze Existenz zu verlieren. Doch Flora hielt ihm die Treue, auch wenn seine Kräfte nun nachließen. Er war immerhin ihre Lebensversicherung unter dem Hochseil, darauf mochte sie nicht verzichten. Und er war ihr im Laufe der Jahre zudem wirklich ans Herz gewachsen.

Der Saal des Dorfkrugs war brechend voll. Die Reklame des Wirts hatte viele Neugierige angelockt. Carl Faustus rieb sich die Hände und überlegte laut: »Vielleicht können wir es uns zukünftig erlauben, den Eintritt um 10 Pfennige zu erhöhen. Was meinst du, Flora?«

In Gedanken zählte er bereits die Einnahmen, während Flora ihm verhalten zustimmte. Sie hoffte, dass Herkules seine heutigen Kämpfe gut überstand und niemand etwas von ihrem schändlichen Trick bemerkte.

Eine kleine erhöhte Bühne am Ende des Saals diente als Kampfarena. Hier oben waren die Kämpfer von allen Plätzen aus gut zu sehen. Hinter dem geschlossenen Vorhang nahm Herkules eine imponierende Pose ein. Unter tosendem Beifall glitten die Vorhänge beiseite und gaben den Blick auf seine mächtige Erscheinung frei. In diesem Moment sprang auch

Carl Faustus in einem seriösen blauen Anzug von links hinter dem Vorhang hervor und stellte sich mit seiner rundlichen Gestalt neben Herkules. Dieser direkte Vergleich ließ Herkules noch imposanter erscheinen.

»Meine sehr verehrten Herren! Und auch die zauberhaften Damen, das zarte Geschlecht, will ich selbstverständlich nicht vergessen. Werte Damen, schickt mir Euren Galan nur zu mir herauf auf die Bühne. Hier oben kann er Euch beweisen, wie kräftig er ist! Er kann antreten gegen Herkules, den stärksten Mann der Welt! Er besitzt die größte Leibesstärke, die je gemessen wurde!«

Während Carl Faustus ihn so anpries, wechselte Herkules ständig die Posen, um seine ausgeprägte Muskulatur noch eindrucksvoller zu präsentieren.

»Wenn hundert Männer mit Knüppeln auf ihn eindringen, so wird er alle besiegen. Mit seinem Fuß stampft er ein sechs Schuh tiefes Loch in den Erdboden oder durchtritt eine drei Fuß starke Wand. Auch hält er mit nur einer Hand eine Kutsche, die von vier Pferden gezogen wird, fest, dass diese keinen Meter weit vorwärts gelangt.«

Die Menge hing gebannt an Faustus' Lippen, um mehr von den Heldentaten zu erfahren. So mancher, der sich viel auf seine Kräfte einbildete und sich als guten Kämpfer ansah, überlegte es sich bei diesen Ankündigungen noch einmal. Barfuß und nur mit seinem eng anliegenden Trikot bekleidet schritt Herkules nun provokativ auf der Bühne hin und her. Seiner Mimik gab er einen siegessicheren Ausdruck. Durch ein kurzes Kopfnicken forderte er den einen oder anderen zum Kampf auf.

Beifall ertönte, als ein kräftiger Bursche von knapp zwanzig Jahren vorne an die Bühne herantrat. Herkules musterte seinen potenziellen Gegner genau und entspannte sich. Solche

Gegner kannte er zur Genüge: Ein ungestümer Bursche, der auf einen schnellen Erfolg aus war. Kämpfer von dieser Sorte waren noch immer an ihm gescheitet.

Carl Faustus winkte den Mutigen zu sich. Unter tosendem Applaus kletterte dieser auf die Bühne.

»Johannes heißt unser erster Herausforderer, der sich mit dem stärksten Mann der Welt im Ringkampf messen will«, erklärte Carl Faustus dem Publikum, nachdem er den Herausforderer einer kurzen Befragung unterzogen hatte. Dann forderte er den jungen Mann auf, die Schuhe sowie Jacke und Hemd auszuziehen. Sorgfältig nahm Carl Faustus die abgelegten Sachen entgegen und legte sie über einen bereitgestellten Holzschemel am Rand der Bühne.

Flora stand hinter einem der Vorhänge verborgen und betrachtete den jungen Mann. Er war wirklich gut gebaut und hatte einen gebräunten Körper mit muskulösen Armen und langen Beinen. Keine Gramm Fett zu viel und eine deutlich sichtbare Bauchmuskulatur zeigten ihr, dass dieser Mensch regelmäßig harte körperliche Arbeit verrichtete. So einer könnte ihr schon gefallen, überlegte sie und war im gleichen Moment erstaunt über ihre Gedanken.

»Keine Waffen!«, erklärte derweil Carl Faustus die Regeln. »Griffe in die Körperöffnungen oder in Geschlechtsteile sind verboten, ebenso kratzen, spucken und beißen. Schlägt einer der Kämpfer mit der flachen Hand mehrfach auf den Boden oder den Körper seines Gegners, so endet der Kampf durch Aufgabe. Gewonnen ist der Kampf, wenn ein Kämpfer den Gegner über zwanzig Sekunden in einer Position hält. Gebt euch zum Zeichen, dass ihr gewillt seid, fair zu kämpfen, die Hand!«

Herkules trat auf seinen Herausforderer zu, reichte ihm die Hand und drückte, zum Zeichen seiner unbändigen Körperkraft und Überlegenheit, mit voller Kraft zu. Doch dieser erwiderte den starken Druck und zuckte mit keiner Wimper.

Beide Kämpfer beugten ihre Oberkörper leicht nach vorne und versuchten, eine stabile Schrittstellung einzunehmen. Dann betasteten sie sich mit den Armen, versuchten, die ersten Griffe anzusetzen. Der junge Bursche preschte ungestüm vor und wollte Herkules zurückdrängen und dabei in den Schwitzkasten nehmen. Doch Herkules taktierte geschickt, wich zur Seite aus, wodurch die Attacken seines Herausforderers immer wieder ins Leere liefen. Herkules musste nur geduldig auf einen der unvermeidlichen Angriffe warten und packte im richtigen Moment zu. Alle Versuche, sich aus der Umklammerung zu befreien, misslangen.

»Zwanzig, neunzehn, achtzehn … drei, zwei, eins …«, zählte Carl Faustus gemeinsam mit dem Publikum laut herunter. »Der Kampf ist aus!«

Unter tosendem Applaus reckte Carl Faustus den Arm des Siegers in die Luft. Mit ihrem süßesten Lächeln trat Flora hinter dem Vorhang hervor und überreichte dem Besiegten die abgelegte Kleidung. Zum Trost warf sie ihm noch eine Kusshand hinterher.

Schnell forderte Carl Faustus weitere Bewerber und wählte den nächsten Gegner aus, wobei ihn das Publikum lautstark unterstützte. Auch dieses Duell wurde kein allzu kräftezehrender Kampf, sodass Herkules problemlos gewann und Carl Faustus das Motto des Abends ausrief: »Aller guten Dinge sind drei!«

Wieder siegte Herkules. Am Ende posierte er ein letztes Mal, um dann hinter der Bühne zu verschwinden.

»Alles gut gegangen! Keiner hat etwas bemerkt«, flüsterte Flora ihm erleichtert zu und reichte ihm ein löchriges Handtuch, damit er sich den Schweiß vom Körper wischen konnte.

Unterdessen bewarb Carl Faustus mit seiner durchdringenden Stimme für ihr übriges Angebot am folgenden Tag:

»Die Flöhe und die Wanzen
gehören auch zum Ganzen.
Zur Morgenstund' stehen wir bereit
zu behandeln Euer Leid.

Wir haben Heilmittel oder eine Essenz
gegen Tod, Elend und Flatuleszens.
Mixturen aus des Meisters Hand
Vertreiben eure Plagen höchst galant.

Und wollt Ihr wissen, was in Zukunft Euch winkt,
Madam Flora Euch Klarheit bringt.
Sie legt die Karten, liest aus der Hand,
befragt die Kristallkugel mit viel Verstand.
Sie lüftet die Nebel der Ungewissheit –
Eilt alle herbei, macht Euch bereit!«

Die Nacht war kühl und trocken gewesen. Am Morgen hing leichter Dunst über dem Dorfanger. Darin eingehüllt graste das Kutschpferd, dem sie für die Nacht eine wärmende Decke übergelegt hatten. Die ersten matten Sonnenstrahlen zauberten kleine Regenbögen in die Tautropfen des Grases und lösten die zarten Dunstschleier langsam auf. Ein herrlicher Tag, den sie mit allerlei Vorbereitungen begannen.

Carl Faustus füllte seinen Medizinkoffer mit den angefertigten Heilmitteln auf. Herkules half ihm, zwei kleine Hocker und einen großen Spiegel neben den Küchenwagen auf die Wiese zu stellen. Seitlich am Küchenwagen war ein stabiles Brett befestigt, dass sie herunterklappten, sodass der Medizinkoffer darauf abgestellt werden konnte. So war Carl Faustus bereit für seine Sprechstunde und wartete nun darauf, dass die ersten Kunden seiner Einladung vom gestrigen Tage folgten. Herkules' Aufgabe bestand währenddessen darin, Lebensmittel zu besorgen und die anfallenden Reparaturen durchzuführen.

Flora traf ihre eigenen Vorbereitungen im Küchenwagen. Sie spannte ein schwarzes Tuch von einer Wagenseite zur anderen, indem sie es in die vorgesehen Haken einhängte. In dem abgetrennten Teil zog sie einen winzigen runden Tisch in die Mitte, dazu stellte sie zwei kleine Schemel. Aus einem weichen Lappen holte sie die Kristallkugel hervor und legte sie vorsichtig auf einem Ständer mittig auf dem Tischchen ab. Dann polierte sie die Kugel gründlich, damit das wenige Licht im Wagen mystisch darin reflektierte, wenn sie geheimnisvollmit den Händen darüber hinwegglitt. Der Blick in die Kugel verschaffte Flora einen Moment Zeit, in dem sie versuchte, die Nöte und Wünsche ihres Gegenübers zu erraten und ihn darin zu bestärken.

Der Tischschublade entnahm sie ihre abgegriffenen Tarotkarten, häufte sie säuberlich zu einem Stapel und legte sie neben die Kristallkugel. Dann entzündete sie mehrere Kerzen und allerlei Räucherwerk, das sie in den Sommermonaten sammelte. Hölzer, Rinden, Blätter, Nadeln, Wurzeln, Blüten und Kräuter, die sie trocknete und zerkleinerte, verarbeitete sie zu verschiedenen Mischungen. Heute wählte sie eine aus Angelikakraut und Myrte, die sie in die tönerne Räucherschale gab, die neben der Tür an einem Band hinunterhing. Mit einem Zündholz entzündete sie die Mischung, aus deren Glut weicher, weißer Rauch aufstieg. Sie versetzte der Räucherschale einen leichten Stoß, sodass sie hin- und herschwang. Der angenehm würzige Duft verteilte sich gleichmäßig in dem kleinen Raum. Er sollte die bösen Geister fernhalten, die eigenen Abwehrkräfte stärken und für eine entspannte Atmosphäre sorgen. Die Tür des Küchenwagens ließ sie offen stehen, damit die Menschen keine Scheu hatten einzutreten. Lediglich ein halbtransparenter Vorhang diente als Sichtschutz und schirmte das Innere geheimnisvoll ab. Viele Menschen waren von Natur aus neugierig. Sie wollten oder konnten die Zukunft nicht einfach auf sich zukommen lassen, brauchten Gewissheit über das eigene Schicksal. Und in dunklen und schweren Zeiten gab ihnen Flora die Aussicht auf Besserung, auch wenn das Wahrsagen manchmal eher einem Ratespiel entsprach. »Ach, wenn das Leben schon so schwer zu ertragen ist, so will ich wenigstens Hoffnung verbreiten«, rechtfertigte Flora von Zeit zu Zeit ihr Handeln

Die Geräusche, die von draußen in den Küchenwagen drangen, verrieten Flora, dass sich die ersten Kunden einfanden.

»Flohpulver auf dem Kopf und auch im Bett, macht das Leben wieder nett!«, dichtete ihr Vater lautstark und forderte 30 Pfennige für das angebotene Pulver.

»Drei Tüten bitte von dem Flohpulver. Und habt Ihr eine Salbe, wenn es am Hintern juckt?«, hörte Flora die gebrochene Stimme einer älteren Frau.

»Das Afterjucken kann sehr unterschiedlich begründet sein. Leidet Ihr nur hin und wieder darunter, reicht ein Gemisch aus Hamamelis-und Calendulatinktur. Quält es Euch hauptsächlich in der Nacht, habt Ihr keinen rechten Appetit und Schmerzen im Leib, so gebe ich Euch etwas gegen Madenwürmer. Schwillt der After und treibt das Blut hinaus, so denke ich an Hämorrhoiden, die sich gut mit Schwarztee beruhigen lassen.« Die alte Frau schien zu zögern und so bot Carl Faustus an: »Ich kann einen Blick darauf werfen, wenn Ihr gestattet. Dann wird das Heilmittel schnell gefunden sein.« Doch die Frau winkte beschämt ab und erwarb eine kleine Portion Calendulatinktur.

»Hallo?«, hörte Flora da eine leise weibliche Stimme von draußen. »Ist da jemand? Kann man eintreten?«

Fora erhob sich von ihrem Schemel und zog den Vorhang an der Tür sachte zur Seite. Sie lächelte das rundliche Mädchen freundlich an. Mit einer Handbewegung forderte sie sie auf einzutreten. Mit zwei großen Schritten erklomm die junge Frau die Stufen.

»Setzt Euch bitte und verratet mir, womit ich Euch dienen kann«, sprach Fora und schloss die Wagentür hinter sich, damit die Geräusche von draußen sie nicht störten. Im Kerzenschein blickte sich das junge Mädchen neugierig in dem kleinen Raum um. Dann blieb ihr Blick an der Kristallkugel haften.

»Ich möchte mir die Zukunft deuten lassen. Ich bin schon 16 Jahre alt und mache mir Sorgen, dass ich keinen Mann abbekomme.«

Flora betrachte ihr Gegenüber. Eine Schönheit war sie wirklich nicht, mit ihren kurzen kräftigen Beinen, der Himmelfahrtsnase und den viel zu eng zusammenstehenden Augen. Dennoch wirkte sie liebenswürdig.

»Eure Zukunft kann ich Euch auf unterschiedliche Art und Weise deuten«, erklärte Flora. »Das Handlesen, ein Blick in die Kristallkugel oder das Lesen aus dem Kaffeesatz, dies alles ist für 20 Pfennige möglich.«

»Und wofür sind diese Karten?«, fragte das junge Mädchen und deutete auf den Tisch. Offensichtlich nahm sie zum ersten Mal die Dienste einer Wahrsagerin in Anspruch.

»Die Tarotkarten ermöglichen eine umfassendere Deutung dessen, was die nahe Zukunft bringt. Allerdings kostet dies

50 Pfennige, da es viel aufwendiger ist. Oder wir beschränken uns auf das Ziehen einer Tageskarte. Sie spiegelt Eure Verfassung wieder, zeigt welche Dinge heute auf Euch einströmen werden.«

Unschlüssig rutschte das Mädchen auf dem Schemel vor und zurück. »Ich habe nur 20 Pfennige übrig«, gestand sie Flora.

Diese konzentrierte sich für einen Augenblick und horchte auf ihre innere Eingebung, dann ergriff sie die linke Hand des Mädchens: »Das Handlesen scheint mir in Eurem Falle die richtige Wahl zu sein. Ihr seid doch Linkshänderin, oder?«

Erstaunt stimmte das Mädchen zu. Flora zog die Hand näher an eine Kerze heran, damit sie die Handlinien deutlich erkennen konnte.

»Eure Lebenslinie ist gut ausgeprägt, das heißt, Ihr seid von guter Gesundheit, was wiederum auf ein langes Leben schließen lässt.« Sie folgte mit ihrem Zeigefinger dem Linienverlauf. »Die Herzlinie ist tief und rot ausgeprägt, was auf eine leidenschaftliche Person hinweist. Außerdem ist sie sehr lang. Ihr seid ein Mensch, der von Gefühlen beherrscht wird und von eifersüchtiger Natur.«

Gebannt folgte das Mädchen Floras Ausführungen. »Und werde ich einen Mann finden und bald ehelichen?«

Fora betrachtet die Liebeslinien rund um den kleinen Finger. »Ich erkenne hier einige Liebschaften, allerdings wird nur eine von Dauer sein. Seht Ihr hier die tiefe Linie, die nicht unterbrochen ist? Ihr solltet euch in Acht nehmen und euch nicht leichtgläubig dem ersten Verehrer anvertrauen, der Euch den Hof macht. Es wird einige Männer in Eurem Leben geben, die es nicht ernst mit Euch meinen.«

Flora folgte der Schicksalslinie, die senkrecht zwischen Ring- und Mittelfinger begann und zum Handballen verlief.

Sie war mehrfach unterbrochen. »In Eurem Leben werdet Ihr euch oft verändern und neuen Lebensumständen anpassen müssen. Aber Ihr werdet den richtigen Mann für Euer Leben finden, wenn Ihr es nicht zu eilig habt«, beendete Flora das Handlesen.

Das Mädchen wirkte erfreut und nachdenklich zugleich. Flora segnete sie mit einigen guten Wünschen und öffnete die Wagentüre. Das Mädchen zahlte die 20 Pfennige und huschte glücklich aus dem Küchenwagen hinaus. Dort wartete bereits die nächste Kundin, die Flora umgehend hineinwinkte.

Bis zum Abend hatten sie gute Geschäfte getätigt und waren sehr zufrieden. Die Mixturen fanden einen guten Absatz, sodass der Medizinkoffer aufgefüllt werden musste.

Die Einnahmen versöhnten Carl Faustus mit seiner Situation, die ihn im Grunde anwiderte. Er war Direktor einer Schaubühne und bot außergewöhnliche Künste an. Doch in der Not fraß der Teufel fliegen und er verkaufte diese elenden Tinkturen, um durch den Winter zu kommen. Immerhin waren es, anders als bei vielen der ziehenden Quacksalber, wirksame Rezepturen, die innerhalb seiner Familie seit Generationen weitergegeben wurden.

Da die Umsätze stimmten und ihr Platz sehr komfortabel war, beschlossen sie, noch einen weiteren Tag in Fischerhude zu verbringen. Erneut mietete Carl Faustus den Saal der Gaststätte, allerdings diesmal für Boxkämpfe. Herkules war guter Dinge. Die gestrigen Siege waren leicht erkämpft gewesen, was sein Selbstbewusstsein gestärkt hatte. Dennoch musste er am nächsten Abend einige unerwartete Boxhiebe einstecken, sodass seine rechte Augenbraue aufplatzte.

»Halt still und zappel nicht wie ein ungehorsames Kind«, fuhr Flora Herkules nach dem Kampf an, während sie die Blutspuren mit einem Waschlappen aus seinem Gesicht entfernte. Aus einem kleinen Glastiegel trug sie eine beruhigende Heilsalbe auf die Wunde auf. Und auch Carl Faustus schimpfte im Hintergrund vor sich hin. Auch wenn Herkules den Sieg letztlich noch gerettet hatte, würden sie für eine Weile keine Boxkämpfe anbieten können.

Ahausen

15. Februar 1895

Die Welt verlor ihre Konturen. Alles versank im nicht enden wollenden Schneetreiben, das die Landschaft verschluckte. Der schneidende Wind heulte um die Ecken der im Dunklen liegenden Höfe und trieb die großen Schneeflocken in wilden Tänzen vor sich her. Aber in den Hausecken und an den Zäunen sammelte sich das kalte Weiß und türmte sich zu großen Haufen auf. Eiskalt war es, das Thermometer drohte in den zweistelligen Minusbereich abzusinken. Der Winter machte noch einmal Ernst und ließ alles in seinem frostigen Griff erstarren.

Mit einem gehörigen Schwall der bitterkalten Luft stürzte Bauer Delventhal sichtlich erregt durch die Eingangstür in die warme Schankstube des Gasthauses. Kappe und Jacke waren schneebedeckt und unter den Sohlen seiner Stiefel hatte sich zusammengepresster Schnee angesammelt. Er schlitterte über den Boden aus blanken Eichendielen und hatte Mühe, sein Gleichgewicht zu halten. Mit den Armen ruderte er haltsuchend in der Luft herum, bis er endlich den Tresen zu packen bekam und stehen blieb.

Zu dieser späten Stunde saßen außer dem Wirt nur noch seine Kartenbrüder in der Schankstube. Erstaunt schauten sie zu ihm auf. Auf dem Tisch vor ihnen standen vier halb geleerte Biergläser. Dazwischen drängten sich viele leere Schnapsgläser. Das Kartenspiel lag verstreut auf der Tischplatte.

»Einen letzten Schnaps für den Heimweg«, hatte der Wirt gerade angekündigt und die Schnapsflasche schon hinter dem Tresen hervorgeholt, als die Tür aufgerissen worden war.

»Was treibt dich denn schon wieder hierher? Hast du den Weg nach Hause nicht gefunden?«, fragte der Wirt Delventhal.

Der Bauer hielt sich mit beiden Händen am Tresen fest und blickte auf seine Kartenrunde, sagte jedoch nichts.

»Wenn jeder gleich stiften geht, nur weil er beim Kartenspiel ein paar Pfennige verloren hat, können wir das Spielen gleich lassen!«, bemerkte Bauer Müller unfreundlich.

»Irgendetwas stimmt nicht«, brachte Bauer Delventhal undeutlich hervor. »Auf meinem Hof ist was nicht in Ordnung. Ihr müsst mitkommen! Allein geh ich auf keinen Fall zurück!«

Belustigt klopfte ihm der Tagelöhner Grote auf die Schulter und spottete leicht lallend: »Dir ist wohl ein Flaschengeist begegnet. Oder fürchtest du dich vor der Witwe Siebe? Hat die alte Hexe die Tür verriegelt und dich im Schnee stehen lassen, weil du ihr wieder in Begleitung des heiligen Spiritus erschienen bist?«

Während die anderen sich lachend auf die Schenkel hauten, ergriff Bauer Delventhal den Arm des Spötters. »Keine zehn Pferde kriegen mich dazu, alleine auf meinen Hof zu gehen!«, sprach er und umklammerte den Arm mit festem Griff.

»Leute, da müsst ihr euren Kartenbruder wohl unterstützen und ihn sicher nach Hause begleiten«, rief der Wirt belustigt. »Am Ende erfriert uns der Delventhal sonst noch, weil er draußen nächtigen muss.«

Brummend kippte die Runde den letzten Schnaps und machte sich zum Aufbruch bereit, während Delventhal unruhig auf und ab lief. Schließlich traten sie vor die Türe, hinter ihnen schob der Wirt den Riegel vor. Die Jacken hochgeschlossen stemmten sich die Männer gemeinsam gegen den eisigen Wind. Die Schneeflocken schmerzten in den Augen.

»Was für eine Laus ist dir bloß über die Leber gelaufen?«, lachte Bauer Clüver torkelnd und fügte an: »Mir scheint, Schneeglätte und Alkohol in größeren Mengen vertragen sich nicht. Ich sollte wirklich umkehren und schnellstens heimgehen.« Trotzdem rutschen und schlitterten sie gemeinsam die Dorfstraße entlang. Die Sicht betrug keine zwanzig Meter und sie begegneten keiner Menschenseele. »Jeder gescheite Mensch sitzt heute Abend daheim am Feuer und folgt nicht den Hirngespinsten eines besoffenen Holzhändlers!«, schimpfte Tagelöhner Grote. »Du verträgst wohl den Alkohol nicht mehr, Delventhal! Bist ja auch nicht mehr der Jüngste!«

Das stimmte, doch er war ein hochgewachsener, kräftiger Kerl. Und sie alle wussten, dass er zupacken konnte, pragmatisch und lebenstüchtig war. Tag ein, Tag aus traf man ihn in seiner Arbeitskleidung an, einer dunklen Latzhose, einem karierten Hemd und einer weite Jacke. Sein Holzhandel und die Hofstelle verhalfen ihm zu einem ordentlichen Auskommen und obwohl er im Alter von 60 Jahren immer noch Junggeselle war, fehlte es ihm an nichts. Den Haushalt führte ihm seit vielen Jahren die Witwe Siebe, eine eigenwillige Frau, die das Zupacken gewohnt war und trotz ihrer trüben Augen auf Reinlichkeit achtete. Nach dem Tod ihres Mannes hatte sie die eigene Hofstelle eine Weile alleine geführt. Doch ihre Kraft hatte für die zahlreichen Arbeiten nicht ausgereicht und einen vernünftigen Knecht hatte sie nicht finden können. So war sie als Wirtschafterin zum Bauer Delventhal gekommen und hatte die im Haushalt anfallenden Tätigkeiten übernommen. Anfangs hatte es regelmäßig Reibereien zwischen ihnen gegeben. Insbesondere der Jähzorn des Hofbesitzers machte das Zusammenleben schwierig. Allerdings ließ sich die gute Frau dadurch nicht einschüchtern und nahm kein Blatt vor den Mund, insbesondere wenn Bauer Delventhal alkoholisiert aus der Gaststätte zurückkehrte. Zweimal hatte er sich bereits volltrunken statt in die Schlafkammer in die Viehnischen gelegt, wo sie ihn am nächsten Morgen völlig verschmutzt vorgefunden hatte. Und auch wenn Delventhal auch beim Kartenspielen mitunter zu Wutausbrüchen neigte, war er doch ein vernünftiger Kerl, dem man im Zweifelsfall beistehen musste – so wie es seine Kartenbrüder nun ja auch taten.

Nach einigen Minuten Fußmarsch durch die nächtliche Kälte erreichte die Gruppe den eichenumstandenen Fachwerkhof, der etwa fünfzig Meter von der Dorfstraße zurückversetzt lag. Ein großes Holzlager schirmte die Hofstelle zur Straßenseite ab. Rechts und links des Haupthauses lagen zwei Remisen, daneben ein kleiner Schafstall mit Vorratskammer. Hintereinander passierten sie das große Tor zum Hof, gingen am Stallgebäude entlang und blieben dann an einer der Seitentüren stehen. Hier war der Schnee niedergetreten und die Tür war nicht verschlossen. Delventhal legte seinen Zeigefinger an die aufgesprungenen Lippen, dann traten die Männer schweigend in die Dunkelheit der Diele.

Angespannt horchten sie in die Stille hinein, doch außer dem tobenden Wind vernahmen sie nichts. Im Gebäude war es sehr kühl. Ihr Atem bildete kleine Wolken in der Luft. Auf dem kunstvoll aus Kieselsteinen gelegten Boden in der Mitte des Fletts glühten niedergebrannte Holzreste in der offenen Feuerstelle. Angefacht durch den Luftzug züngelten gelbblaue Flammen auf, warfen unheimliche Schatten an die Wände und erstarben sofort wieder.

»Was ist hier denn jetzt so merkwürdig, dass du extra wieder in die Schankstube zurückgekehrt bist?«, erkundigte sich Bauer Müller unbedarft und trat an die Feuerstelle heran. Aus einem Weidenkorb legte er zwei große Holzscheite in die Glut, dann griff er nach dem ledernen Feuerpüster und erweckte das Feuer zu neuem Leben. Rauch tänzelte zu den schwarzen Balken hinauf, verteilte sich auf der Diele und brannte in den Augen, ehe er endlich zum Dach hinauszog.

Bauer Delventhal hustete, bevor er mit rauer Stimme antwortete: »Hier stimmt was nicht. Die Witwe Siebe stellt mir immer eine Tranlampe auf den Küchentisch, wenn ich spät heimkomme. Damit ich in der Dunkelheit nichts umstoße.« Er zeigte auf einen rechteckigen Holztisch in der Nähe der Feuerstelle. Dort standen einige Gläser mit eingekochter Wurst, aber keine Tranlampe.

»Darum scheuchst du uns durch diese Kälte hierher?«, fragte der Tagelöhner Grote ungläubig, während er sich missmutig auf der schummrigen Diele umschaute. »Wahrscheinlich hat sie es einfach vergessen und liegt selig schlummernd in ihrer Kammer. So wie wir es auch tun sollten …«

Aus den Buchten des Stalls, der ohne Abtrennung direkt an die Wohnküche anschloss, drang gelegentlich ein leises Schnaufen. Keines der Tiere machte einen nervösen Eindruck.

»Die Witwe hat noch niemals die Tranlampe vergessen. Aber was mich wirklich stutzig gemacht hat, ist der Hund. Warum schlägt er nicht an? Und vor allem: Wo ist er?«, fragte Delventhal und sah sich unruhig um.

»Vielleicht ist die Witwe ja noch mit dem Hund auf die Nachbarschaft gegangen und hat sich festgequatscht«, überlegte Bauer Clüver zögernd. Das Ganze kam ihm nun auch etwas merkwürdig vor.

»Niemals hätte die Witwe bei den Temperaturen das Feuer niederbrennen lassen. Und wenn sie zu Bett oder außer Haus gegangen wäre, hätte sie die Feuerstelle doch vernünftig abgedeckt. Sie weiß so gut wie ihr, dass der rote Hahn sich nur allzu gerne in die weich gedeckten Dächer einnistet. Ein Funke genügt, um ein Inferno zu entfachen. Dafür ist die Siebe viel zu umsichtig!«, entgegnete Delventhal.

Das Heulen des Windes nahm zu. Eisige Windböen ergriffen das Dach und ließen es unter ihrer Wucht ächzen. Die

Balken knarrten und ein leichter Schleier aus Staub rieselte auf die Männer herab. Plötzlich vernahmen sie ein Knirschen. Die Anwesenden wandten sich dem Geräusch zu. Bauer Delventhal war mit seinen Stiefeln in Glasscherben getreten. Am Boden erkannte er im Schein des Feuers die zerborstenen Reste der Tranlampe.

»Hier stimmt etwas ganz und gar nicht!« Er eilte zum Küchenbord, auf dem sich eine weitere Lampe befand, und entzündete diese.

»Verdammt«, rief er erschrocken aus, als das Licht den Raum wenigstens etwas erhellte. »Hier … hier liegt der Hund.«

Die anderen eilten herbei und sahen, wie er das Tier auf den Rücken drehte. Um den Körper herum hatte sich eine Blutlache ausgebreitet.

»Er ist noch nicht kalt«, sagte Delventhal, während er seine blutige Hand an der Hose abwischte. Im Schein der Lampe sahen sie eine klaffende Stichwunde im Bauch des Hundes.

»Du recht hast. Hier ist etwas ganz und gar nicht in Ordnung!«, murmelte Bauer Müller und sah sich dabei beklommen um, während die anderen Männer ebenfalls von einer üblen Vorahnung erfasst wurden. »Wir müssen die Witwe Siebe finden …«

Sie entzündeten mehrere Tranlampen, um die Umgebung genauer zu untersuchen. Hatten sie bislang nur wenige Worte verloren, berieten sie jetzt, was zu tun sei. Es war kaum anzunehmen, dass die Witwe Siebe den Hund getötet hatte. Er war ein aufmerksames und wehrhaftes Tier, das Fremde zwar ins Haus hinein, aber nicht einfach wieder hinausließ.

Die Männer bewaffneten sich mit Spaten, Mistforke und anderen Werkzeugen, die an den Holzbalken der Stallgasse hingen. Sollte hier noch jemand sein Unwesen treiben, so konnten sie sich zumindest zur Wehr setzen.

»Witwe Siebe, seid Ihr schon zu Bett gegangen?«, rief Bauer Delventhal nun laut, während er an die Kammertür am Ende der Diele klopfte. Die drei Kammern an der Giebelseite des Wohngebäudes waren durch eine Wand abgetrennt. Mittig lag die gute Stube, die sogar einen kleinen Ofen hatte. Die linke Tür führte in die Schlafkammer der Witwe, rechts befand sich Delventhals Zimmer.

Energisch klopfte er noch einmal und drückte dann entschlossen die Messingklinke herunter. Die Scharniere quietschten schauerlich, als er die Türe öffnete. Mit der Tranlampe leuchtete er in den kleinen Raum hinein. Das dicke Federbett wölbte sich ordentlich über die Strohmatratze. Die Kammer war leer und das Bett lag unberührt da.

Auch die gute Stube war menschenleer und unverändert. Ein großer Webrahmen füllte den Raum aus, daneben standen zwei Stühle, auf denen Strickzeug lag. Einige fertige Paar Wollstrümpfe lagen zusammengelegt in einem Binsenkorb.

»Hier ist sie auch nicht«, stellte Delventhal fest, nachdem er einen schnellen Blick in seine eigene Kammer geworfen hatte.

»Ist es möglich, dass sie sich aus Versehen selbst in der Speisekammer eingesperrt hat, als sie das frisch Eingekochte hinüberbrachte?«, fragte Bauer Clüver und zeigte auf die Mettwurstgläser auf der Tischplatte, wie um seine Vermutung zu bestätigen.

»Ich will das nicht ausschließen, aber eigentlich ist das nicht möglich. Die Tür zur Speisekammer geht nach außen auf. Sie ist mit einem Metallriegel versehen und mit einem Vorhängeschloss gesichert. Den Riegel kann man nur von der Außenseite vorschieben. Selbst wenn der Wind die Türe zugeweht hätte, wäre sie nicht verschlossen.«

»Und wenn die Frau dort eingesperrt wurde?«, kommentierte Bauer Müller Delventhals Überlegung. »Wir müssen ja damit rechnen, dass sich jemand hier auf dem Hof zu schaffen gemacht hat. Bedenke den toten Hund.«

»Es bringt jetzt aber nichts, wenn wir wie ein paar aufgescheuchte Hühner loslaufen«, mischte sich Tagelöhner Grote ein. »Erst suchen wir im Wohnhaus und dann schauen wir weiter. Hauptsache, wir bleiben zusammen, falls sich hier jemand versteckt hält.« Er bedeutete den anderen Männern, ihm zu folgen und die Tierbuchten mit den Tranlampen auszuleuchten. Drei Kühe, vier Schweine und zwei Pferde ruhten dort. Die schläfrigen Tiere reagierten gelassen auf das Licht. Selbst auf dem Abtritt neben den Schweinepferchen sahen die Männer nach. Von der Witwe Siebe fehlte jede Spur.

Ratlos blickten sie sich um, dann griff Bauer Delventhal die alte Leiter und stellte sie in die Luke zum Heuboden.

»Gottverdammtes Weib, du wirst doch nicht so dumm sein und dort oben hocken!«, schimpfte er in seinen Jackenkragen, als er zum dritten Mal von den Sprossen abrutschte. Auch wenn sie alle vom Schreck ernüchtert waren, zeigte der Alkohol noch seine Wirkung.

Tagelöhner Grote schob Delventhal beiseite. »Lass mich das mal machen.« Ungeschickt kletterte er hinauf zur Luke. Hier oben klang das Heulen des Windes noch eindringlicher und jagte dem Tagelöhner einen kalten Schauer über den Rücken.

Gerade als er die Luke zum Heuboden aufdrücken wollte, vernahm er die aufgeregte Stimme von Bauer Clüver: »Hier her! Hier ist was Merkwürdiges!«

In gebückter Haltung bewegte er sich hinter dem Abtritt am Ende der Stallgasse auf die rechte Hausecke zu und leuchtete den Fußboden ab. Er berührte mit den Fingerspitzen die dort sichtbaren dunklen Flecken und roch daran. »Das ist eindeutig Blut«, erklärte er und wischte die Finger an einem großen Stofftaschentuch wieder sauber.

»Das hat nichts zu sagen, das kann auch von der Sau sein, die wir vorgestern geschlachtet haben«, fiel Bauer Delventhal ihm ins Wort, dabei blickte er zum Boden.

»Nee, das kann nicht sein! Das Blut ist noch frisch, sonst wär's doch längst getrocknet! Und hier«, Bauer Clüver deutete mit der freien Hand zum Fußboden, »das sieht aus wie eine Schleifspur. Hier hat jemand etwas entlanggezogen.«

Tagelöhner Grote sprang von der Leiter und auch die anderen Männer kamen näher, um die Spuren zu betrachten. Im Schein der Tranlampen folgten sie zwei parallelen Linien, die vorbei an der Dreckkammer in den hintersten Winkel des Hauses führten. Man musste schon sehr genau hinsehen, um zwischen all den Futterresten überhaupt etwas zu bemerken. Der Hühnerverschlag war direkt an den Abtritt angebaut. Eine kleine Öffnung im Mauerwerk führte aus dem Hühnerverschlag nach draußen. Ein robustes Brett klemmte davor und verhinderte so das Eindringen von Marder oder Fuchs. Die zehn Hühner und der Hahn saßen schlafend auf der Hühnerstange. Am Boden, hinter der mit Maschendraht beschlagenen Tür, lag die Witwe Siebe mit verdrehtem Körper und aufgerissenen Augen im Hühnerdreck. Sie rührte sich nicht und starrte stumm zur Decke. Eilig öffneten die Männer den Verschlag und beugten sich über sie. Doch für ihren leblosen Körper kam jede Hilfe zu spät.

Bauer Clüver rannte so schnell es die Witterung zuließ die dunkle Dorfstraße entlang. Der Ahauser Gendarm bewohnte mit seiner Familie ein kleines Haus in der Mühlenstraße, keine fünf Minuten vom Tatort entfernt. Clüver hämmerte mit dem Türklopfer, der die Form eines Reitstiefels hatte, energisch gegen das Türblatt. Unruhig wartete er, bis sich endlich schlurfende Schritte näherten. Einen Augenblick später erschien die imposante Gestalt des Gendarmen. Im Nachtgewand stand er in der Haustür und blickte unwirsch auf Bauer Clüver herunter.

»Ein Mord im Haus vom Delventhal! Du musst sofort mitkommen!«, platzte es aus Clüver heraus, noch ehe der Gendarm etwas sagen konnte. Der zog die rechte Augenbraue nach oben und winkte den Bauern in die kleine Amtsstube hinein, wo er ein Licht entzündete. Der winzige Raum, dessen Fenster zur Straßenseite lagen, war spartanisch mit einem Schreibtisch und zwei Stühlen eingerichtet.

»Setz dich auf den Besucherstuhl dort drüben, ich ziehe mir erst einmal etwas über und dann erzählst du mir, was vorgefallen ist!«

Zackigen Schrittes kehrte der Gendarm nach wenigen Minuten in die Amtsstube zurück und nahm auf der gegenüberliegenden Seite des Schreibtisches Platz. Er hatte seine Dienstuniform angelegt, die aus einer grünen Jacke mit Goldknöpfen, Gürtel und einer grau-blauen Hose sowie schwarzen Stiefeln bestand. An den Ärmeln der Jacke trug er breite Manschetten, ein Stehkragen umschloss den Hals.

»So, du willst also einen Mord zur Anzeige bringen?«, fragte er in autoritärem Tonfall und blickte mit dem linken Auge durch einen Zwicker auf sein Gegenüber. Es war offensichtlich, dass der Gendarm keinesfalls davon überzeugt war.

»Ja, die Witwe Siebe, sie ist … Also, sie liegt im Hühnerverschlag vom Delventhal. Da war Blut und sie war völlig verdreht. Sie ist …«, berichtete Clüver aufgeregt von dem grausigen Leichenfund.

Der Gendarm kratze sich nachdenklich am Kinn. »Und da bist du dir ganz sicher? Oder hat der Schnaps dir und den anderen womöglich einen Streich gespielt?« Bei diesen Worten beugte er sich vor und sog bedeutungsvoll die Luft ein. Die freitägliche Kartenrunde war im Dorf durchaus bekannt für ihren hohen Alkoholkonsum.

Bauer Clüver schüttelte matt den Kopf: »Da war kein Leben mehr in ihr!«

»Dann müssen wir jetzt erst eine Meldung aufnehmen, so sieht es das Gesetz vor«, erklärte der Gendarm.

»Sollten wir uns denn nicht eiligst an den Tatort begeben?«, fragte Clüver aufgeregt. »Vielleicht ist der Täter ja noch in der Nähe!«

»Sag mir nicht, wie ich meine Arbeit zu machen habe!«, entgegnete der Gendarm barsch. »Ich halte mich nur an die Vorschriften. Und wenn die Witwe tot ist, wird sie kurz warten können, bis die Formalitäten erledigt sind!« Damit begann er, mit der Schreibmaschine ein Formblatt auszufüllen. Schließlich zog er das Papier mit einem Ruck heraus. »Ich verlese jetzt noch einmal die Aussage und wenn alles richtig ist, musst du sie unterschreiben«, erklärte er dem Bauern, der nickte.

Am heutigen Freitag, den 15. Februar 1895, wurde die Leiche der Witwe Siebe gegen 22:30 Uhr in meinem Beisein in Ahausen auf dem Hof Delventhal Nr. 23, gelegen an der Hauptstraße, aufgefunden. Anwesend bei dem Leichenfund waren der Bauer Delventhal daselbst, Tagelöhner Grote, Bauer Heinrich Müller und der anzeigende Bauer Konrad Clüver. Alle Personen sind wohnhaft in Ahausen. Der Anzeigende gibt zu Protokoll, dass die oben genannten Personen zuvor in der Schankstube zum Ahauser Hof gemeinsam Karten gespielt und einiges an Alkohol zu sich genommen hätten. Bauer Delventhal verließ demnach die Kartenrunde als Erster, kehrte aber nach ungefähr 15 Minuten erneut in die Schankstube zurück. Sichtlich erregt bat er die Anwesenden, ihn nach Hause zu begleiten, da er nicht alleine dorthin zurückkehren wollte. Eine konkrete Begründung nannte er nicht. Die Anwesenden kamen nach kurzer Diskussion seiner Bitte nach, auch weil sie befürchteten, dass er aufgrund des erheblichen Genusses von Alkohol und der winterlichen Verhältnissen den Weg nur schwerlich erneut zurücklegen könnte. Im Wohnhaus fanden sie beim Betreten der Diele den Hofhund tot in seinem Blute liegend vor. Bei der anschließenden Durchsuchung des Wohnhauses entdeckten sie die Tote im Hühnerstall liegend. Fremde Personen wurden nicht bemerkt.

Der Gendarm zog seine Taschenuhr aus der Uniformjacke. 23:20 Uhr vermerkte er auf dem Protokoll, dann reichte er den Füllfederhalter über die Schreitischplatte. »Hier unten bitte mit vollem Vor- und Nachnamen unterzeichnen«, wies er Bauer Clüver an, der das Papier hastig unterschrieb und es zurückreichte.

»War es das jetzt?«

Der Gendarm nickte zufrieden, warf sich seinen Mantel über und setzt die Pickelhaube auf das kurz geschorene Haar. Er bedeutete Clüver, ihn zu begleiten.

Die Zurückgebliebenen hatten noch einige Holzscheite nachgelegt. Das Feuer loderte nun kräftig und Funken stoben in alle Richtungen. Sie hatten die Tote vorsichtig aus dem Hühnerverschlag herausgehoben und auf eine alte Pferdedecke in der Stallgasse gelegt. Den Körper hatten sie mit einem sauberen Bettlaken abgedeckt.

Als der Gendarm das Laken anhob, schreckte er kurz zurück. »In der Tat«, murmelte er wie zu sich selbst. Er schloss ihre Augenlider und untersuchte kurz die große Kopfwunde, an der eine Mischung aus Knochensplittern, Blut und Haaren klebte. Die Totenstarre hatte noch nicht eingesetzt und so kreuzte er ihre Arme vor der Brust. Dann richtete er sich auf und schaute streng in die Runde. Clüver, Grote und Müller standen unsicher in der Nähe der Leiche und warteten auf weitere Instruktionen. Delventhal saß einige Meter von ihnen entfernt auf einem Stuhl am Feuer, die groben Hände auf den Oberschenkeln abgelegt. »Wer macht denn sowas?«, wiederholte er fortlaufend mit hängendem Kopf.

»Wir gehen jetzt gemeinsam und suchen das restliche Hofgelände ab. Vielleicht finden wir ja noch Hinweise auf den Halunken, der hier gemordet hat. Delventhal, wir brauchen mehr Licht!«, befahl der Gendarm energisch.

Das Schneetreiben hatte nachgelassen, der Himmel klarte auf. Systematisch schritten sie das Hofgelände und die dazugehörigen Gebäude ab. Die Schneedecke machte einen unberührten Eindruck. Hier war in den letzten Stunden niemand entlanggelaufen. Allerdings führte im Neuschnee eine eindeutige Spur von der Dorfstraße auf die Seiten- und Giebeltür zu. »Als ihr gemeinsam zur Hofstelle gegangen seid, ist euch da bereits eine Spur im Schnee aufgefallen?«, befragte der Gendarm die Anwesenden. Doch keiner hatte darauf geachtet. Dabei musste eine Spur von Delventhal dagewesen sein. Plötzlich bemerkte der Gendarm eine weitere Spur, die vom Haus hinter das Holzlager führte und vom Neuschnee schon fast verdeckt wurde. Tatsächlich fanden sie auf der Rückseite, im Windschatten des Lagers, einige gut erhaltene Stiefelabdrücke. Hier musste sich jemand längere Zeit aufgehalten und in der Deckung die Seitentür beobachtet haben.

»Delventhal, wann bist du das letzte Mal hier hinten beim Holzlager gewesen?«, fragte der Gendarm und zeigte auf die Spuren.

»Gestern, ich habe vier Schubkarren Holz auf die Diele gefahren. Das mache ich immer so. Ich lege einen kleinen Vorrat auf die Diele. Eine Karre genügt in der Regel für einen Tag. Heute musste ich dafür kein Holz hereinholen.«

»Hat die Witwe Siebe vielleicht auch Holz vom Lager hereingebracht?«

»Nein, das war meine Aufgabe. Und wenn nicht genug Holz zum Heizen auf der Diele gewesen wäre, hätte sie mich geschickt. Außerdem nehmen wir unser Brennholz immer von der Vorderseite und nicht von der Rückseite des Holzstapels. Da, wo die Spuren sind, gehen wir für gewöhnlich nicht hin.«

Der Gendarm nahm die Aussage zu Protokoll. Die Zeit war weit fortgeschritten, der Nachtwächter rief bereits die mitternächtliche Stunde aus. Auch ihn würde er befragen müssen, überlegte der Gendarm und machte eine weitere Notiz.

»Delventhal, bring mir mal zwei leere Säcke her!«, befahl er. Dann fertigte er eine schnelle Skizze des Schuhprofils an. Es handelte sich um den Abdruck eines linken und rechten Stiefels, wobei letzterer eine Besonderheit aufwies. Der eine Absatz zeigte ein anderes Muster als die Sohlen, die viel gröber geriffelt waren. »Zeigt mir bitte alle eure Stiefel, damit ich sie mit diesen Abdrücken hier vergleichen kann!«, forderte er die Anwesenden auf. Doch bei keinem der Stiefel gab es eine Übereinstimmung. Mit den herbeigebrachten Jutesäcken deckte er die Spuren sorgfältig ab und hoffte, dass sie so bis zum nächsten Tage erhalten bleiben würden.

Winterzeit im Teufelsmoor

1894

Ihre Reiseroute führte weiter in nördlicher Richtung. Mit hängendem Kopf zog das Kutschpferd den Küchenwagen über die einsame Landstraße auf das Teufelsmoor zu. Die weißen Stämme der Birken leuchteten vor dem Dunkel der Moorflächen. In den freien Wasserflächen, deren Ränder mit niedrigen Binsen und Gräsern bewachsen waren, spiegelten sich die dahingleitenden Wolken wieder. Dazwischen lagen moorige braune Inseln wie ein Flickenteppich aneinandergereiht.

Die Wege im Moor verliefen schnurgerade, gesäumt von tiefen Entwässerungskanälen. So wurde der Natur mühsam Land abgerungen.

»Dem Ersten den Tod, dem Zweiten die Not und dem Dritten das Brot«, so lautete das Gesetz des Moores, dem keiner der Moorbauern entkam.

Mit ihrem Einspänner passierten sie einen großen Moorstich, an dem ganze Familien Torfabbau betrieben. Mit Moorspaten stachen sie große Soden, um sie anschließend in der Sonne zu trocknen. Torf war ihre wichtigste Einnahmequelle, denn das Land brachte kaum Ertrag ein. In den feuchten, kalten Moorkaten, die sich tief in die Landschaft duckten, hausten die Bewohner unter elenden Bedingungen. Alles war feucht und klamm. Oftmals brannte der Rauch in den Augen und verdarb die Lungen. Der Tod war hier nie fern und lauerte mit Krankheiten, Entkräftung oder den Tücken des Moores seinen Opfern auf.

Flora spürte an der eisiger werdenden Luft, dass der Frost nun nicht mehr fern war. Sie grub die Hände noch tiefer in die Taschen ihres Mantels und versuchte sich an die Wärme der letzten Tage zu erinnern. Der Winter war in diesen Ge-

genden hart. Wenn der Frost erst im Boden saß, ließ sich der Torf nicht mehr stechen und den Moorbauern fehlte ein wichtiger Verdienst. Und ihre Hofstellen erbrachten alleine häufig kaum genug, die ganze Familie zu versorgen. Doch so sehr Flora die armen Bauern auch bedauerte, für ihre kleine Truppe brachte der Frost einen großen Vorteil, da sie mit dem schweren Küchenwagen nicht so tief einsackten.

Seit einigen Jahren machten sie stets einen kurzen Abstecher in diese schaurige Gegend, um ihre Heilmittel zu den Moorbauern zu bringen. Hier wurden sie wirklich benötigt, denn einen Arzt konnte sich niemand leisten und die meisten fahrenden Anbieter mieden das Moor. Carl Faustus aber hatte vor Jahren einem Moorbauern das Versprechen gegeben, die Gegend regelmäßig zu besuchen. Flora hatte ihn dafür schon mehr als einmal still verflucht und wollte sich gar nicht vorstellen, wie es zum Schwur ihres Vaters gekommen war. Es war ein gutes Werk, das wusste sie und daran hielt sie sich gedanklich fest, dennoch war es für sie die schwierigste und gefährlichste Zeit. Flora misstraute dem Moor zutiefst.

Sie folgten mit ihrem Gefährt dem Hauptkanal, der das ganze Moor durchzog. Braune Torfkähne glitten mit gesetzten Luggersegeln leise an ihnen vorüber.

»Moin Moin!«, erscholl der freundliche Ruf der Schiffer, die den gefragten Brennstoff über die Flüsse in die umliegenden Städte transportierten. Der Hauptkanal führte das Wasser zum Flüsschen Hamme, von dort gelangten sie in die Wümme, Lesum oder Weser. Dieses mühsame und kräftezehrende Unterfangen dauerte mitunter einige Tage, da der Wind häufig nicht aus der richtigen Richtung wehte. Dann zogen sie die Kähne vom Ufer aus oder bewegten sie mittels eines Stechpaddels vorwärts, das sie in einer achtförmigen Bewegung gleichmäßig durch das Wasser bewegten.

Carl Faustus saß mit hochgeschlagenem Jackenkragen und in eine fadenscheinige Wolldecke gewickelt auf dem Kutschbock. Neben ihm harrte Flora aus. Die schwache Wintersonne versank allmählich am Horizont.

»Nicht mehr lange«, dachte Flora mit Grauen, »dann verschlingt der Nebel die Landschaft und am Ende auch uns.«

Carl Faustus trieb das brave Pferd vorwärts, das unter der Last schnaufte. »Herkules, du musst mitschieben, sonst bleiben wir in diesem elenden Morast stecken.«

Mit aller Kraft stemmte Herkules sich hinten gegen das Fuhrwerk. Doch der Weg wurde zusehends weicher und nachgiebiger. Immer tiefer sanken die großen Speichenräder in den Untergrund. Mit einem schmatzenden Geräusch zog Herkules Schritt für Schritt seine ledernen Stiefel wieder aus dem Matsch. Wenn nicht gleich festerer Boden käme, würden sie sich festfahren.

»Flora, übernimm du die Zügel, ich prüfe die Wegstrecke, ob wir bald wieder festen Boden bekommen und dann schiebe ich mit«, rief Carl Faustus und sprang vom Kutschbock. Mit festem Griff übernahm Flora die Zügel von ihrem Vater und trieb das erschöpfte Pferd unerbittlich weiter. Mit kleinen, flinken Schritten eilte Carl Faustus dem Gespann voraus, dabei drohte er einige Male auf dem feuchten Untergrund das Gleichgewicht zu verlieren. Flora lachte trotz der schwierigen Situation laut auf. Angesichts der komischen Figur, die ihr Vater abgab, konnte sie sich nicht beherrschen.

Noch gut fünfzig Meter mussten sie durchhalten, dann wurde der Weg wieder passabel. Auf den letzten Metern schob Carl Faustus aus Leibeskräften mit.

»Und anhalten!«, befahl er schließlich laut. Sie befanden sich auf einer kleinen Anhöhe mit festerem Untergrund. Erschöpft untersuchten sie den Platz. Er bot keinen allzu großen

Schutz vor den Launen der Natur, doch für die Nacht musste es nun reichen.

»Vorsicht ist die Mutter der Porzellankiste«, verkündete Carl Faustus dennoch. »Wir legen die beiden Eichenbohlen unter die Räder des Wagens, auch wenn der Untergrund auf den ersten Blick tragfähig erscheint. Es wäre nicht das erste Mal, dass der Wagen in der Nacht einsinkt und dann haben wir den Salat. Und wenn Regen kommt, wird es sowieso kritisch.«

Bei diesen Worten beäugte er den Horizont, an dem sich dichte Wolkenfelder zeigten.

Umsichtig dirigierte Herkules den Küchenwagen mit allen vier Rädern auf die ausgelegten Eichenbohlen, dann spannten sie das entkräftete Pferd aus und versorgten es mit Wasser aus einem der Gräben sowie reichlich Futter.

Mit einigen Torfstückchen feuerte Fora den Ofen an und bereitete einen nahrhaften Getreidebrei mit Trockenobst und dazu eine Kanne Kamillentee zu. Sie aßen im Wagen an dem kleinen runden Tischchen. Kondenswasser rann an der Fensterscheibe herunter. Draußen herrschte völlige Dunkelheit.

Flora graute vor den nächsten Tagen, die sie in dieser unheimlichen Umgebung verbringen mussten. Immer wieder verschwanden Menschen und Tiere spurlos im Teufelsmoor. Wenn die Nebelschwaden gespenstisch über das Moor zogen und der Wind um die Ecken des Wagens heulte, glaubte Flora, darin die Silhouetten und Stimmen der Verschollen zu erkennen. Und sie war sicher, dass der Nebel, der hier dichter und zäher war, die Menschen im Moor verschlingen konnte wie ein übermächtiges Tier. Es war nicht nur, dass man die Hand vor Augen nicht mehr sah. Vielmehr war beim Nebel im Moor alles ausgelöscht, es gab keine Landschaft, keine Moorkaten und Menschen mehr, nur noch endloses trübes Weiß, dem man ausgeliefert war und das sich Seelen holte.

Während ihr Vater und Herkules tief schliefen, lauschte Flora auf die ungewohnten Geräusche und glaubte mehrfach, dass jemand um den Küchenwagen herumschlich. Schließlich schlüpfte sie aus dem Bett heraus, tauchte unter der Hängematte hindurch und öffnete die Schublade des kleinen runden Tischs. Sie fingerte in den Tarotkarten herum und zog eine Schutzkarte, die sie unter ihr Nachtgewand steckte.

»Bis wir das Moor verlassen«, flüsterte sie leise, »wirst du mich beschützen.« Sie kehrte in ihr Bett zurück und schloss endlich die Augen. Von dem Fremden, der sich leise davonschlich, bemerkte sie nichts.

Am Morgen erwachte Herkules als Erster und kletterte aus seiner Hängematte, die er sofort im Wagen verstaute. Der Tag versprach sonnig zu werden, obgleich die Temperaturen in der Nacht unter null Grad gelegen haben mussten, da sich Raureif gebildet hatte. Im Frost erkannte er Fußspuren, die vom Pferd zum Wagen und von dort in die Weite des Moores führten. Kein Mensch mit lauteren Absichten würde bei Nebel durchs Moor schleichen! Sie mussten wachsam sein!

Um seine Morgentoilette zu erledigen, schlug Herkules ein Loch in das dünne Eis des Wassergrabens, schöpfte bräunliches Wasser mit einem Metalleimer heraus und bereitete eine Kanne Zichorienkaffee vor.

Flora erwachte durch Herkules' Geschäftigkeit. Neugierig zog sie die Tarotkarte unter ihrem Gewand hervor. »Mein Gott, der Narr!«, entfuhr es Flora, als sie das Motiv auf der Karte erblickte, und sie lachte schallend. »Dich kann ich gut gebrauchen, fehlt es mir hier im Moor doch eindeutig an Lebensfreude und Unbeschwertheit.«

Schnell schlüpfte sie aus dem Bett und weckte anschließend ihren Vater. Ein bisschen Katzenwäsche bei den kühlen

Temperaturen reichten ihr fürs Erste. Ihr Vater machte sich derweil zu Pferd auf den Weg in die nächste Ansiedlung, um ihre Ankunft zu verkünden und ihren Standort bekanntzugeben. Danach dauerte es für gewöhnlich nicht lange, bis die Nachricht sich im Moor verbreitete und die ersten Kunden kamen. Und bis dahin musste alles vorbereitet sein.

Tatsächlich kamen die Leute wie immer in Scharen. Viele litten unter einem schlimmen Husten, der nicht ausheilen wollte. Zur Behandlung mischte Carl Faustus eine bewährte Kräutermischung aus Bärlapp, Bockshornklee und Brennnessel an, die er gebrauchsfertig in kleinen Papiertütchen abwog.

»Einen Teelöffel der Kräutermischung in eine Tasse geben und 10 Minuten ziehen lassen, dann den Tee warm trinken. Das dreimal täglich«, erklärte Carl Faustus die Anwendung mehreren Patienten gleichzeitig. Die Moorbauern nickten und bezahlten mit einigen Stückchen getrocknetem Torf. Eine Entlohnung, die Carl Faustus gerne annahm. Seine Vorräte an Brennmaterial neigten sich dem Ende zu und so brachte der Tauschhandel Vorteile für beide Seiten. Außerdem war Torf wesentlich leichter als Holz und von daher kein übermäßiger Ballast.

Tinkturen gegen Warzen, Läusepulver und Salben gegen Entzündungen, das ganze Angebot fand reißenden Absatz. Die meisten Leute zahlten in Naturalien, die sie der kargen Moorlandschaft abgerungen hatten, von Torf über Lebensmittel bis zu gestrickten Strümpfen. Am Ende des Tages waren die Vorräte für den Winter aufgefüllt.

Floras Dienste wurden nur wenig in Anspruch genommen und so hatte sie, zur Freude einer großen Kinderschar, ausreichend Gelegenheit, ihre Übungen auf dem Seil zu absolvieren. Keines der Moorkinder war je in einer Schaubude gewesen oder hatte einen Rummel besucht. Nicht einmal zur Schule gingen sie regelmäßig, da sie mit zum Unterhalt der Familie beitragen mussten. Nun aber saßen sie aufmerksam auf dem kalten Erdboden und verfolgten Floras Künste.

Herkules hatte das Seil zwischen einer jungen Birke und dem Küchenwagen gespannt, zum gefahrlosen Üben eine ausreichende Höhe. Und Flora erfreute sich an den glücklichen Kindergesichtern, die staunend zu ihr aufblickten und dadurch ihr Elend für einen Augenblick vergaßen. Zweimal musste sie das Seil verlassen, da sie das Gleichgewicht verlor. Aber einen Sturz auf den weichen Moorboden überstand sie ohne größere Verletzungen.

»Nun macht schon, dass ihr nach Hause kommt, bevor das letzte Tageslicht erlischt!«, scheuchte Flora am Abend die noch verbliebenen Kinder davon.

»Heute ist Neumond, da kommen die Moorgeister und packen diejenigen, die beim Einsetzen der Nacht nicht im Hause sind, und entführen sie in das Land der Toten«, teilte ihr ein vielleicht zwölfjähriges blasses Mädchen ängstlich mit. Offensichtlich hatte das arme Kind völlig die Zeit vergessen, während sie Flora auf dem Hochseil zugesehen hatte.

»Dann beeil dich, damit dir nichts geschieht!«, forderte Flora sie energisch auf und trieb das Kind hinter einer Gruppe großer Jungen her. Sie hoffte, dass sie alle den gleichen Heimweg hatten. Beklommen stieg Flora in den Küchenwagen. Auch sie fürchtete die Moorgeister und beschloss, sich heute Abend nicht mehr als fünf Schritte vom Küchenwagen zu entfernen.

Abends aßen sie gemeinsam Buchweizenpfannkuchen, als Herkules forderte: »Wir müssen wieder südwärts ziehen und in größeren Ortschaften Station machen! Hier bleibt mir kaum etwas zu tun und ich komme aus der Übung.«

Carl Faustus schüttelte den Kopf: »Wir bleiben noch einige Tage im Moor. Das Pferd kann noch eine Pause gebrauchen, immerhin ist es schon 17 Jahre alt. In ein paar Tagen reisen wir weiter!«

Nach dem Essen spielten die Männer eine Weile Karten, während Flora im Schein der Kerzen Hemden flickte. Draußen frischte der Wind auf und das Heulen der Windböen verursachte bei Flora eine Gänsehaut. Wieder hatte sie das Gefühl, Stimmen zu hören, als ob der Wind die Klagen der Wiedergänger durch die Lüfte trüge. Auch Herkules lauschte immer wieder in die Dunkelheit hinein. Er hatte die Fußspuren aus der vergangenen Nacht noch vor Augen.

Lange lag er in dieser Nacht wach und horchte auf jedes Geräusch. Ebenso wie Flora verfluchte er Carl Faustus, der sie alljährlich zu diesem Abstecher zwang. Es wäre nicht das erste Mal, dass ihnen am kommenden Tag etwas fehlte.

Am nächsten Morgen war jedoch alles an Ort und Stelle. Schon früh kamen die ersten Kunden und die Geschäfte der nächsten Tage verliefen, ebenso wie die Nächte, ohne besondere Vorkommnisse.

Als sie am fünften Tag ihres Aufenthalts erwachten, war die Landschaft um sie herum jedoch verschwunden. Der Nebel war so undurchdringlich, dass man die Hand vor Augen nicht sehen konnte und alle Geräusche verschluckt wurden.

»Keiner verlässt den Wagen!«, wies Carl Faustus sie an.

»Aber das Pferd muss versorgt werden«, wandte Flora ein.

»Wir wollen hoffen, dass der Nebel sich bald lichtet. Und bis dahin bleiben alle, wo sie sind!«

Tatsächlich setzte Carl Faustus sogar durch, dass sie sich ein Seil umbanden, wenn sie ihre Notdurft verrichteten. So konnte man nicht in eine falsche Richtung gehen, wenn man im Nebel jedes Gefühl verlor. Fast schien es, als würden sich auch oben und unten umkehren und alle Sinne schwinden.

Erst nach zwei Tagen war der Spuk vorbei. So plötzlich und lautlos, wie er gekommen war, verschwand der Nebel und offenbarte einen eisigen Tag. Das Pferd, nur wenige Meter vom Wagen angebunden, wirkte völlig verängstigt und entkräftet. Carl Faustus entschied, keine weitere Nacht hier zu verbringen.

»Herkules, du wirst dem Pferd helfen müssen! Aber wenn wir sofort aufbrechen, können wir bis zum Einbruch der Dunkelheit den schlimmsten Teil hinter uns gelassen haben.«

Nicht nur Flora atmete erleichtert auf. Sie alle hatten genug von dieser feuchten und ungastlichen Gegend.

Über den gefrorenen Moordamm rollten die Räder des Küchenwagens leicht hinweg, ohne einzusinken. Wenigstens einen Vorteil musste der Winter in dieser entbehrungsreichen Landschaft ja mit sich bringen. Endlich erreichten sie die Landstraße, der sie in südöstlicher Richtung folgten. Es war an der Zeit, wieder vor einem Publikum aufzutreten. Sie hatten im Moor zwar ihre Vorräte aufgefüllt, nun musste die Kasse wieder klingeln, entschied Carl Faustus.

Flora taute bei dem Gedanken daran wieder auf. Diese ganze Bodenständigkeit, die Schwere war nichts für sie. Wenn es je einen Mann geben würde, dem sie ihr Herz schenkte, dann musste er auch zum fahrenden Volk der Schausteller gehören – und ihr schwören, dass er das Moor stets meiden würde. Sie liebte einfach den Rummel, das fröhliche und lärmende Getümmel und genoss die Zusammentreffen mit den anderen Künstlern. Zwar begannen die Rummel erst im Frühjahr wieder, aber die Aussicht, in größeren Orten wieder Vorstellungen in den Gasthäusern zu geben, befriedigte Floras Sehnsucht wenigsten ein bisschen.

Sie gastierten für zwei Tage in Tarmstedt. Ihre Anwesenheit sprach sich schnell herum und die beiden Vorstellungen im Tarmstedter Hof waren gut besucht. Carl Faustus war sehr zufrieden, auch wenn die Vorstellungen nicht ganz rund liefen. Gleich am ersten Abend musste Herkules einmal blitzschnell zugreifen, als Flora die Balance verlor und kopfüber vom Seil hinabstürzte. Mit einer geschickten Drehung kam Flora aus Herkules' Armen wieder auf die Beine und tat so, als ob dieser Abgang zu ihrer Vorstellung gehöre. Auf die erschreckten Ausrufe folgte sogleich lauter Beifall.

Geschickt überging auch ihr Vater die Schrecksekunde, obwohl ihm die Angst noch in den Knochen saß, und kündigte die nächste Attraktion an, denn auch Herkules stellte sich wieder seinen Gegnern. Allerdings kassierte er in der zweiten Vorstellung zwei derbe Boxhiebe am Kopf, sodass seine Augenbraue aufplatzte und das herablaufende Blut seine Sicht beeinträchtigte. Für einen Augenblick schien es, als würde er den Kampf verlieren. Glücklicherweise traf er dann jedoch die Kinnspitze seines Gegners, der wie ein gefällter Baum zu Boden fiel.

»Ein K.-o.-Sieg vom Feinsten!«, verkündete Carl Faustus mit sich überschlagender Stimme und hielt den Arm des Siegers in die Luft.

Flora eilte mit einem Eimer kalten Wassers herbei und legte dem Niedergeschlagenen einen feuchten Lappen auf die Stirn, bis dieser wieder bei Sinnen war. Carl Faustus tätschelte seine Wangen und half ihm auf. Der Mann schwankte kräftig und hielt sich mit einer Hand das Kinn. Einige Zuschauer eilten herbei, die den Besiegten unterhakten und mitnahmen.

Endlich konnte Flora sich um Herkules kümmern. Die Platzwunde an seinen Augenbrauen sah schlimm aus. Sie konnte sich nicht erinnern, wie häufig er solche Blessuren bereits erlitten hatte. Die Heilung dauerte jedes Mal länger und die Narben wurden immer wulstiger, obwohl sie die Wunde reinigte und fest zusammendrückte. Diesmal schwollen sogar seine Augenlider stark an. Trotz seiner Siege wirkte Herkules eher wie ein zerschundener Hund, der so oft vom Leben gezeichnet worden war, dass sein wahres Aussehen immer mehr in Vergessenheit geriet.

»Flora, mein gutes Mädchen, du bist die Einzige, die es wirklich gut mit mir meint«, stöhnte Herkules erschöpft. »Ich schaffe es nicht mehr lange und dann kommt irgendein junger Bursche und haut mich um.«

Flora bemühte sich emsig um die Wunden und versuchte, zuversichtlich zu klingen: »Lass uns erst einmal das Weihnachtsfest und Silvester bei unseren Freunden in Quelkhorn verbringen. Es ist nicht mehr weit und ich denke, dass Vater morgen oder übermorgen dorthin aufbrechen möchte. Vielleicht hat Piet ja einen Tipp für dich, was das Kämpfen angeht. Er ist ein ebenso erfahrener Kämpfer wie du und mit allen Wassern gewaschen. Nicht ohne Grund trägt er den Namen ›der Starke‹.« Sie lächelte Herkules aufmunternd an, auch wenn sie sich selbst mit ihren Worten nicht überzeugen konnte.

Die Morduntersuchung

16. Februar 1895

Das Thermometer zeigte 10 Grad unter Null an und das bläuliche Licht des untergehenden Mondes ließ in der verschneiten Landschaft Tausende kleiner Kristalle glitzern. Trotz der kurzen Nacht war der Gendarm voller Tatendrang. Schnell griff er nach der wollenen Unterwäsche und zog dann seine Dienstuniform darüber. Sorgfältig legte er das Protokoll des gestrigen Abends in den ledernen Tornister, dann warf er sich seinen wärmenden Umhang über die Schultern, streifte die Handschuhe über und wickelte einen dicken Schal um den Hals. Er beschloss, den Ritt nach Rotenburg ohne Frühstück anzutreten, damit er pünktlich zum Dienstbeginn auf der Polizeistation vorsprechen konnte.

Der Gendarm trieb sein Pferd zu einem strengen Arbeitstrab an, helle Atemwolken stoben aus den Nüstern des Fuchses. Zwanzig Minuten später erreichte er die Rotenburger Polizeiwache neben dem Gericht am Pferdemarkt. Um Punkt acht Uhr betrat der Gendarm die Wache.

Kriminalinspektor von Hugo, der zuständige Amtsleiter, saß in seinem Wintermantel hinter einem Schreibtisch, als der Gendarm nach dem Anklopfen eintrat. Er schlug die Fersen militärisch zusammen und führte die rechte Hand zum Gruß an die Pickelhaube. Dann brachte er seine Meldung hervor: »Gestern in den Abendstunden ist in Ahausen die Witwe Siebe durch einen heimtückischen Mord zu Tode gekommen.«

Seine Finger waren steif von der Kälte. Er streifte die Handschuhe ab und nestelte an dem Verschluss seines Tornisters.

»Ich erlaube mir, das von mir angefertigte Protokoll freundlichst zu überreichen, da eine Angelegenheit von Mord nicht in meine Zuständigkeit fällt.« Kerzengerade stand er da und blickte ernst auf den sitzenden Kriminalinspektor herunter, der ihm erst kürzlich wegen seines Verhaltens beim Auftauchen eines bettelnden Hausierers einen schriftlichen Rüffel erteilt hatte. Nun hoffte er, in dieser Angelegenheit einen besseren Eindruck zu hinterlassen. »Selbstverständlich sichere ich jedwede Unterstützung in dieser Angelegenheit zu«, beteuerte der Gendarm emsig. »Eine Auflistung der Zeugen ist dem Protokoll beigefügt.«

Der Kriminalinspektor von Hugo griff nach den Papieren und studierte die Aufzeichnungen aufmerksam. Als Leiter der Strafverfolgungsbehörde legte er großen Wert auf die Anwendung moderner Methoden. Die Erhebung des Tatbefundes und die Überführung des Täters hatten nach den neuesten Kenntnissen zu erfolgen. Schließlich hatte er in Berlin seine Ausbildung absolviert und das mit Auszeichnung. Jetzt brachte er seine Fähigkeiten und sein Fachwissen hier in die preußische Provinz.

»Eine unschöne Sache, die Sie mir so früh am Morgen melden«, bemerkte von Hugo und strich sich mit der Hand über das glatt rasierte Kinn, während er sein Gegenüber abschätzig ansah. Dann rief von Hugo energisch nach seinem Polizeigehilfen, der die Öfen in den Amtsstuben einheizte. »Lütjenjohan, packen Sie geschwind den großen Untersuchungskoffer und spannen Sie das Pferd an. Wir müssen nach Ahausen.« Eilige Schritte hallten über den langen Flur, Türen klappten auf und zu, kurze Zeit später sahen sie die Kutsche vorfahren. Der Aufbau des Einspänners glich einer großen Holzkiste. Das Fenster und die Tür waren mit Eisengittern versehen.

»Wir sind soweit!«, teilte von Hugo dem Gendarmen mit und eilte nach draußen. Der Gendarm folgte mit seinem Reitpferd der Kutsche, während die beiden Polizisten in Decken gehüllt vorne auf dem Kutschbock saßen. Nebelschwaden entstiegen der Wümme und legten sich als Raureif über die Zweige der Uferböschung. Die glutrote Morgensonne im Rücken, erreichten sie den Delventhalschen Hof.

»Wir beginnen mit einer Begehung des Tatortes. Die in Augenscheinnahme ist für mich ein wichtiger Bestandteil der Polizeiarbeit, so kann ich mir ein Bild der Situation verschaffen. Anschließend will ich die Zeugen befragen«, erklärte Kriminalinspektor von Hugo in belehrendem Tonfall. Der Gendarm führte ihn zunächst zum Holzlager. Vorsichtig entfernte er die Jutesäcke, die er am Abend über die Spuren gebreitet hatte.

»Ihre Methode der Spurensicherung hat ja wunderbar funktioniert!«, freute sich Kriminalinspektor von Hugo und bemerkte sofort die Besonderheiten der Schuhsohlen. »Das könnte ein wichtiger Hinweis sein. Lütjenjohan, holen Sie den Untersuchungskoffer herbei. Dann fertigen Sie von diesen beiden Spuren hier Gipsabdrücke an.«

Lütjenjohan nickte. »Soll ich den Gips wegen der Kälte mit lauwarmem Wasser und etwas Knochenleim anrühren?«, erkundigte er sich vorsichtshalber, da es ihm ein wichtiges Anliegen war, seinem neuen Vorgesetzten zu zeigen, dass er seinen Aufgaben mit Umsicht nachkam.

»Ja, das scheint mir unbedingt notwendig, sonst härtet er zu schnell aus oder gefriert, bevor ihr ihn verarbeitet habt. Wenn der Gips schon zu zäh ist, vernichten wir die Abdrücke beim Ausgießen, das wäre ein unverzeihlicher Fehler.«

Lütjenjohan eilte beflissen davon, um den Untersuchungskoffer zu holen. Ein wenig ärgerte er sich über die letzte Bemerkung. Hielt ihn der neue Amtsleiter für völlig unfähig? So waren die Städter, immer eine Spur arrogant, besonders die Berliner. Die hielten sich immer für was Besseres.

»Ich geben Ihnen recht«, sagte Kriminalinspektor von Hugo derweil zum Gendarm, »von hier hat man die Seitentüre gut im Blick und wird selbst nicht gesehen, auch von den Nachbarn nicht. Ein idealer Platz zum Abwarten.« Er musterte die Umgebung eindringlich und prägte sich jede Einzelheit genauestens ein. Später, wenn er seine Notizen anfertigte, half ihm sein gutes Gedächtnis dabei. Zuvor brauchte er aber einen Überblick über die Gesamtsituation. Er musste ein Gespür dafür entwickeln, was sich hier tatsächlich abgespielt hatte.

Sie kehrten zum Wohnhaus zurück. Hier händigte der Gendarm Kriminalinspektor von Hugo die Hausschlüssel aus. Am vorigen Abend hatte er Delventhal die Schlüssel abgenommen. Der Tatort musste erst untersucht werden, bevor die Leiche entfernt und das Gebäude wieder betreten werden durfte, hatte er dem konsternierten Bauern Delventhal erklärt. »Indiziensicherung nennt man das«, hatte der Gendarm seine Anordnungen begründet, als der Bauer lautstark gegen die Konfiszierung der Hausschlüssel protestiert hatte. Schlussendlich hatte Bauer Müller ihm eine Bleibe für die Nacht angeboten. Der Gendarm hatte das Gefühl, dass Delventhal durchaus erleichtert war, die Nacht nicht mit der Toten unter einem Dach verbringen zu müssen. Aberglaube hin oder her, die Seelen der Toten forderten auch ihr Recht, davon war er überzeugt.

Sie betraten das Wohnhaus durch dieselbe Seitentüre wie am Abend zuvor. Die Feuerstelle war sorgfältig abgedeckt und die Glut vollends erloschen. Auch am Tage drang nur sehr wenig Licht in das Gebäude. Die Fensterscheiben in den Viehbuchten waren stark verschmutzt, die Tiere waren unruhig, niemand hatte sie bislang mit Futter und Wasser versorgen können. Die Männer entzündeten einige Tranlampen, begutachteten die Glasscherben auf dem Flett und sahen nicht weit davon entfernt das dazugehörige Lampengestell am Boden liegen. Auch der tote Hund lag noch an Ort und Stelle.

Geräuschvoll stolperte der schwer bepackte Lütjenjohan durch die Tür. Er schleppte den schweren Untersuchungskoffer vor die Kammerwand und öffnete den Verschluss. Dann reichte er dem Kriminalinspektor eine dicke schwarze Mappe. Darin befanden sich ein Klemmbrett mit linierten Schreibbögen und einige Blätter Löschpapier. Im Deckel des Untersuchungskoffers war ein Etui mit Füllfederhalter, Bleistift, Radiergummi, Anspitzer und Lineal befestigt. Daneben diverse Spatel und Haarpinsel, eine Lupe, ein Zollstock, diverse Glasgefäße und ein Stempelkissen für die Abnahme von Fingerabdrücken. Weitere Gegenstände waren in Tüchern oder Kästchen verpackt, sodass der Gendarm nicht erkennen konnte, worum es sich handelte. Interessiert studierte er den Inhalt und den Aufbau der Kiste. So etwas hatte er bislang noch nicht zu sehen bekommen.

»Dieser Koffer wurde nach den Anforderungen moderner Ermittlungstechniken von mir persönlich konzipiert«, erklärte Kriminalinspektor von Hugo stolz. »Bei Gelegenheit kann ich Ihnen den Inhalt gerne genauer zeigen und erklären.« Er nickte gönnerhaft und drehte er sich suchend um.

Am Ende der Stallgasse lag noch immer die Tote, abgedeckt mit einem hellen Laken. Lediglich die schwarzen Lederschuhe guckten darunter hervor. Neugierig näherte sich Kriminalinspektor von Hugo und entfernte das Tuch vom steifen Körper der Witwe Siebe. Ihr Kiefer stand weit offen, als ob sie einen letzten Hilfeschrei zum Himmel ausgestoßen hatte. Ihre Zähne glichen kurzen braunen Zaunpfählen und waren nur noch teilweise vorhanden. Die Totenstarre war ausgeprägt, der Körper schien sich gegen die Untersuchung durch den Kriminalinspektor zu sträuben. Dieser nahm die Tote von allen Seiten in Augenschein. Die Verletzung am Hinterkopf studierte er ganz besonders genau.

»Tod durch heftige Gewalteinwirkung gegen den Kopf«, stellte er fest.

»Notieren Sie!«, forderte Kriminalinspektor von Hugo den Gendarmen auf. »Untersuchung in der Mordsache Siebe, 16. Februar 1895, Uhrzeit 9 Uhr, Hof Delventhal in Ahausen. Verantwortlicher Beamter: Kriminalinspektor von Hugo, Amt Rotenburg. Polizeigehilfe: Lütjenjohan. Die Meldung in Rotenburg erfolgte durch den Ahauser Gendarmen um 8 Uhr des Tages. Haben Sie das alles mitbekommen und notiert?«

»Jawohl«, antwortete der Gendarm, nicht ohne einen gewissen Stolz. Er war durch und durch preußisch, das hatte ihn das Militär gelehrt. Preußische Tugenden hatte er bereits mit der Muttermilch aufgesaugt. Nach dem Militärdienst hatte er eine Ausbildung zum Gendarmen absolviert, was nur ehemaligen Unteroffizieren des preußischen Heeres mit einwandfreiem Lebenswandel ohne Vorstrafen sowie mit gesundem Körper und Geist möglich war. Ebenso setzte man gute Kenntnisse im Lesen, Schreiben und Rechnen voraus.

Ihm hatte man schließlich die Landgendarmerie in Ahausen zugeteilt, damit er weiterhin sein Auskommen hatte. Anfallende Aufgaben erfüllte er hier mit dem gewohnten Pflichtbewusstsein: schnell, unbestechlich, zuverlässig und gewissenhaft. Umso mehr hatte ihn die Zurechtweisung des Kriminalinspektors kurz zuvor verärgert. Der verfluchte Organist Murken hatte sich sofort nach Rotenburg gewandt und sich beschwert. Über ihn, der trotz der unruhigen Zeiten stets für Ordnung in Ahausen gesorgt hatte! Darum wollte er in diesem Fall, seinem ersten Mordfall, unbedingt glänzen.

»Konnten Sie die genauen persönlichen Daten der Toten bereits feststellen?«, erkundigte sich von Hugo bei ihm.

»Selbstverständlich, sie ist wohl bekannt! Bei der Toten handelt es sich um die Witwe Dorothea Gesche Siebe, geboren am 28. September 1830. Haushälterin auf Hof Nummer 23. Die Angaben zur Person habe ich bereits in meinem Protokoll von gestern Abend notiert und jetzt einfach übernommen.«

Zufrieden nickte der Kriminalinspektor und fuhr mit der Inaugenscheinnahme fort. Die Wunde war tief. Der Schädel hatte ein faustgroßes Loch etwa fünf Zentimeter über der rechten Schläfe. Knochensplitter, Blut und Hirnmasse verklebten den grauen Haarknoten am Hinterkopf zu einem festen Klumpen. Die Wunde hatte stark geblutet. Kriminalinspektor von Hugo forderte den Gendarmen auf, ihm den genauen Fundort der Leiche zu zeigen. Gemeinsam schlüpften sie durch die Maschendrahttür in den Hühnerverschlag, wo die erschreckten Tiere wild durcheinanderstoben. Mit der Tranlampe leuchteten sie in jeden Winkel. Hühnerkot, Federn und eine umgestoßene Wasserschale lagen am Boden. Schleif- und Blutspuren zeugten davon, dass die Tote hier hineingezogen worden war. Die beiden Männer traten aus dem Hühnerverschlag wieder auf die Stallgasse zurück. Eine große eingetrocknete Blutlache nur zwei Meter vom Hühnerstall entfernt ließ vermuten, dass die Witwe an dieser Stelle niedergeschlagen worden war.

»Womit hatte man ihr nur diesen derben Schlag auf den Kopf verpasst? Was ist mit der Tatwaffe, ist die gestern Abend gefunden worden?«, wandte sich der Kriminalinspektor fragend an den Gendarmen. Dieser schüttelte mit dem Kopf und hielt dann gebannt inne. Mit schnellen Schritten eilte er auf den Abtritt zu. »Schauen Sie, dies könnte die Tatwaffe gewesen sein«, sagte er ruhig und zeigte mit der rechten Hand auf einen Riegel, der vor dem Abtritt am Boden gelegen hatte. »Den haben wir gestern offenbar übersehen.« Kriminalinspektor von Hugo folgte seinem Fingerzeig und erblickte einen rostigen Gegenstand. Er holte die Lupe aus dem Koffer. Die

Anhaftungen konnten in der Tat vom Opfer stammen. Von Hugo sicherte die vermeintliche Tatwaffe, indem er sie in ein weiches Tuch legte. »Notieren Sie Fundstück und Ort im Protokoll!«

In diesem Moment kehrte der Polizeigehilfe in das Wohnhaus zurück. Stolz zeigte er seinem Vorgesetzten die makellosen Gipsabdrücke und legte die Beweisstücke in einen kleinen, mit Schurwolle ausgefüllten Karton. Von Hugo verglich die Abdrücke mit der Zeichnung des Gendarmen und befand, dass jener auf diesem Gebiet noch viel lernen könne. Gut, dass er dafür gesorgt hatte, dass die Abdrücke erhalten blieben.

»Gibt es hier einen Schuster im Dorf?«, wandte sich von Hugo nun an den Gendarmen. Dieser beschrieb ihm die Lage der Werkstatt in der Mühlenstraße.

»Lütjenjohan, klären Sie beim Schuster, ob er sich an diese markanten Sohlenprofile erinnern kann.«

»Jawohl«, entgegnete dieser und klemmte sich die Schachtel mit den Gipsabdrücken unter den Arm, um in Richtung der Schusterwerkstatt davon zu eilen.

Über der Eingangstür zur Werkstatt baumelte ein Metallschild im Wind. Es zeigte das Zunftzeichen der Schuhmacher, einen Stiefel umrahmt von Halbmondmesser und doppelköpfigem Adler. Die Glocke über der Eingangstür bimmelte, als Lütjenjohan die Werkstatt betrat. Der Raum maß kaum 20 Quadratmeter. Leder und Garnreste lagen verstreut überall auf dem Fußboden verteilt. Aus Holzregalen quollen die unterschiedlichsten Lederschuhe heraus, alle mit kleinen Zetteln versehen. Daneben standen die hölzernen Leisten zur Formgebung der Schuhe. Der strenge Geruch frischen Leders, klebrigen Leims und traniger Lederfette hing in der Luft. Der Schuster arbeitete in seiner dunkelblauen Schürze vor einem

Arbeitstisch direkt unter dem Fenster. Beide Daumennägel des Mannes waren durch eine gezackte Narbe geteilt. Die schnelle Nadel der Ledernähmaschine war ihm offensichtlich in einem unkonzentrierten Augenblick durch Nagel und Fleisch geglitten. Unzählige Schusterwerkzeuge lagen auf der Arbeitsplatte. Mit einer Raspel entfernte der Schuster gerade die überstehenden Ränder eines neuen Absatzes, als der Polizeigehilfe ihn ansprach.

»Wie kann man sich in so einem Chaos nur zurechtfinden?«, fragte Lütjenjohan irritiert und beobachtete den Schuster einen Moment lang. »Werft bitte einmal einen Blick auf diese Sohlenabdrücke. Kommen sie Euch irgendwie bekannt vor?« Dabei nahm der Polizeigehilfe die Gipsabdrücke vorsichtig aus der Schachtel und legte sie auf den einzigen freien Platz auf dem Arbeitstisch.

Der Schuster schien eine Weile zu überlegen. »Ja, ich habe diese Sohlen erneuert. Es ist aber schon lange her. Ich erinnere mich nicht mehr genau.«

»Und wem die Stiefel gehören, könnt Ihr euch daran erinnern?«, forschte Lütjenjohan nach.

»Ich weiß nicht, mehr kann ich dazu nicht sagen.«

Lütjenjohan schrieb seine Aussage nieder, steckte die Beweisstücke ein und kehrte zum Tatort zurück.

Als er auf die Diele des Delventhalschen Hofes trat, schickte sich der Gendarm gerade an, die Zeugen des gestrigen Abends aufzusuchen. Sie sollten sich in einer Stunde zum Verhör auf dem Hof einfinden.

»Ich bringe interessante Neuigkeiten«, begann Lütjenjohan das Gespräch und überreichte seinem Chef das Protokoll über die Befragung des Schusters.

»Ist der Mann sich vollkommen sicher, dass er die Sohlen selbst erneuert hat?«, zweifelte von Hugo die Aussage des

Schusters an. »Das wäre ja ein sehr belastendes Indiz, das dafür spräche, dass jemand aus dem Dorf die Spuren hinter dem Holzschuppen hinterließ. Gute Arbeit, Lütjenjohan! Darum kümmere ich mich später«, erklärte von Hugo. »Nun machen Sie mit dem Fotoapparat aber erst einmal Bilder von der Leiche, insbesondere die Verletzung sollte darauf gut zu sehen sein. Legen Sie die Frau ruhig in eine günstige Position, sie wurde ja ohnehin bewegt. Sie ist zwar etwas steif, wird dafür aber sicherlich stillhalten. Wenn das Licht nicht ausreicht, öffnen Sie die große Dielentür. Außerdem brauche ich Fotos vom Hühnerverschlag und den Glasscherben dort vorne im Küchenbereich. Und vergessen Sie den Hund nicht!«

Sein Chef arbeitete effektiv und zielgerichtet und dies bedeutete für ihn als Polizeigehilfen, ständig mit neuen Aufgaben betraut zu werden. Den Umgang mit den neuartigen Fotoapparaten hatte er erst vor wenigen Wochen erlernt. Ebenso das Entwickeln der lichtempfindlichen Platten und das Herstellen von Papierabzügen. Was für eine tolle Errungenschaft. Nun musste er keine zeitintensiven Tatortskizzen mehr anfertigen. Sorgsam entnahm Lütjenjohan das Stativ und die Kamera aus dem Untersuchungskoffer. Dann setzte er die einzelnen Teile der Kameraausrüstung zusammen. Mehrmals blickte er durch den Sucher, um die Linse genau auszurichten. Da das Bild auf dem Kopf stehend dargestellt wurde, verlangte ein gutes Foto ein bisschen Fantasie.

Im Abstand weniger Minuten zuckten grelle Blitze auf. Zufrieden mit der Ausleuchtung war der Polizeigehilfe jedoch nicht. Zu viele Schatten, die Teile des Opfers unscharf erscheinen ließen, stellte er fachmännisch fest. Mit zwei Standspiegeln richtete er das einfallende Tageslicht auf die Szene.

Während die anderen ihren Aufträgen nachkamen, begann Kriminalinspektor von Hugo, das Gebäude zu durchsuchen.

Er sammelte Eindrücke und prägte sie sich ins Gedächtnis ein. Dies tat er am liebsten im Alleingang. Zuerst die Kammern, beschloss er, und schritt langsam in Richtung Flett. Anscheinend gab es keine weiteren Knechte oder Mägde, zumindest waren die Gesindekammern neben den Tierbuchten nicht belegt, stellte er mit einem Seitenblick fest. Wie hatten die Witwe Siebe und Delventhal hier wohl zusammengelebt, fragte er sich. Für zwei Menschen, die die Sechzig schon überschritten hatten, gab es hier wirklich eine Menge Arbeit. Er atmete die nach Tierdung und kaltem Rauch stinkende Luft ein, sah den Staub im Gegenlicht vor der Seitentür tanzen, dann drehte er sich mehrfach auf dem Absatz um die eigene Achse. Eine finstere Atmosphäre herrschte hier und die Tiere wurden immer unruhiger.

Die Tür quietschte in den Angeln, als Kriminalinspektor von Hugo sie öffnete. Dies war eindeutig ein Frauenzimmer, stellte er fest. Die Kammer der Witwe Siebe war penibel sauber. Die Kleidung ordentlich in einer Truhe zusammengelegt, die Sonntagsschuhe standen daneben. Ein Schultertuch lag über einer Stuhllehne, darüber hing eine Schürze. Ein schwerer Wintermantel hing am Garderobenbrett. Darüber sah er einen schwarzen Hut mit blauem Hutband liegen. Den Tisch bedeckte eine Häkeldecke, deren Spitzen zu allen vier Seiten von der Tischplatte hingen. Eine Petroleumlampe aus schlichtem rotem Glas, daneben die Bibel, eine Wochenzeitung und eine einfache Brille mit Metallgestell sowie ein gerahmtes Foto eines Hochzeitspaares füllten die Tischplatte. Unter dem Fenster entdeckte er eine kleine Frisierkommode mit zwei seitlichen Schubladen. Waschschüssel und Wasserkrug sowie diverse Haarklammern, Haarnetze und eine weichen Bürste befanden sich darauf. Offensichtlich besaß die Frau keine besonders wertvollen Dinge. Lediglich zwei Silberbroschen und ein paar Ohrringe, das war alles an Schmuck, was er in einem kleinen Kästchen vorfand. Es war unter einige Briefen und persönliche Unterlagen in einer Schublade versteckt worden.

Die mittlere Kammer des Wohnhauses hatte als einzige einen Ofen und diente als Handarbeitsraum. Hier fand er nichts Interessantes vor und verließ den Raum zügig.

Die Durchsuchung der dritten Kammer ergab auf den ersten Blick auch keine Hinweise. Die Kammer des Hausherrn schien um einiges größer zu sein, war aber ähnlich eingerichtet. Allerdings machte sie einen weniger ordentlichen Eindruck. Diverse Papiere und Zeitungsfetzen lagen auf dem Kammertisch verstreut. Die Wäschetruhe stand offen und einige Kleidungsstücke lagen achtlos hingeworfen auf dem Fußboden davor.

Er zog die Taschenuhr aus der Uniformhose und blickte auf die Zeiger. Inzwischen war es nach 11 Uhr. Jetzt blieb noch die Zeugenbefragung. Außerdem war es an der Zeit, die Tote in einem Sarg aufzubahren und nicht länger am Boden liegen zu lassen. Das verlangte der Anstand.

Häufig ließen sich die älteren Herrschaften beizeiten einen Sarg anfertigen, damit er im Fall der Fälle schnell zur Verfügung stand. Und auch hier hatte von Hugo über den Tierbuchten schon zwei parat stehende Särge entdeckt. Da der Hof offenbar nur zwei Bewohner gehabt hatte, ging er davon aus, dass der kleinere Sarg für die Witwe Siebe bestimmt war.

»Lütjenjohan, fassen Sie mal mit an, wir holen den Sarg dort vorne von den Balken herunter und legen die Tote erst einmal hinein«, befahl er seinem Untergebenen. Sie lehnten die krumme Holzleiter an die Querbalken und zogen den Sarg zur Stallgasse. Er war unglaublich schwer, obwohl er lediglich aus Weichholz bestand. Mit größter Mühe wuchteten sie den Sarg zu Boden

»Das kann doch nicht wahr sein«, schimpfte der Polizeigehilfe und schnaufte vor Anstrengung, »dass dieser Sarg so schwer ist. Man könnte meinen, da liegt schon einer drin.« Auch am Boden trug sich der Sarg unerwartet schwer. Die beiden Männer mussten sich mächtig anstrengen und fluchten leise vor sich hin. Trotzdem war es in so einer Angelegenheit stets besser zu tragen als getragen zu werden.

In diesem Moment kehrte der Gendarm in Begleitung des Bauern Delventhal zurück. Die anderen Zeugen würden sich in der nächsten halben Stunde ebenfalls hier einfinden, teilte der Gendarm dem Kriminalinspektor mit.

Von Hugo beäugte den nervös wirkenden Bauern. Ständig fummelte er an den Hemdsärmeln herum. Sein Blick glitt zwischen der abgedeckten Leiche und dem Sarg hin und her.

»Gehe ich recht in der Annahme, dass der kleinere der beiden Särge, die wir hier über den Tierbuchten vorgefunden haben, für die Witwe Siebe angefertigt wurde?«, eröffnete der Kriminalinspektor das Gespräch. Der Bauer sah den Fragenden an und nickte wortlos.

»Gut, dann können wir die Tote endlich vernünftig aufbahren. Lütjenjohan, lassen Sie sich von dem Gendarmen helfen. Und anschließend«, befahl der Kriminalinspektor, »gehen Sie zum Pastor. Der wird um die Angehörigen und den weiteren Verlauf in dieser Trauerangelegenheit wissen. Oder«, er wandte sich an Bauer Delventhal, »haben Sie eine Ahnung, welche Angehörigen verständigt werden müssen?«

Zweimal hob Bauer Delventhal zu einer Antwort an, dann aber durchbrach Lütjenjohan mit einem schallenden Lachen das Schweigen, bei dem ihm der Sargdeckel rumpelnd auf den Boden fiel.

So benahm sich niemand in der Gegenwart eines Mordopfers. Kriminalinspektor von Hugo erteilte ihm irritiert einen

Rüffel. »Was ist angesichts des Todes so zum Lachen, dass Sie so sehr die Haltung verlieren?«, raunzte er ihn an.

»Die Äpfel!«, flüsterte Bauer Delventhal, dem nicht zum Lachen zumute war. »Immer im Herbst haben wir die Äpfel in den Särgen eingelagert. Da bleiben sie lange frisch und weder Nagetiere noch Kälte können ihnen etwas anhaben«, erklärte er mit belegter Stimme. Polizeigehilfe Lütjenjohan zeigte mit der rechten Hand auf den geöffneten Sarg, der randvoll gefüllt war.

»Na, da bekommt das Wort Henkersmahlzeit eine völlig neue Bedeutung!«, bemerkte er, dem Rüffel zum Trotz, grinsend. Eilig entfernten sie das Obst.

Steif wie ein Brett hing die Witwe in der Luft, als sie sie an Armen und Beinen fassten und in den Sarg hoben. Ihr Kittelkleid bedeckte den kalten Körper und schleifte mit dem Saum über den Fußboden.

Der Deckel, so bedeutete der Kriminalinspektor, sollte noch nicht geschlossen werden

Einschüchtern und sich Respekt verschaffen, waren seine ersten Handlungen, wenn er Zeugen oder Verdächtige vernahm. So eine ernste Angelegenheit forderte seine komplette und uneingeschränkte Kompetenz und Aufmerksamkeit. Seine Arbeit war ein Plädoyer für logisches und methodisches Vorgehen, ganz im Sinne der modernen Strafverfolgungsbehörden, an dessen Ende unweigerlich die Verurteilung des Täters stand. Nicht eher gab er sich zufrieden, nicht weniger war sein Ziel.

Er konnte Delventhal noch nicht recht einschätzen, der von kräftiger Statur war, aber sensible Gesichtszüge aufwies. Seine Augen waren wach, obwohl er müde wirkte. Bestimmt hatte er in der vergangenen Nacht keinen Schlaf gefunden.

Entweder war er schockiert über das Geschehene oder er hatte ein schlechtes Gewissen. Kriminalinspektor von Hugo baute sich in voller Größe vor dem Hofeigentümer auf. Mit dem Blick eines Raubtiers fixierte er sein Gegenüber und zeigte mit gebieterischer Geste auf den Küchentisch und die darum gruppierten Holzschemel.

»Setzen wir uns!«, befahl er knapp.

»Zeugenaussage des Bauern Delventhal, Hofeigentümer der Delventhalschen-Peterschen Stelle, Hof Nr. 23, in der Mordsache der Witwe Siebe, am 16. Februar 1895«, notierte der Kriminalinspektor auf dem linierten Papier.

»Jetzt erzählen Sie mir erst einmal vom gestrigen Tag, möglichst in der richtigen, chronologischen Abfolge«, begann er das Verhör, dabei drehte er den Füllfederhalter unentwegt zwischen seinen Fingern.

»Jeden Freitagabend gegen 19 Uhr treffen wir uns zur Kartenrunde im Ahauser Hof, zumindest in der Winterzeit, wenn wir draußen auf den Feldern und Weiden nicht viel machen können. Ich hatte die Tiere versorgt und bin dann zum Kartenspiel gegangen. Schafskopf spielen wir meistens und dazu gibt es das eine oder andere Bierchen. Gestern waren die Bauern Johann Müller und Johann Clüver sowie der Tagelöhner Grote dabei. Mir war gestern nicht so gut und der Alkohol ist mir schnell in den Kopf gestiegen, daher bin ich als Erster gegangen.« Mit geübter Hand schrieb der Kriminalinspektor die Aussage nieder und stellte weitere Fragen.

»Als Sie zum Kartenspielen aufbrachen, wo hielt sich die Witwe Siebe da auf?«

»Die Siebe war noch mit dem Haushalt beschäftigt. Sie kochte noch die Mettwurst in den Gläsern ein und wirtschaftete hier in der Küche herum.«

»Und der Hund? Wo hielt er sich normalerweise auf?«

»Im Winter hier im Haus, da hinten hat er seinen Platz im Stroh«, erklärte Bauer Delventhal und zeigte auf eine Stelle neben den Kuhbuchten.

»Also gut, die Witwe war also bei bester Gesundheit, als Sie das Haus verlassen haben?«

»Aber ja, sie war fleißig wie immer. Und heilfroh, dass ich nicht im Weg herumstand. Ich habe doch der guten Frau nichts angetan!«, beteuerte Delventhal, der erblasste und unter dem Tisch das nervöse Spiel seiner Finger wieder aufnahm.

»Ist Ihnen irgendjemand begegnet, als Sie zum Kartenspiel in die Schankstube gingen?«

»Es begann zu schneien, als ich zur Gaststätte hinübereilte, und mir ist lediglich ein unbekanntes Pferdegespann mit zwei Männern auf dem Kutschbock aufgefallen. Sie sind vor der Kirche nach rechts in Richtung Hellwege abgebogen.«

»Und wie verhielt es sich auf dem Rückweg?«

»Der Schneefall hatte zugenommen und die gesamte Straße war menschenleer. Normalerweise steht eine Tranlampe auf dem Küchentisch bereit, wenn ich in der Dunkelheit heimkomme. Aber am gestrigen Abend war dem nicht so gewesen, dies war ungewöhnlich. Auch kam der Hund nicht zur Tür, um mich zu begrüßen, da packte mich ein schauriges Gefühl und ich bekam es mit der Angst zu tun«, erzählte Bauer Delventhal mit leiser Stimme. »Ich bin dann sofort zurück zu meinen Kartenkumpels gelaufen, um mir Unterstützung zu holen.«

»Also sind Sie zu viert zum Hof zurückgekehrt«, resümierte der Kriminalinspektor. »Ist Ihnen beim zweiten Mal auf dem Wege zum Hof etwas Ungewöhnliches aufgefallen?«

Bauer Delventhal schürzte die Lippen, dann schüttelte er den Kopf. »Nix und niemand! Wir haben das Gebäude durchsucht und dabei die Tote im Hühnerverschlag entdeckt.

»Waren Sie sich sofort einig, dass die Witwe Siebe tot war? Oder gab es da noch Lebenszeichen?«

»Sie war tot, da waren wir uns einig! Ich habe dann die alte Pferdedecke vor dem Hühnerverschlag ausgebreitet. Darauf legten wir ihren Körper. Sie wissen ja, die Hühner fressen alles … Jedenfalls haben wir dabei bemerkt, dass der Körper noch nicht ganz kalt war. Darum haben wir befürchtet, dass der Mörder noch in der Nähe sein könnte, und haben zu dritt den Hof abgesucht, während der Clüver den Gendarmen informierte. Später fanden wir die Spuren hinter dem Holzlager. Da war aber schon der Gendarm dabei.«

»Ist irgendetwas gestohlen worden?«, forschte der Kriminalinspektor weiter nach.

Bauer Delventhal zog die Schultern hoch. »Keine Ahnung, ich habe noch nicht nachgesehen. Kann ich mich jetzt erst um die Tiere kümmern? Die müssen versorgt werden! Danach schaue ich, ob etwas fehlt.«

»Eine Frage habe ich noch: Die Abdrücke im Schnee hinter dem Holzlager, kamen die ihnen bekannt vor?«

»Ich habe die gar nicht richtig gesehen, es war ja dunkel und schneite wie verrückt.«

Auch wenn er dieser Aussage wenig Glauben schenkte, ließ von Hugo es zunächst dabei bewenden.

Die Zeugen Müller, Grote und Clüver trafen nacheinander auf dem Hof ein. Kriminalinspektor von Hugo verhörte sie in der guten Stube. Einzeln bat er die Männer zu sich und protokollierte akribisch die drei Zeugenaussagen. Die Befragung zeigte die eine oder andere Unstimmigkeit auf, der er nachgehen musste. So hatte Bauer Delventhal sich offenbar durchaus merkwürdig verhalten und dies nicht nur nach dem Kartenspiel. Ganz gegen seine Gewohnheit sei er als Letzter verspätet zum Kartenspielen in der Schankstube erschienen, hatten die Zeugen berichtet. Einen Grund dafür habe er ihnen nicht genannt und sich auch nicht für das Zuspätkommen entschuldigt. Er habe angespannt und unkonzentriert gewirkt und die ersten Runden beim Kartenspiel allesamt verloren, was ihn sichtlich verärgert hatte. Seine Reaktion darauf sei allerdings in gewohnter Art und Weise verlaufen. Er habe das Kartenspiel mit Wucht auf den Spieltisch geworfen, sodass einige Spielkarten neben die Tischplatte auf den Boden fielen, und habe erbost seinen Mitspielern die Schuld an seiner Pechsträhne zu geben. Und obwohl weder das Verlieren noch der Ärger allzu außergewöhnlich für ihn seien, habe er die Schankstube viel früher als üblich verlassen. Doch wie glaubwürdig waren die Aussagen der Zeugen, die einvernehmlich einräumten, dem Alkohol ebenfalls reichlich zugesprochen zu haben?

Angesichts der niedrigen Temperaturen und der Ernsthaftigkeit des Anlasses hielt Pastor Visbeck es für angebracht, den Kriminalinspektor in die gut beheizte Stube seines Pastorenhauses einzuladen. Dies richtete Lütjenjohan seinem Vorgesetzten umgehend aus. Das Pastorenhaus streckte sich neben dem Hof Delventhal in die Bachniederung hinein. Ohne Eigennutz war diese Einladung jedoch nicht, litt der Geistliche doch im Winter unter Schmerzen in den Gelenken. Außerdem konnten sie hier ungestört das Gespräch führen, um das der Kriminalinspektor gebeten hatte. Der Geistliche betreute die Kirchengemeinde seit sechs Jahren und kannte die meisten seiner Schäfchen sehr genau.

Köstlicher Kaffeeduft strömte Kriminalinspektor von Hugo entgegen, als ihm die Haushälterin die Tür öffnete. Ihre geröteten Augen ließen vermuten, dass sie vor Kurzem geweint hatte.

»Ist es die Witwe Siebe, die Sie betrauern?«, erkundigte sich Kriminalinspektor von Hugo einfühlend.

»Ja, wir waren lange miteinander bekannt und pflegten eine gute Nachbarschaft. Und ich werfe mir schon den ganzen Morgen vor, dass ich von dem ganzen Drama nebenan nichts mitbekommen habe.«

»Offensichtlich sind Sie aber bereits darüber unterrichtet, was sich dort zugetragen hat?«, forschte er nach.

»Natürlich haben wir davon erfahren. In einer so kleinen Gemeinschaft bleibt nicht viel verborgen, schon gar nicht vor dem Herrn Pastor«, entgegnete sie und bedeutete ihm, in die Pastorenstube einzutreten.

Hohe Regale gefüllt mit Büchern, Heften und Atlanten standen entlang der Wände. Hinter einem großen Schreibtisch saß Pastor Visbeck auf einem kunstvoll geschnitzten Eichenstuhl und reichte von Hugo die Hand zur Begrüßung. Freundlich forderte er ihn auf, gegenüber des Schreibtischs Platz zu nehmen. Kurze Zeit später erschien die Haushälterin mit einem Tablett, auf dem sich zwei Tassen duftenden Kaffees mit etwas Kuhmilch und Zucker befanden. Sie stellte es mittig auf dem Schreibtisch ab und verließ den Raum wieder, damit die Herren ungestört ihr Gespräch führen konnten.

»Nein«, antwortet Pastor Visbeck, »ich habe am gestrigen Abend niemanden beobachtet oder durch meinen Garten schleichen sehen. Angesichts des eisigen Wetters habe ich bei geschlossenen Gardinen in meinem Arbeitsraum gesessen und Schreibtischarbeiten erledigt. Kurz nach 22 Uhr bin ich ins Bett gegangen. Meine Haushälterin hat sich noch eher zurückgezogen. Unsere Zimmer liegen zur Bachseite raus, sodass man von dort den Delventhalschen Hof nicht sehen kann. Gehört haben wir nur den Wind, der um die Hausecken pfiff. Die Witwe war eine eigensinnige, aber herzensgute Person und gehörte zu unserem Singkreis. Überhaupt stand sie der Kirche sehr nahe, insbesondere seitdem ihr Mann verstorben war. Sonntag für Sonntag nahm sie an den Gottesdiensten teil und sang auch auf Feierlichkeiten im Chor mit. Nun müssen wir für sie singen«, sinnierte Pastor Visbeck nachdenklich. »Nach dem Tod ihres Mannes im September 1876 erwarb die Witwe eine doppelte Grabstelle auf dem Ahauser Friedhof. Sobald die Witterung dies zulässt, wird sie nun ihre letzte Ruhestätte ebenfalls dort finden. Wenn die polizeilichen Ermittlungen es erlauben, würde ich jedoch schon jetzt gerne der Nachbarschaft Bescheid geben, dass die Totenwäsche vorgenommen und die Leiche auf der Diele des Delventhalschen Hofes aufgebahrt werden kann.«

»Die Untersuchung der Leiche ist abgeschlossen und so können die Totenwäsche und das Ankleiden erfolgen«, bestätigte Kriminalinspektor von Hugo. »Veranlassen Sie ruhig alles Nötige. Nun zum Bauer Delventhal …«

»Delventhal ist ein reger Geschäftsmann, den ich leider nicht oft in meinen Predigten begrüßen kann. Neben der Landwirtschaft betreibt er noch einen Holzhandel. Er liefert Eichenholz an die Stellmacher, Baumpfähle für die Landstraßen und Borke an die Gerber. Sein Fuhrwerk fährt bis Verden, Bremen oder gar Buxtehude. Er kutschiert selbst, da er kinderlos ist und nur selten Tagelöhner beschäftigt«, erklärte der Pastor. »Er bleibt des Öfteren über Nacht fern, wenn er lange Fahrten mit seinem Pferdegespann unternimmt. Die Witwe Siebe störte das nicht. Vielleicht auch weil …« Der Pastor stockte kurz. »Nun, ich würde seinen Charakter als etwas schwierig bezeichnen. Er ist ein gerissener Geschäftsmann, der sich aufs Geldverdienen versteht. Und er ist ein autoritärer Mensch, der gerne das Sagen hat und schon sehr zornig werden kann, wenn Dinge nicht nach seinem Willen ablaufen. Aber in seiner Brust schlagen zwei Herzen, gleichzeitig kann er sehr freundlich sein. Großzügigkeit und Jähzorn sind die Eigenschaften, die bei ihm am auffälligsten sind. So manches Mal sind die Witwe Siebe und der Bauer Delventhal aneinandergeraten, wenn es um die Hauswirtschaft ging. Sie kam dann häufiger herüber, um uns ihr Leid zu klagen. Einmal hat er sogar einen Becher nach der Witwe geworfen, der jedoch glücklicherweise sein Ziel verfehlte. Daraufhin drohte die Witwe ihm mit Kündigung, ohne die Abgehtage zu beachten. Er musste schon ordentlich zu Kreuze kriechen, damit sie ihm wieder gut war.«

Einen Verdacht, wer diese unchristliche Tat begangen haben könnte, hatte aber auch der Pastor nicht. Spontan konnte er keinen Menschen benennen, der einen argen Groll gegen die Witwe gehabt haben könnte oder gar von ihrem Tod profitiert hätte.

»Es scheint mir aber geboten, auch von Kanzel ein paar Worte zu diesem schrecklichen Ereignis zu verlieren und an das Gewissen der Gemeindemitglieder zu appellieren. Vielleicht hat ja doch jemand etwas gesehen, was von Bedeutung ist. Ich möchte mir nicht vorstellen, dass der Täter aus dem Dorf stammen könnte«, beendete Pastor Visbeck seine Aussage.

Auch wenn der Pastor es möglicherweise nicht wahr haben wollte, überlegte Kriminalinspektor von Hugo, als er zum Tatort zurückeilte, vielleicht lag die Lösung bereits auf der Hand. Er jedenfalls hielt den Bauer Delventhal längst nicht für so unschuldig, wie er ihm gegenüber getan hatte. Ein jähzorniger Geselle, der sich womöglich vergessen und darüber die Kontrolle verloren hatte. Es war ein einzelner heftiger Schlag gewesen, fast wie ein schnell geworfener Becher …

Als von Hugo den Hof erreichte, ging der Bauer unter Aufsicht von Lütjenjohan der Stallarbeit nach. Eine Weile beobachtete der Kriminalinspektor den Bauern. Für sein Alter war er wirklich noch sehr gut beieinander, nur das Haar war schütter und bildete einen flauschigen Kranz um die kahle Kopfhaut. Die Arbeit schien ihn nicht sonderlich anzustrengen und er bewegte sich geschmeidig und schnell. Sein Umgang mit den Tieren war respektvoll und routiniert. Die Tiere hatten sich seit seiner Ankunft tatsächlich deutlich beruhigt.

Jähzorn war in der Tat eine Eigenschaft, die häufig zu Verbrechen führte. Doch war Bauer Delventhal, der fast schon liebevoll auf sein Vieh einredete, während er die Ferche reinigte, so kaltschnäuzig, dass er einigermaßen gefasst zum Kartenspiel in die Gaststätte zurückkehren konnte, nachdem er seinen Hund erstochen und die Witwe erschlagen hatte?

Lautes Rufen riss von Hugo aus seinen Gedanken. Lütjenjohan eilte aufgeregt auf ihn zu und hielt ihm ein Stoffbündel entgegen.

»Herr Kriminalinspektor, ich habe diese blutgetränkte Kleidung dort hinten in der Dreckkammer neben dem Abtritt gefunden. Sie lag in dem kleinen Verschlag ganz hinten, wo für gewöhnlich kein Licht hinkommt, unter anderen Hemden und Hosen verborgen. Gestern Abend wurde das Bündel offenbar nicht bemerkt.«

Auf jedem Hof gab es eine Dreckkammer, in der für gewöhnlich die verschmutzte Kleidung bis zum Waschtag gesammelt wurde. Lütjenjohan übergab seinen Fund dem Kriminalinspektor. Dieser faltete das Bündel auseinander und musterte die Wäsche kritisch. Diverse Spritzer und ovale bräunliche Flecken kamen zum Vorschein. Die Größe der Arbeitskleidung ließ den Schluss zu, dass sie einem Mann mittlerer Statur gehörte – so wie Delventhal.

»Gute Arbeit, Lütjenjohan!«, lobte von Hugo seinen Gehilfen, dessen Gesicht vor Freude hellrot anlief.

Hatte der Bauer wirklich gehofft, dass niemand diese Kleidungsstücke dort im dunklen Eck fand? War er am gestrigen Abend unter Zeitdruck geraten und hatte deshalb diese naheliegende Lösung gewählt? Haftete hier wirklich das Blut der Witwe Siebe an der Kleidung?

In Begleitung seines Gehilfen durchleuchtete von Hugo die Dreckkammer noch einmal ganz genau. Zahlreiche gestrickte Wollsocken, Schürzen, einige Unterkleidung sowie Wollhemden lagen durcheinander am Boden, dazwischen Handtücher und Tischwäsche. Weitere Funde von Belang gab es jedoch nicht.

Immerhin war eine weitere Befragung des Bauern zwingend notwendig. Einiges deutete darauf hin, dass Bauer Delventhal in den Mord verstrickt war. Nach dem momentanen Kenntnisstand kam er sogar als Täter infrage. Kriminalinspektor von Hugo überlegte, mit welcher polizeilichen Taktik er weiter vorgehen sollte. Einen labilen Eindruck vermittelte der Bauer nicht. Vermutlich glaubte er, dass er nichts zu befürchten habe. Seine Beteiligung an dem Verbrechen hatte er bereits vehement bestritten. Doch seine Rückkehr zur Kartenrunde und die dabei zur Schau gestellte Angst konnten eine Täuschung gewesen sein, um sich Zeugen beim Auffinden der Leiche zu verschaffen. Vielleicht war das Zeitfenster ein Ansatzpunkt, da es sehr begrenzt war. Die Leiche war noch nicht gänzlich ausgekühlt und steif gewesen, als sie gefunden worden war, so zumindest hatte es der Gendarm notiert. Aber vielleicht hatte die arme Frau auch noch eine Weile gelebt und war lebendig in den Hühnerstall geschleift worden, wo sie dann verstarb? Dies ließ sich leider nicht genau feststellen. Und Fingerabdrücke würden ihnen hier nicht weiterhelfen, da Delventhal theoretisch jeden Gegenstand im Haus in Händen gehalten habe konnte.

Kriminalinspektor von Hugo mahnte sich zur Achtsamkeit. Als er sich umdrehte, stellte er fest, dass der Bauer auf die Forke gestützt in der Stallgasse stand und ihn beobachtete. Seine Gesichtszüge waren versteinert, keinerlei Emotion war darin abzulesen.

Nachdrücklich forderte er den Bauern auf, zu ihm zu kommen, um die Kleidungsstücke zu begutachten. Delventhal lehnte die Forke an einen der Balken und schlurfte mit seinen Holzschuhen über den blanken Stallboden. Dabei fuhr er sich mit der bloßen Hand über die kahle Stelle auf dem Schädel.

»Ein Verlegenheitsgeste!«, dachte der Kriminalinspektor zufrieden.

»Sind das Ihre Sachen?« Er hielt dem Hausherrn die aufgefundene Kleidung entgegen.

Delventhal warf nur einen flüchtigen Blick darauf und nickte. Er hielt dem Blick des Kriminalinspektors fast schon herausfordernd stand.

»Auf der Kleidung befindet sich eine erhebliche Menge Blut. Können Sie das erklären?«

Plötzlich schien Delventhals Selbstsicherheit wie weggeblasen. »Ihr glaubt doch nicht … Nein, das glaubt Ihr nicht, dass ich …«, stotterte er. »Am Mittwoch haben wir doch eine kleine Sau geschlachtet. Sie war ein Mikerling, der nicht gedeihen wollte. So ein Schwein durchzufüttern, lohnt sich nicht.« Wieder wischte er mit der Handfläche über die Schädelplatte, auf der sich nun Schweiß gebildet hatte. Ohne Wirkung war die Konfrontation mit der blutverschmierten Wäsche offensichtlich nicht geblieben. »Gut so«, dachte der Kriminalinspektor listig. Verunsicherung führte oft zu widersprüchlichen Aussagen. Den Zustand galt es möglichst auszunutzen.

»Sie erzählen mir jetzt genau, was sich seit Mittwoch ereignet hat. Lassen Sie nichts aus und erfinden Sie nichts dazu.«

»Das Schwein verlor beständig an Gewicht und fraß sehr schlecht«, begann Delventhal zu erzählen. »Am Dienstag stand der Schlachtbock in der Nachbarschaft. Auch zwei Tagelöhner gingen unserem Nachbarn zur Hand. So vereinbarten wir, dass die beiden mit dem Schlachtbock am Mittwoch in der Frühe herüberkämen. Die Gunst des Augenblicks galt es zu nutzen. Außerdem bot sich die Haushaltshilfe unseres Pastors an. Ich muss nicht erklären, dass beim Schlachten jede Hand zählt. Wir vereinbarten den Lohn und so erschienen die beiden Tagelöhner wie ausgemacht. Sie verstanden ihre Arbeit und im Handumdrehen hing das Schwein am Haken. Mittwochabend bezahlte ich den beiden Helfern ihren Lohn, dann zogen sie von dannen. Den gesamten Donnerstag und auch den Freitag haben wir mit der Verarbeitung des Fleisches zugebracht. Am Freitag wurde der Schlachtbock wieder abgeholt. Ich weiß aber nicht von wem, da ich nicht anwesend war. Aber die Witwe Siebe kochte noch den ganzen Tag Mett- und Zwiebelwurst ein.«

»Was haben Sie am Freitag gemacht, wenn Sie nicht zu Hause waren?«, fragte Kriminalinspektor von Hugo dazwischen.

»Ich musste eine Lieferung Feuerholz nach Sottrum bringen und bin erst am Nachmittag wieder zurückgewesen.« Die Hand des Bauern glitt erneut über den Kopf und er hob den Blick.

»Nennen Sie mir Namen und Adresse, wo Sie das Holz abgeliefert haben«, forderte von Hugo harsch.

»Die Fuhre ging an die Kirchengemeinde in Sottrum. Da könnt Ihr … Sie … euch ruhig erkundigen«, antwortete Bauer Delventhal angespannt. Am Freitagabend habe er nicht auf seine Kartenrunde verzichten wollen und habe daher die Witwe mit der Arbeit alleingelassen. Da das meiste bereits erledigt gewesen sei, habe die Witwe ihm noch gut zugeredet, das Kartenspielen nicht zu verpassen. »Danach habe ich sie nicht mehr lebendig gesehen!«, beteuerte er.

»Im Moment habe ich keine weiteren Fragen«, entgegnete der Kriminalinspektor und wandte sich ab. »Lütjenjohan, notieren Sie bitte diese Aussage!«

Frauenstimmen klangen über den Hof, Schritte knirschten im eisigen Schnee. Die Haushälterin des Pastors betrat mit drei weiteren Nachbarinnen im Gefolge die Diele. Ausgestattet mit Waschutensilien kamen sie zur Totenwäsche, dem letzten Liebesdienst, den man einem Menschen erweisen konnte. Angehörige gab es in der Nähe nicht, teilte man dem Kriminalinspektor mit. Der nahm die Haushälterin beiseite, während die anderen Frauen die Feuerstelle einheizten, einen Wasserkessel in die Kette über dem Feuer hängten und aus der Kammer der Witwe ihr Sonntagskleid hervorholten. Die Haushälterin bestätigte, dass sie unter der Woche beim Schlachten geholfen hatte. Als Dank habe sie einige Gläser mit Mett- und Blutwurst erhalten, die nun in der Vorratskammer von Pastor Visbeck zu finden seien.

Vielleicht hatte Delventhal also doch die Wahrheit gesagt und das Blut war beim Schlachten an seine Kleidung gekommen. Trotzdem blieb von Hugo misstrauisch. Was hätte den Bauern daran gehindert, die ohnehin mit Blut verschmutzte Wäsche bei der Tat erneut zu tragen? Dies setzte jedoch eine gewisse Planung voraus. Dann hätten sie es mit einem geplanten Mordanschlag und keiner Tat im Affekt, wie sie aus Jähzorn erfolgt wäre, zu tun. Doch worin bestand dann das Motiv für die Tat? Der Fall entpuppte sich als kompliziert. Hier war sein ganzer kriminalistischer Spürsinn gefordert, stellte von Hugo fest. Während er über die Entwicklung der Ermittlungen nachsann, entkleideten die Frauen vorsichtig die Tote. Dabei stimmten sie Melodien bekannter Kirchenlieder an. Der zarte Klang ihrer Stimmen füllte die Diele und selbst die Tiere schienen zu lauschen.

Mit warmem Wasser und duftender Lavendelseife wuschen sie den gesamten Körper der Toten. Das verkrustete Blut am Kopf benetzten sie umsichtig mit Wasser, bis es sich löste. Mit einer Haarbürste kämmten sie durch das graue Haar und flochten es zu einem Zopf. Am Ende der Prozedur legten sie der Toten das Sonntagskleid an, zogen ihr ein paar wollende Strümpfe über die Füße, dann legten sie ihr ein mattsilbernes Kreuz in ihre gefalteten Hände.

Der Besuch

Jahreswechsel 1894/95

Das Leben in dem einfachen Küchenwagen wurde immer beschwerlicher. Die Wasservorräte froren ein und das Pferd benötigte dringend einen Stall für die eisigen Nächte. Schneeflocken stoben um sie herum und puderten die Landschaft.

Zwei Tage vor dem Weihnachtsfest erreichten sie mit ihrem Einspänner endlich Quelkhorn und folgten dort der Landstraße bis zur Dorfmitte. Nun war es nicht mehr weit. Von der breiten Straße bogen sie nach links in einen schmalen Weg ab. Mühsam zog das Pferd den Küchenwagen den Mühlenberg hinauf. Von der Kuppe aus konnten sie ihr Ziel bereits erkennen. Das Häuslingshaus lag inmitten prächtiger Eichen und hatte sowohl einen kleinen Stall als auch eine Scheune. Seit vielen Jahren lebte Piet der Starke hier. Er war lange für Carl Faustus in den Ring gestiegen, doch dann hatte er seine Frau kennengelernt. Alle Versuche, seine Zukünftige vom Schaustellerdasein zu überzeugen, misslangen damals. Der Liebe wegen wurde Piet sesshaft – und er bereute es nicht, auch wenn der Alltag auf dem Land nicht so viel Abwechslung bot wie das Schaustellerleben. Gemeinsam mit seiner Frau, den sieben Kindern und den Schwiegereltern bewohnte Piet das knapp 100 Quadratmeter große Wohngebäude und fristete sein Leben nun als Landarbeiter und Schmiedegehilfe. Allerdings ergriff ihn immer wieder ein Gefühl von freudiger Erregung, wenn Freunde oder Familie auf ihren Reisen vorbeischauten. Neueste Nachrichten oder Attraktionen, Schicksale der Schausteller oder moderne Erfindungen, dies alles interessierte Piet nach wie vor. So war der Besuch für beide Seiten ein Glück.

»Willkommen, meine Lieben!«, rief ihnen der Hausherr mit ausgebreiteten Armen entgegen, während er auf sie zulief. Er hatte sie schon von Weitem kommen sehen und war ihnen entgegengeeilt. Der Küchenwagen kam auf dem Kopfsteinpflaster vor dem Wohnhaus schwankend zum Stehen. Sofort sprang Carl Faustus hinunter und umarmte seinen treuen Freund aus alten Zeiten.

»Wie wohltuend, endlich wieder bei euch Unterschlupf zu finden!«, sagte er sichtlich gerührt.

Flora bekam ihre Bettstatt bei den älteren Kindern zugewiesen, die sich zu viert in einer kleinen Kammer ein Doppelbett teilten. Carl Faustus und Herkules erhielten eine kleine Kammer für sich alleine, die die Schwiegereltern zur Verfügung stellten.

»Welch ein Luxus, so viel Platz zu haben!«, dachte Flora glücklich, als sie am ersten Morgen erwachte. Die anderen Kinder hatten längst das Bett verlassen und kamen ihren Aufgaben nach.

»Wer essen kann, kann auch arbeiten und wer arbeitet, muss essen!«, lautete der Leitspruch der Familie. Flora versuchte sich wie gewohnt schnell im Alltag einzubringen und häusliche Pflichten zu übernehmen. Fünfmal am Tag zog sie Wasser aus dem Ziehbrunnen vor dem Haus und schleppte die Eimer in die schwarze Küche. Hier wurde auf einer offenen Feuerstelle gekocht, wobei der Rauch über die Decke abzog und der Ruß alles färbte. Auch versorgte Flora ihr Pferd, das mit zwei weiteren Pferden in dem angrenzenden Stall untergebracht war. Hier stand das alte Tier geschützt und konnte sich von den Strapazen erholen. Fürsorglich hatten sie ihm zusätzlich eine wärmende Decke übergelegt.

Dass sie nicht in einem gewöhnlichen Haushalt zu Gast waren, merkte man daran, dass Piet keine Einwände dagegen hatte, dass Flora ihr Seil in der Scheune aufspannte, um zu üben. Sie polsterte den Boden gründlich mit Stroh aus, damit sie sich beim Herabfallen nicht verletzte. Zwei der Mädchen halfen ihr dabei und begeisterten sich derart für die Seilkunst, dass Flora ihnen die ersten Schritte beibrachte. Nach zwei Wochen luden die beiden Mädchen die gesamte Familie ein, ihre Künste auf dem Seil zu bewundern. Einer der Brüder schlüpfte in die Rolle des Direktors und kündigte die Seiltänzerinnen überschwänglich an.

»Wie viel Spaß sie gemeinsam haben«, dachte Flora, die sich oft einsam fühlte. »Wie schön wäre es, wenn auch ich Geschwister hätte, mit denen ich gemeinsam üben, herumalbern und auch mal streiten könnte …«

Piet selbst genoss es, endlich wieder einmal kämpfen zu können. Seine Frau Catharina, die fast 20 Jahre jünger war als er, konnte sich nicht für Ring- oder Boxkämpfe begeistern. Ständig schaute sie besorgt nach ihrem Gatten, der sich den Spaß aber nicht nehmen ließ. Sie harkten in der Scheune das Stroh beiseite, sodass ein freies Quadrat entstand. In dieser provisorischen Kampfarena maßen Piet und Herkules vor der gesamten Familie ihre Kräfte. Dabei tauschten sie die ganze Zeit kleine Tricks und Kniffe aus, wodurch der Kampf stets ins Stocken geriet.

»Lass uns unsere Kräfte im Kampf mit den Fäusten messen«, schlug Piet schließlich vor, »aber mit entsprechenden Boxhandschuhen. Mit blanken Fäusten habe ich schlechte Erfahrungen gemacht.« Bei diesem Wort zeigte er auf seinen Unterkiefer, dessen Zahnreihe große Lücken aufwies. Außerdem wirkte der Kiefer leicht verschoben, als ob die Lippen nicht aufeinanderpassten.

»Ohne Boxhandschuhe kämpft heutzutage kein vernünftiger Athlet!«, entgegnete Herkules.

»Ihr kennt die Regeln nur allzu gut, also spare ich mir den üblichen Vortrag. Achtet nur darauf, dass niemand ernsthaft zu Schaden kommt, ja?«, übersprang Carl Faustus seinen üblichen Text und eröffnete die erste Runde »Und los!«

Tänzelnd umrundeten sich die beiden Kämpfer, versuchten, den anderen zu einem vorschnellen Angriff zu provozieren. Die gesamte Familie sowie Flora standen um die Kämpfer herum. Die Kinder feuerten ihren Vater eifrig an und klatschten bei jedem gelungen Hieb. In der Pause stürzten sie auf ihn zu und in einem quirligen Stakkato prasselten gute Ratschläge auf ihn ein. Die zweite Runde begann Piet offensiv und schickte Herkules bereits nach wenigen Augenblicken zu Boden.

»Verflixt, das gibt es doch nicht. Habe ich das Kämpfen denn völlig verlernt?«, entfuhr es dem deprimierten Herkules, der versuchte, die eingesteckten Schläge abzuschütteln, während er sich wieder vom Boden erhob und den Staub von seiner Kleidung klopfte.

»Nein, verlernt hast du nichts, aber deine Reaktionen sind langsam geworden und deine Boxhiebe sind nicht mehr so hart, wie sie einmal waren«, entgegnete Piet mitfühlend.

»Lasst es gut sein für heute! Besser, wir trinken gemeinsam eine Runde Korn, die geht auf meine Kappe, denn eine kleine Anerkennung hat der Sieger ja verdient. Flora, laufe rasch zum Küchenwagen und hole eine Flasche von dem feinen Holunderschnaps aus der Kiste«, entschied Carl Faustus.

Er betrachte das Geschehen äußerst beunruhigt. Würde er seinen alten kampferfahrenen Athleten verlieren? Piet war sicherlich ein ganz besonderer Kämpfer gewesen, viel cleverer als Herkules. Aber er war nicht mehr im Training und dennoch bereitete er Herkules eine Niederlage. Heute kam er mit einer Flasche Schnaps davon, aber sie konnten es sich nicht leisten, wenn Herkules die Kämpfe nicht mehr gewann. So etwas sprach sich sehr schnell herum. Wenn es so kam, dann würden sich ihre Wege trennen müssen, so leid es ihm um den treuen Begleiter tat.

Einige Tage später begleitete Carl Faustus seine Gastfamilie zu einem Besuch in die Nachbarschaft. Diesen Moment nutzte Flora und stahl sich in die Kammer von Herkules. Nun hatte sie Zeit, in Ruhe mit ihm zu sprechen. Auch ihr war seine Schwäche nicht entgangen und sie fürchtete, dass ihr Vater ihm den Laufpass geben würde.

»Wir müssen uns etwas einfallen lassen, damit du bei uns bleiben kannst«, erklärte Flora ihm. »Ich kenne meinen Vater, er wird nicht zögern und ohne dich weiterreisen, wenn du nicht mehr genügend Taler in die Kasse bringst.«

Herkules saß mit zerknirschtem Gesichtsausdruck auf dem Bett in der Kammer und ließ den Kopf hängen. »Flora, was soll ich machen? Meine beste Zeit scheint vorüber zu sein und wenn ich mir Piet anschaue, so hat das bodenständige Leben auch seine Reize.«

»Dazu musst du erstmal die richtige Frau finden. Oder glaubst du wirklich, dass sie auf dem Land auf einen ungelernten Kraftathleten warten, der mit der Landarbeit bislang nichts am Hut hatte?«

Herkules sah sie traurig an. Bei den Frauen hatte er bislang wenig Erfolg gehabt. Flora hatte recht, so einfach wurde aus einem Athleten, der das Herumziehen gewohnt war, kein sesshafter Landarbeiter. Viele in seiner Situation hielten sich eine ganze Weile mit Gelegenheitsarbeiten über Wasser, später drohte ihnen das Armenhaus. Die Zukunft erschien ihm bedrohlich und zum ersten Mal machte er sich darüber ernsthaft Gedanken.

»Ich habe mit Piet gesprochen und er hat mir diese Boxhandschuhe anvertraut. In seinen letzten Jahren als Boxer hatte er darin kleine Eisen eingenäht, die er in einer Schmiede selbst gefertigt hat. Die Form ist genau dem Boxhandschuh angepasst und fällt nicht ins Auge«, vertraute ihm Flora leise an. »Mein Vater ahnt nichts von diesem Betrug und ich habe beim Namen meiner verstorbenen Mutter geschworen, dieses Geheimnis zu wahren.«

Herkules staunte und griff zögernd nach den angebotenen Handschuhen. Er befühlte die Rundungen. Von den eingenähten Eisen war nichts zu sehen, das Leder war glatt und ohne Kanten. Erst als er fester zudrückte, spürte er den harten Widerstand. Das war eine gute Arbeit, dachte er. Herkules drehte und wendete die Handschuhe, dann schlüpfte er hinein.

»Es stimmt, man sieht nicht, was darin verborgen ist«, sagte er zögernd, »allerdings sind sie etwas schwerer.«

Seine schwindenden Körperkräfte konnte er so ausgleichen und seinen Hieben die gleiche Härte verleihen wie zuvor. Doch konnte er das mit seinem Gewissen vereinbaren? Andererseits hatte auch Piet zu diesem Mittel gegriffen, es war kein leichter Stand, den die älteren Kämpfer hatten. Was sollte er also anderes tun?

»Das muss aber unser Geheimnis bleiben, Flora!«, flehte er. »Wenn er das herausfindet, wird mich dein Vater zu Recht davonjagen. Wir können uns freuen, dass er bislang arglos war.«

»Beim nächsten Ringkampf sollten wir vielleicht auf das Öl verzichten«, schlug Flora vor. »Dann können wir immer noch behaupten, dass es ein einmaliger Versuch war.«

Piet war mit allen Wassern gewaschen, erkannte Flora am nächsten Tag. Er erklärte vor allen Anwesenden, dass er nun endgültig dem lang gehegten Wunsche seiner Frau nachkomme und dem Kämpfen endgültig abschwor. Und um das zu beweisen, würde er sich von seinen Boxhandschuhen trennen und sie Herkules zu treuen Händen anvertrauen. Jetzt hatte alles seine Ordnung und Carl Faustus würde nicht misstrauisch werden, wenn Herkules mit den neuen Handschuhen in die Kampfarena trat.

Der Verdacht

Rotenburg, 19. Februar 1895

Am Rotenburger Marktplatz waren nach einem großen Brand stattliche Häuser entstanden. Obwohl man damals den feuchten Baugrund durch Aufschüttung trockengelegt und so für massive Steinhäuser tragfähig gemacht hatte, spürte man, wie die Feuchtigkeit in den Wänden der Amtsstube hochkroch, ganz besonders in den kalten Wintermonaten. Die Akten wurden klamm und Schimmel bildete sich in den Zimmerecken. Vorbeugend hatte man daher das Archiv schließlich ins Obergeschoss verlegt, damit die Amtsakten auf Dauer keinen Schaden nahmen.

Besonders feucht und kalt war es auch in dem benachbarten Gefangenenhaus. Lediglich zwei kleine Öfen erwärmten auf dem Mittelgang des Zellentraktes die Luft. So froren wenigsten die Aufseher nicht allzu sehr, in die Zellen mit ihren massiven Eisentüren drang die Wärme jedoch kaum vor.

Kriminalinspektor von Hugo hingegen saß in seiner behaglich eingeheizten Amtsstube am Schreibtisch. Dennoch fror er. Er fürchtete, sich an den Tagen zuvor eine Erkältung zugezogen zu haben. Bis zum späten Nachmittag hatten sie in Ahausen ausgeharrt, erst dann glaubte er, die wichtigsten Beweise gesichert zu haben. Heute nahm er nun die polizeiliche Auswertung im Amt vor. Kräftig schnäuzte er in das karierte Stofftaschentuch, faltete es sorgsam zusammen und steckte es zurück in die Hosentasche seiner Polizeiuniform.

Alles im Blick zu haben, half ihm bei der Planung der nächsten Schritte. Stück für Stück breitete er die Beweismittel im Mordfall der Witwe Siebe auf seiner großen Schreibtischplatte aus. Die Gipsabdrücke der Schuhsohlen entnahm er der Schachtel und legte sie in den umgedrehten Deckel.

Die vermeintliche Tatwaffe wickelte er aus dem Stofftuch und legte sie behutsam darauf ab. Mit einer Lupe besah er sich noch einmal die Haar- und Hautreste, die durch das verkrustete Blut an dem Metall anhafteten. Vereinzelte Knochensplitter ließen ihn ahnen, wie kraftvoll der Täter zugeschlagen haben musste. Die Notizen ordnete er nach Personen und schob sie ordentlich zu einem Stapel zusammen. Mit dem Perforator lochte er die einzelnen Blätter. Jedes Blatt studierte er erneut, eher er es in einer Sammelmappe abheftete. Die Schreibfeder kratzte über den Pappdeckel, als er das Aktenzeichen und die Bezeichnung »Mordfall Siebe, Ahausen, 15. Februar 1895« niederschrieb. Anschließend strich er routiniert mit der Hand über das Löschpapier, welches die überschüssige Tinte aufsog.

In diesem Moment hörte er seinen Polizeigehilfen flotten Schrittes über den Flur eilen, dann wurde die Türe zur Amtsstube aufgerissen. Endlich brachte Lütjenjohan die ersehnten Fotografien vom Tatort, daher sah Kriminalinspektor von Hugo ihm sein ungestümes Eintreten nach.

Im Keller hatte er ein kleines Fotolabor eingerichtet, damit sie unabhängig von den ortsansässigen Fotoateliers jederzeit von den belichteten Platten Papierabzüge ziehen konnten. Die bisherigen Amtsleiter hatten auf diese neumodische Technologie in der Polizeiarbeit verzichtet und nur gelegentlich einen Fotografen hinzugezogen. Die Technik bildete jedoch eine wichtige Ergänzung zur Tatortbesichtigung, Beweissicherung und Zeugenbefragung. Außerdem versetzte es seine Dienststelle in die Lage, inhaftierte Verbrecher auch bildlich zu erfassen und eine umfassende Täterkartei anzulegen.

Die Fotografien waren sehr gut gelungen, trotz der mangelhaften Lichtverhältnisse auf der Diele des Delventhalschen Hofes.

»Lütjenjohan, Sie beherrschen inzwischen das Fotografieren ausgezeichnet. Ihr Trick, das Licht mit den Spiegeln einzufangen, hat auch dieses Mal gut funktioniert.«

Die Aufnahmen vom Kopf der Witwe Siebe waren aus verschiedenen Winkeln aufgenommen worden. Deutlich erkannte man die tiefe Wunde in allen Einzelheiten. Kriminalinspektor von Hugo beschriftete jede einzelne Fotografie auf der Rückseite, bevor er sie zu den anderen Beweisen auf den Tisch legte.

»Gute Arbeit, Lütjenjohan. Wenn es mit der Arbeit bei der Polizei mal vorbei sein sollte, können Sie getrost als Fotograf ein Auskommen finden«, lobte er seinen sichtlich erfreuten Polizeigehilfen. Dann drückte er ihm einen Stapel Akten in die Hand. »Die müssen wieder zurück in das Archiv. Sorgen Sie doch bitte dafür, dass sie entsprechend ihres Aktenzeichens an der richtigen Stelle hinterlegt werden. Und vergessen Sie nicht, die Akten im Bestandsverzeichnis der Registratur einzutragen. Anschließend könnten Sie uns einen vernünftigen Kaffee kochen und wir besprechen unseren neuen Fall.«

»Jawohl«, entgegnete Lütjenjohan zackig und klemmte den Aktenstapel schwungvoll unter den linken Arm. Einen Moment später vernahm Kriminalinspektor von Hugo das Knarren der Treppenstufen zum Obergeschoss. Nun richtete er seine Aufmerksamkeit auf die vor ihm liegenden Beweismittel. Laut Protokoll hatte der Ahauser Schuster die Sohlenabdrücke identifiziert, war aber in seiner Aussage recht vage geblieben. Später behauptete er, sich im ersten Schrecken geirrt zu haben. So ein Verhalten hatte von Hugo schon des Öfteren beobachtet. Spontan sprachen die Zeugen die Wahrheit, um sie nach kurzer Überlegung wieder abzustreiten. Innerhalb eines Ortes belastete man seine Familie, Nachbarn und Bekannten nicht. Häufig lag es außerhalb der Vorstellungskraft von Zeugen, dass ihnen vertraute Personen zu schlimmen Straftaten fähig waren. Die direkte Überprüfung von Delventhals Stiefelsohlen am Tatabend hatte keine Übereinstimmung ergeben. Dieser trug neue, wenig abgenutzte Stiefel von bester Qualität.

Vorsichtig legte er einen Gipsabdruck auf den Boden und stellte seinen eigenen Stiefel daneben. Die Schuhgröße entsprach der seinen und der Delventhals. Er ging davon aus, dass ein Mann die Spuren im Schnee hinterlassen hatte. Das passte auch zu dem kräftigen Schlag auf den Kopf, der von schräg oben geführt worden sein musste. Doch wer hatte die Spuren verursacht? Entweder war Bauer Delventhal ein ganz ausgebuffter Zeitgenosse, der eine falsche Fährte gelegt hatte, oder es gab tatsächlich noch Personen, die die Hofstelle ausgespäht hatten, um dann zuzuschlagen, als die Witwe allein im Haus war. Dafür sprach der Tod des Hundes. Fremden, so hatte es der Gendarm vermerkt, war das wachsame Tier stets misstrauisch und wehrhaft entgegengetreten.

Auch die Anzeige des Organisten Murken kam dem Kriminalinspektor in den Sinn. Um diesen üblen Kerl musste er sich ebenfalls kümmern. Der bettelnde und aufdringliche Halunke war bislang nicht ergriffen worden. Vielleicht hatte er an diesem Abend bei der Witwe Siebe um eine Gabe gebettelt und sie dann, weil sie ihn davonjagen wollte, totgeschlagen. Sie mussten auch diesen Menschen unbedingt ausfindig machen. Der Gendarm bemühte sich sehr, seine Verfehlung diesbezüglich wiedergutzumachen, doch der Gesuchte schien wie vom Erdboden verschluckt zu sein. Dies machte ihn in den Augen von Kriminalinspektor von Hugo höchst verdächtig.

Nachdenklich blickte von Hugo auf und musterte die Passanten, die vor seinem Fenster vorbeiliefen. Ein monumentales Kriegerdenkmal, von dessen Spitze ein Adler mit leicht geöffneten Schwingen, kräftigem Hakenschnabel und starken Krallen die Szenerie ebenfalls zu betrachten schien, stand direkt vor seinem Fenster.

Es war Viehmarkt und viele Bauern kamen dafür extra nach Rotenburg, um Handel zu treiben. Immer wieder ertönten laute Rufe, die ihn aus seiner Konzentration herausrissen. Kriminalinspektor von Hugo richtete sein Augenmerk wieder ganz auf die Figur des Vogels.

»Seinen Adlerblick, die Fähigkeit, den Überblick zu gewinnen und einen scharfen, unbestechlichen und alles durchdringenden Blick auf das Wesentliche zu werfen, das brauche ich bei diesem Fall«, überlegte er. Er vertrat nicht die Auffassung, dass man einen Verbrecher anhand der Physiognomie identifizieren konnte. Nur Ermittlungen nach den neuesten Methoden führten nach seinem Dafürhalten zum Erfolg. Früher oder später führte preußische Akribie zum Erfolg und ihn eine Stufe höher auf der Karriereleiter, daran gab es für ihn keinen Zweifel.

Zwei Dinge musste er dringend klären. Zum einen die Identität der beiden Wanderarbeiter, die beim Schlachten zur Hand gegangen waren. Bauer Delventhal konnte hierzu kaum Angaben machen. Er hatte die beiden beschäftigt, weil Bauer Müller sehr zufrieden und es so am einfachsten gewesen war. Laut seiner Beschreibung waren es fleißige Burschen, der eine groß mit kräftigen Händen und breiten Schultern, der andere eher zart und einfältig. Karras, so nannte sich der Große, sei eindeutig der Anführer der beiden, hatte Delventhal gesagt. Sottrum hatten sie als nächstes Ziel angegeben und waren wohl nach Erhalt ihres Lohnes auch zu Fuß in diese Richtung aufgebrochen. Außerdem hatten sie das Dorf bereits am Donnerstagnachmittag verlassen, sodass sie am Tattage nicht mehr in Ahausen verweilten. Dennoch musste

Kriminalinspektor von Hugo auch sie nach Möglichkeit befragen. Vielleicht konnten sie zur Aufklärung des Falles wichtige Hinweise geben, hatten Beobachtungen gemacht, um deren Bedeutung sie nicht wussten.

Allerdings fehlte ihm immer noch das Motiv. Warum musste die arme Frau so grausam sterben? Die entscheidenden Puzzleteile lagen ihm wohl noch nicht vor oder er musste das Bekannte anders bewerten.

Die Stufen knarrten erneut und schon stand Lütjenjohan wieder in der Amtsstube. Seine Uniformjacke zeigte deutliche Spuren von Staub, den er mit dem Handrücken entfernte.

»Auftrag ausgeführt! Alle Akten sind wieder am richtigen Platz im Archiv und hier ist auch schon der Kaffee.«

Der würzige Kaffeeduft hatte es etwas Unverfälschtes und Edles. Die Goldrandtasse mit dem Konterfei des preußischen Königs Wilhelm I. tat ihr übriges. Trotz aller Gemütlichkeit, strahlten die beiden Polizisten in ihrer Pause Haltung und Pflichtbewusstsein aus.

»Lütjenjohan, Sie müssen heute Nachmittag noch einmal nach Ahausen reiten und verschiedene Dienste erledigen. Ich will einige Zeugen ein zweites Mal verhören.« Er griff in seine Schreibtischschublade und entnahm ihr mehrere amtliche Vordrucke. Dann fügte er die Namen von Zeugen ein, die er noch einmal befragen wollte. »Es gibt noch einige Ungereimtheiten, die ich klarstellen muss.« Mit diesen Worten reichte er seinem Gehilfen die schriftlichen Vorladungen.

Als erster Zeuge erschien am frühen Dienstagmorgen der Tagelöhner Grote. Zu Fuß hatte er sich bei anbrechender Morgendämmerung auf den gut anderthalbstündigen Marsch begeben. Seine Hoffnung, ein Gespann würde ihm eine Mitfahrgelegenheit bieten, hatte sich leider nicht erfüllt. Die

Mütze in der Hand betrat er nach Aufforderung die Amtsstube. Kriminalinspektor von Hugo wies ihn an, neben seinem Schreibtisch Platz zu nehmen. Grote knöpfte seine derbe Jacke auf und setzte sich auf den dunkelbraunen Holzstuhl. Der einfache Mann wirkte angesichts der Obrigkeit eingeschüchtert, wie von Hugo zufrieden zur Kenntnis nahm.

»Erzählen Sie mir von den beiden Fremden, die auf dem Hof Delventhal beim Schlachten geholfen haben. Was wissen Sie über die beiden Gesellen?«

Tagelöhner Grote überlegte einen Augenblick. »Die waren schon eigenartig«, begann er seinen Bericht. »Ich habe mehrfach Kontakt mit den beiden gehabt. Sie waren am Dienstag in Ahausen angekommen und fragten auf einigen Höfen um Arbeit nach. Viel zu tun gibt es um diese Jahreszeit nicht, das habe ich ihnen beim ersten Zusammentreffen auch gleich klargemacht. Schließlich muss ich ja auch sehen, wo ich mit meiner Familie bleibe. Ich habe sieben Kinder und unser Haus ist baufällig. Doch der Bauer Müller gestatte ihnen, in der Scheune zu nächtigen und am Mittwoch beim Schlachten von zwei Schweinen zu helfen. Da war ich auch dabei.«

»Wenn Sie sogar mit den beiden zusammengearbeitet haben, können Sie mir gewiss ihre Namen nennen, oder?«

»Der Anführer hieß Karras, ob mit Vor- oder Nachnamen, kann ich nicht sagen. Alle nannten ihn nur Karras. Er hatte einen merkwürdigen Akzent und wir haben ihn manchmal kaum verstanden. Geschickt war er aber, das muss man ihm lassen. Der andere hat kaum gesprochen. Eigentlich gar nicht, wenn ich so darüber nachdenke. Obwohl ich glaube, dass er es konnte. Er wirkte etwas einfältig und handelte nur auf Anweisung von dem anderen.«

»Und sein Name?«, unterbrach Kriminalinspektor von Hugo den Tagelöhner.

»Entschuldigung, Herr Kriminalinspektor, aber den kenne ich nicht. Er hat, wie gesagt, nicht gesprochen. Und dieser Karras hat, soweit ich mich erinnere, auch nie seinen Namen gesagt.«

»Hm«, machte von Hugo. »Und nach dem Schlachten am Mittwoch?«

»Am Donnerstag sind die beiden mit dem Schlachtbock zum Hof Delventhal weitergezogen. Müller und Delventhal sind gut bekannt. Wie Ihr wisst, spielen wir regelmäßig Schafkopf. Er hat die beiden wohl empfohlen. Ich hatte dadurch leider weniger Arbeit«, fügte Tagelöhner Grote verbittert hinzu.

»Hm«, machte von Hugo erneut und bedeutete dem Tagelöhner mit einem Handzeichen, beim Thema zu bleiben.

»Am späten Nachmittag waren wir jedenfalls fertig und das Schwein lag in Einzelteilen auf der Diele. Das Einmachen und weitere Zerlegen wollte Delventhal mit der Witwe Siebe selbst erledigen, auch kam noch die Haushälterin des Pastors dazu. Die beiden Fremden und ich erhielten jeweils den gleichen Lohn und eine abgehangene Mettwurst. Dann entließ uns Delventhal. Zuerst verließen die beiden den Hof und kurze Zeit später bin auch ich nach Hause gegangen.«

»Haben Sie die beiden danach noch einmal gesehen oder etwas von ihnen gehört?«, forschte von Hugo nach.

»Nein, ich habe keine Ahnung, wo sie abgeblieben sind.«

»Und wie verhält es sich mit dem Bettler, der vor Kurzem in Ahausen auffällig wurde? Sie haben sicher mitbekommen, dass es handgreiflich wurde und dabei sogar Frauen verletzt wurden. Kennen Sie den Burschen oder haben Sie ihn im Ort beobachtet?«

Der Tagelöhner schüttelte bedauernd mit dem Kopf. Er hatte zwar von der Sache gehört, konnte aber nichts Weiteres dazu sagen, da er nichts beobachtet hatte.

»Gut, dann brauchen wir jetzt noch eine genaue Personenbeschreibung der beiden Helfer. Lütjenjohan, erledigen Sie das!«

Tagelöhner Grote folgte dem Polizeigehilfen in das Nachbarzimmer. Dieser Raum war wesentlich kleiner und rundherum mit Aktenschränken möbliert. Aus seiner Jackentasche zog Lütjenjohan ein dickes Schlüsselbund hervor und öffnete einen der verschlossenen Aktenschränke. Er legte sich verschiedene Unterlagen bereit und sah schließlich Grote an. »Ich brauche jetzt für beide Personen Angaben zum ungefähren Alter und zu ihrer Größe«, informierte er den Zeugen.

Der Tagelöhner nickte. »Also, der Große, dieser Karras, war etwa so groß«, sagte er und zeigte mit dem Arm in die Luft. Der Polizeigehilfe fingerte in einer der Schrankschubladen herum und zog ein Maßband heraus. Dann legte er es an die angezeigte Höhe an und notierte mit seinem Bleistift: »Karras, Größe: 6 Fuß.« Der zweite Wanderarbeiter schien wesentlich kleiner zu sein, denn hier gab der Zeuge an, dass dieser ihm nur bis zum Kinn gereicht hätte, was einer Größe von 4,5 Fuß entsprach. Bei der Einschätzung des Alters tat sich der Zeuge schwer.

»Der Karras war auf jeden Fall der Ältere, vielleicht Ende Zwanzig oder Anfang Dreißig. Und er war der Kräftigere. Der hatte Pranken wie ein Bär. Stechend blaue Augen und schwarzes Haar. Der Kleine war schmächtig von Statur und nicht besonders ansehnlich. Er hatte eine Narbe über der Lippe und eine breite Nase. Die braunen Augen sahen aus wie Glasmurmeln, die traten so hervor und glänzten immer. Sein Haar war kraus und dunkel.«

Polizeigehilfe Lütjenjohan notierte die Angaben akribisch auf seinen Formularen und wählte anschließend aus einem Regal zwei geschlossene Holzkästen mit der Beschriftung

»Männlich, 20–30 Jahre« und »Männlich, 30–40 Jahre« aus und stellte sie auf einen kleinen Ablagetisch in der Mitte des Raumes.

Anhand der gegebenen Beschreibungen wählte er einige Karteikarten aus der Verbrecherkartei und zeigte dem Tagelöhner Grote die darauf befindlichen Fotografien. Die Personen waren jeweils im Profil und frontal fotografiert worden. Zusätzlich enthielt jede Karteikarte noch weitere Informationen, die Lütjenjohan seinem Zeugen aber nicht offenbarte. Die Durchsicht dauerte fast eine Stunde. Zweimal stutzte der Zeuge, winkte bei genauerer Betrachtung dann aber doch ab. Die beiden fremden Wanderarbeiter waren offenbar nicht registriert. Enttäuscht entließ Lütjenjohan den Zeugen.

Der Gastwirt hatte seine braune Stute vor den Wagen gespannt und die anderen Vorgeladenen mitgenommen.

»Was hat das für einen Sinn, dass wir nochmal alles erzählen sollen?«, ärgerte sich der Bauer Clüver, der neben dem Bauern Müller und dem Wirt auf dem Kutschbock saß.

»Wir sind doch schon verhört worden. Es kann ja wohl nicht ernsthaft ein Verdacht gegen uns bestehen«, argumentierte der Wirt, während er das Pferd mit den Zügeln vorwärtstrieb. Die anderen pflichteten ihm bei und hingen ihren Gedanken nach. Wenn überhaupt kam nur der Bauer Delventhal als Täter infrage. Er war alleine zum Hof zurückgekehrt und erst nach gut 15 Minuten erneut in der Schankstube erschienen. Nicht viel Zeit, aber möglicherweise genug, wenn man die Tat ordentlich geplant hatte. Unbehaglich saßen sie für die restliche Fahrt schweigend nebeneinander. Ob sie es wollten oder nicht, das Misstrauen war gesät und keiner der Männer konnte sich diesem schleichenden Gefühl entziehen. Egal, wie die Sache ausging, es würde immer etwas hängen bleiben. Würden sie jemals wieder in trauter Runde beim Kartenspiel mit Bauer Delventhal zusammensitzen?

Am späteren Vormittag erreichten die drei Rotenburg und meldeten sich zur Vernehmung. Nur der Schuster ignorierte offensichtlich die Vorladung, wie von Hugo interessiert feststellte. Die kurze Befragung der drei Zeugen führte den Kriminalinspektor zu keinen weiteren Erkenntnissen. Ihre Aussagen entsprachen im Wesentlichen der des Tagelöhners Grote beziehungsweise dem, was sie bereits in Ahausen ausgesagt hatten: Delventhal hatte vor oder nach dem Kartenspiel theoretisch Zeit gehabt, dass Verbrechen zu begehen.

Auch die erneute Durchsicht der Verbrecherkartei blieb ergebnislos. Die Wandergesellen waren anscheinend bisher nicht erkennungsdienstlich erfasst worden. Dieses Indiz konnte darauf hinweisen, dass die beiden nichts mit dem Mord zu tun hatten und redliche Leute waren, die einfach weitergezogen waren.

Dennoch blieben die mysteriösen Spuren im Schnee, die Kriminalinspektor von Hugo nicht aus dem Kopf gingen. Delventhal trug an dem Abend andere Stiefel, andererseits waren sie offensichtlich sehr neu. Die Frage war, was wohl mit dem alten Paar geschehen war.

Dennoch war die Ladung der drei nicht umsonst gewesen. »Von Amtswegen«, eröffnete von Hugo den Männern, »nehme ich Sie in die Pflicht, alles, das Ihnen zu Ohren kommt und mit dem Mord in Verbindung stehen könnte, umgehend dem Gendarmen zu melden!« Dann sah er den Wirt an. »Und Sie werden in den nächsten Tagen die Gasthöfe in der Umgebung aufsuchen und mit der angefertigten Beschreibung nach den Wanderarbeitern suchen. Irgendwo müssen sie ja eingekehrt sein, bei der Kälte. Und Sie sind doch sicher mit den anderen Gasthäusern bestens bekannt!« Wieder schaute er in die

Runde. »Sie alle müssen soviele Menschen wie möglich befragen. Ihnen wird man vertrauen und berichten.«

»Aber das geht nicht!«, protestierte Bauer Müller postwendend. »Wer soll dann zu Hause unsere Arbeit erledigen?«

»Ich denke, das müssen Sie irgendwie organisieren. Aber Sie bekommen für die Zeit einen finanziellen Ausgleich, sodass es nicht zu Ihrem Schaden ist.«

Die letzten Worte des Kriminalinspektors versöhnten die beiden Männer mit ihrem unverhofften Auftrag, den sie so oder so nicht abschlagen konnten.

»Außerdem werde ich dafür sorgen, dass eine Belohnung auf die Ergreifung des Täters ausgesetzt wird«, erklärte Inspektor von Hugo ernsthaft und hoffte, so den Ehrgeiz der Männer anzustacheln.

Zwei Tage lang ritten die Bauern Müller und Clüver sowie der Wirt rund um Ahausen sämtliche Unterkünfte, Schänken und größere Höfe, auf denen möglicherweise Arbeitskräfte gebraucht wurden, ab. Zwei Wandergesellen, die der Beschreibung entsprachen, waren jedoch nirgends gesehen worden. Sie ließen sich in jeder Herberge die Eintragungen im Gästebuch zeigen, doch ein Karras war nicht darunter. Dies konnte verschiedenste Gründe haben. Vielleicht waren sie bei Verwandten untergekommen, hatten aus Kostengründen Unterschlupf in den reichlich vorhandenen Feldscheunen gesucht oder eine Mitfahrgelegenheit auf einem Fuhrwerk ergattert, überlegten die Männer. Dass sie von Rotenburg mit der Bahn weitergereist waren, hielten sie für unwahrscheinlich. Dennoch bemühte sich Bauer Clüver auch am Bahnhof um Auskunft.

Überall hinterließen sie die Bitte, sofort Meldung im Polizeiamt in Rotenburg zu machen, falls die beiden Gesuchten auftauchten. Sie waren sehr gründlich vorgegangen und hatten ihre persönlichen Kontakte in den umliegenden Dörfern genutzt. Dennoch waren die Burschen wie vom Erdboden verschluckt. Ebenso verhielt es sich mit dem Bettler, der so bösartig aufgetreten war und in Ahausen für Aufregung gesorgt hatte.

Enttäuscht erstatteten sie auf dem Polizeiamt Bericht. Eine Ausweitung der Suche schien wenig Sinn zu haben, darin waren sie sich mit dem Kriminalinspektor einig. Zu Fuß konnten die Burschen in den vergangenen Tagen keine größere Strecke zurückgelegt haben, schon gar nicht, ohne irgendwo gesehen worden zu sein.

»Das gefällt mir ganz und gar nicht«, überlegte von Hugo niedergeschlagen. Zumindest eine Spur von dem Bettler hatte er sich erhofft. Aber es gab keine Hinweise darauf, dass er seine rüde Bettelei in den Nachbarorten fortgesetzt hatte. Und auch die beiden Wanderarbeiter wollte er unbedingt selbst verhören. Immerhin waren die beiden Außenstehende, die vielleicht auch die Beziehung vom Bauern Delventhal zur Witwe Siebe noch einmal anders beschreiben konnten. Womöglich war ihnen etwas aufgefallen, das niemand sonst ungewöhnlich gefunden hatte.

Doch daraus würde vorerst einmal nichts werden. Kriminalinspektor von Hugo bedauerte das Resultat der Nachforschungen, zahlte aber die versprochene Entlohnung aus der Staatskasse sofort aus.

Die langen Ritte hatten nicht nur die Tiere durstig gemacht. Schnurstraks begaben sich die drei Ahauser in die nächste Schänke, um dort einen Teil ihres Lohnes in Bier umzusetzen.

Die Beisetzung der Witwe erfolgte am darauffolgenden Tag. Der Frost hielt die Erde weiterhin mit eisigem Griff zusammen. Die Totengräber hatten sich sehr anstrengen müssen, um die Grabstelle ordnungsgemäß auszuheben.

Besonders Bauer Delventhal hatte die Beisetzung herbeigesehnt. Mehrfach war er vor ihrem starren Antlitz zurückgeschreckt, wenn die Nacht anbrach und die Nachbarn ihn mit der Toten alleine zurückließen. Die stumme Anwesenheit der Ermordeten belastete ihn die gesamte Zeit, beinahe wie ein Fluch. Manchmal, im Schein der flackernden Kerzen, war er davon überzeugt, dass sie den Kopf bewegt hatte. Man sagte, dass die Seelen von Menschen, die gewaltsam zu Tode gekommen waren, nicht zur Ruhe fänden und die Lebenden heimsuchten. Nachts, wenn das alte Gebälk seiner Hofstelle ächzte und stöhnte, wähnte er das Klagen der Toten darin zu hören, mutmaßte, dass ihre gepeinigte Seele auf der Suche war. Unruhig verbrachte er die schlaflosen Nächte in seiner verschlossenen Kammer. Aber auch ein Riegel würde die Totenseele nicht daran hindern, ihn aufzusuchen.

Die Sargträger erschienen in schwarzen Sonntagsanzügen auf der Hofstelle. Sie verschlossen den Sarg und schulterten die schwere Fracht. Dann trugen sie sie von der Diele. Unter Anleitung des Lehrers begleiteten die Schulknaben, geistliche Lieder singend, den Leichenzug vom Sterbehaus hinüber zum Friedhof. Ihnen folgte die Trauergemeinde.

Auch der Gendarm wohnte der Beisetzung bei, nahm aber nicht am Leichenschmaus teil. Bis zur Aufklärung des Mordes fungierte er als verlängerter Arm des Kriminalinspektors und hielt die Augen offen. Er beobachtete die Trauernden genau. Er achtete auf Besonderheiten, die eventuell den Täter verraten könnten. Welcher Anwesende hatte nervös oder schuldig gewirkt? Er versuchte, hinter die Fassaden der Gesichter zu blicken. Insbesondere Delventhal stand im Zentrum seines Interesses.

»Kalt wie eine Hundeschnauze«, murmelte er in seinen Jackenkragen, da der Bauer während der Trauerfeier kaum eine Miene verzogen hatte. Auch wirkte er isoliert, da die Ahauser ihm aus dem Weg zu gehen schienen.

Der Schuster stand nicht weit von ihm entfernt und so nutzte der Gendarm die Chance, ihn nach der Feier auf dem Friedhof abzupassen. In den letzten Tagen hatte er das Gefühl gehabt, dass dieser ihm aus dem Weg ging.

»Nicht so eilig, ich muss ein paar Worte mit dir wechseln.«

Der Schuster fühlte sich offensichtlich ertappt und blieb erschrocken stehen. »Ja, was gibt's?«, fragte er, wobei er dem Gendarmen nicht in die Augen schauen konnte.

»Du bist der Aufforderung des Kriminalinspektors von Hugo noch nicht nachgekommen, deine Aussage im Amt zu wiederholen. Ist dir bewusst, dass ich dich in so einem Fall eigentlich festsetzen und vorführen müsste?«

»Ach, das ist doch wirklich nicht notwendig. Sobald ich Gelegenheit habe, werde ich der Aufforderung nachkommen«, entgegnete der Schuster verlegen und hoffte, sein Gegenüber so zu besänftigen.

»Es handelt sich um eine dringliche Aussage, die du zu machen hast. Immerhin geht es um den Mord an der guten Witwe Siebe. Was kann bitte wichtiger sein als die Festsetzung des Täters, frage ich dich?«

Beschämt schaute der Schuster zu Boden. Sein Gegenüber hatte vollkommen recht und er hatte ein Problem. Seit der Schulzeit war er mit Delventhal befreundet und wollte ihn nicht in noch größere Schwierigkeiten bringen. Sein aufbrausendes Temperament war im Ort bekannt und hatte schon des Öfteren zu Streitigkeiten geführt. Niemals jedoch hatte sein Freund gegen andere die Hand erhoben. Dass dieser nun die

Witwe Siebe erschlagen haben sollte, erschien dem Schuster völlig unmöglich.

»Du hast doch vor nicht allzu langer Zeit eine Reparatur für den Delventhal ausgeführt, oder?«, fragte der Gendarm auf gut Glück und durchbohrte den Schuster mit seinem autoritären Blick.

»Ja, natürlich. Es gibt doch, wie du weißt, immer mal etwas zu flicken, zumal ich auch kleinere Reparaturen am Zaumzeug durchführe. Der letzte Auftrag war, wenn ich mich recht erinnere, das Annähen einer Verschlussschnalle an eine Ledertasche.«

»Reden wir von den Stiefeln«, sagte der Gendarm. »Und erzähl mir jetzt keinen Quatsch, sonst nehme ich dich auf der Stelle fest und bringe dich persönlich zum Verhör nach Rotenburg aufs Amt!«

»Ja«, antwortete der Schuster zögerlich, »das kommt häufiger vor, weil der Delventhal die Absätze immer so schräg abläuft. Er bekommt die Füße einfach nicht vom Boden hoch und schlurft. Eine üble Angewohnheit ist das, zumindest für das Schuhwerk.«

»Also ist es richtig, dass du einen kaputten Stiefelabsatz gegen einen neuen ausgewechselt hast?«

»Ja, das habe ich des Öfteren getan, ist ja auch mein Beruf. Was ist daran verkehrt?«

»Sag mal, hast du den Verstand verloren? Ist dir eigentlich klar, wie wichtig diese Aussage im Mordfall der Witwe Siebe ist?«, schnauzte der Gendarm den Schuster an. »Du hast die Stiefelsohlen doch erkannt, oder nicht? Was soll man davon halten? Du musst dich augenblicklich auf den Weg nach Rotenburg machen. Die Dringlichkeit dieser Sache erlaubt keinen Aufschub. Und ich werde dich persönlich dorthin begleiten und zwar auf der Stelle.«

Der Schuster protestierte: »Aber ich muss doch zur Trauerfeier von der Siebe in die Gaststätte. Willst du da gar nicht hin? Was sollen denn die anderen sagen, wenn wir uns da nicht blicken lassen? Ich kann doch morgen gehen, das mache ich ganz bestimmt.«

Doch sein Widerstand provozierte den Gendarmen nur noch mehr. »Du willst es wohl nicht anders? Dann muss ich jetzt offiziell werden: Hinnerk Warnken, Ihr seid in Gewahrsam genommen und werdet mich jetzt auf der Stelle nach Hause begleiten. Dort satteln wir mein Pferd und reiten nach Rotenburg. Es ist ein kräftiges Tier, das uns beide tragen wird!«

Er zog den zögernden Schuster am Ärmel hinter sich her. »Wenn du nicht sofort mitkommst, lege ich dir Handeisen!«, drohte er böse.

Ein halbe Stunde später verließen die Männer den Ort zu Pferd.

Kriminalinspektor von Hugo war durchaus erstaunt, als das Gespann den Raum betrat, lobte aber das Durchgreifen des Gendarmen, nachdem der ihn kurz über die neuen Erkenntnisse ins Bild gesetzt hatte.

»Ich danke Ihnen für Ihren Einsatz. Aber bitte: Warten Sie nicht auf den Ausgang des Verhörs. Unser Zeuge hier wird nach Hause laufen können, falls sich im Verhör nichts anderes ergibt«, bemerkte der Kriminalinspektor spitz. Der Schuster würde schon noch zu spüren bekommen, was es bedeutete, sich der Staatsgewalt zu widersetzen. Von Hugo war überzeugt, dass es einen triftigen Grund für sein Verhalten geben musste. Auch wenn von Hugo nicht glaubte, dass der Schuster selbst in den Mord verwickelt war, ahnte er, dass er Delventhal belasten würde.

Der Kriminalinspektor lauerte hinter seinem Schreibtisch und bedeutete dem Schuster, sich gegenüber zu setzen. Er fixierte den Mann und begann zunächst mit den allgemeinen Fragen. Zu den beiden Wanderarbeitern konnte der Mann jedoch keine Auskunft geben. Er hatte sie weder gesprochen noch gesehen. Bei diesen allgemeinen Fragen hatte sich der Schuster zunehmend entspannt. Doch dann legte Kriminalinspektor von Hugo ihm die Gipsabdrücke der Stiefelsohlen erneut vor. Der Schuster schluckte und erbleichte, was von Hugo nicht entging.

»Deute ich Ihre Reaktion richtig? Sie erkennen die Sohlenabdrücke, oder etwa nicht?« Die Stimme des Kriminalinspektors war schneidend.

Der Schuster hustete und wandte den Blick von den Gipsabdrücken ab, sagte aber nichts. Der Bursche zeigte sich zäher als vermutet, ärgerte sich Kriminalinspektor von Hugo, ließ sich aber nichts anmerken.

»Ich frage noch einmal: Erkennen Sie diese Stiefelabdrücke wieder? Und wenn ja, in wessen Auftrag haben Sie die Sohlen repariert? Der Besitzer ist dringend tatverdächtig! Und überlegen Sie sich gut, was Sie nun sagen, ich habe große Lust, Sie über Nacht in eine unserer Arrestzellen zu werfen!«

Absolute Ruhe herrschte in dem Raum, die Anspannung war greifbar.

»Delventhal, die Stiefel gehören dem Delventhal«, flüsterte der Schuster und sank in sich zusammen. In ihm kämpften Zweifel und Verzweiflung miteinander. Er hatte einen Freund verraten, der doch niemals zu einem Mord fähig wäre. Oder sollte er sich so in ihm getäuscht und einen Mörder gedeckt haben?

»Wieso sind Sie da so sicher?«, forschte der Kriminalinspektor weiter nach.

»Normalerweise verarbeite ich immer die gleichen Sohlenprofile auch bei den Absätzen. Da bei Delventhal der linke Absatz immer stärker abgenutzt ist, tausche ich diesen häufiger aus als den rechten. Beim letzten Mal musste ich aber auf dieses ungewöhnliche Profil zurückgreifen, da ich das andere nicht vorrätig hatte. Es ist eigentlich für eleganteres Schuhwerk vorgesehen. Seht hier«, der Schuster zeigte mit seinem breiten Zeigefinger auf den Gipsabdruck. »Dieses Profil ist viel feiner und weniger rutschsicher und daher für Arbeitsstiefel schlechter geeignet. Doch Delventhal wollte seine Stiefel möglichst schnell wieder zurückhaben. Außerdem hatte er ein neues Paar bei mir in Auftrag gegeben, das so gut wie fertig war.«

Die flache Hand des Kriminalinspektors schlug auf die Schreibtischplatte. »Das ist ja nicht zu fassen. Sie haben die Profile sofort erkannt und dennoch nichts gesagt. Sie haben womöglich einen Mörder gedeckt! Damit haben Sie sich auch schuldig gemacht! Lütjenjohan!«, brüllte von Hugo nach seinem Gehilfen, doch dieser antwortete nicht. Also packte der Kriminalinspektor die Handgelenke des überraschten Schusters und legte ihm Handschellen an.

»Sie bleiben vorerst hier!« Damit kettete er ihn mit den Handschellen an einen rostigen Metallring. Dieser war in die Zimmerwand eingelassen, davor stand ein einfacher Holzschemel. Ängstlich fügte sich der Schuster in sein Schicksal und bangte dem entgegen, was noch auf ihn zukommen würde.

»Lütjenjohan«, rief Kriminalinspektor von Hugo noch einmal laut in den Flur des Polizeiamtes hinein. Wenige Sekunden später öffnete dieser die Türe des Nebenraumes, wo er die Lichtbildkarten wieder einsortiert und im Aktenschrank eingeschlossen hatte.

»Jawohl?«, meldete er sich pflichtbewusst und kam in die große Amtsstube.

»Bringen Sie unseren Zeugen hier ins Gefangenenhaus. Er wird heute Nacht in Rotenburg bleiben! Und gleich morgen früh spannen Sie das Pferd vor den Arrestwagen und wir holen den Bauern Delventhal. Sein Komplize hier kann ihn nicht warnen, da müssen wir heute nicht mehr aufbrechen.«

Lütjenjohan führte den Schuster ab, der auch beim Polizeigehilfen noch einmal erklärte, dass er nichts getan habe und auch den Bauern nicht warnen würde, wenn man ihn nur gehen ließe. Doch es half nichts. Keine fünf Minuten später führte Lütjenjohan den Schuster über den Hinterhof in das Gefangenenhaus. In der massiven Außentüre war ein kleines, vergittertes Guckloch eingelassen. Auf sein Klopfen entriegelte der Aufseher die Türe von innen und ließ sie mit einem Kopfnicken eintreten.

Ein langer, dunkler Flur mit gegenüberliegenden Eisentüren lag vor ihnen. Einige der Gefangenen unterhielten sich laut, andere hießen den Neuankömmling mit unflätigen Bemerkungen willkommen. Der Aufseher war ein grober Kerl, der den Schuster am Oberarm packte.

»Dann zeige ich dir mal dein neues Zimmer, was?«, sagte er höhnisch grinsend.

Am Ledergürtel des Aufsehers hing ein großes Schlüsselbund, von dem er einen Schlüssel auswählte. Er sperrte die Zelle mit der Nummer 7 auf und schubste den Schuster hinein. Dieser strauchelte und wäre beinahe auf einen Gefangenen gefallen, der am Boden auf seiner Strohmatratze döste. Der Schuster erhielt einen Blechnapf mit Löffel für die dünne Suppe, die ausgeteilt wurde, und eine kratzige Wolldecke für die Nacht. Mit einem Knall flog die Tür ins Schloss und Lütjenjohan eilte zurück zum Kriminalinspektor. Er wollte endlich erfahren, was der Schuster ausgesagt hatte und wieso er nun die Nacht im Arrest verbringen musste.

»Bauernschlau, dieser Delventhal«, schloss von Hugo schließlich seinen Bericht, »da kann man nicht meckern! Wahrscheinlich hat er einfach die Stiefel getauscht und so versucht, uns zu täuschen. Aber schauen wir mal, wie sich der Kerl nun aus dieser misslichen Lage herauswinden will, wie er uns die Abdrücke seiner eigenen Stiefel hinter dem Holzlager erklärt.«

Die Haushälterin des Pastors ging seit dem Tod der Witwe Siebe dem Bauern Delventhal zur Hand. Gerne tat sie es nicht, vielmehr fügte sie sich dem Drängen ihres Arbeitgebers. Wie hatte die Witwe Siebe bloß mit diesem aufbrausenden Menschen unter einem Dach leben können?

Nun hatte die fleißige Frau sich in die Kammer der Witwe zurückgezogen, um deren Dinge endlich zu sortieren. Beherzt breitete die Haushälterin die Habseligkeiten der Witwe Siebe auf dem Bett aus. Sie legte die Kleidung der Toten ordentlich zusammen, faltete die Tisch- und Bettwäsche und putzte die Schuhe. Plötzlich hielt sie ein besticktes Leinentaschentuch in den Händen. Darin eingewickelt lag ein wohlduftendes Stückchen Lavendelseife, dass die Witwe zwischen ihre Wäsche gelegt hatte.

Es war ihr letztes Geburtstagsgeschenk an die Witwe Siebe gewesen, erinnerte sich die Haushälterin traurig, erlaubte sich aber keinen Gefühlsausbruch.

Die Witwe hatte ihr Eigentum fast gänzlich verkauft, damals, als sie den Hof veräußerte. Dafür hatte sie eine stattliche Summe Geld erhalten, die sie für ihr Alter beiseitegelegt hatte. So jedenfalls hatte sie es ihr in einer vertraulichen Stunde erzählt.

Ihre Töchter hatten sich verehelicht und waren aufgrund der schwierigen wirtschaftlichen Situation nach Amerika ausgewandert. Nur ein einziges Mal hatte die Witwe Siebe darüber gesprochen.

Unter ihrer Habe fand die Haushälterin nun einige Papiere und eine Postkarte. »Herald Square, New York 1894« stand quer über der Schwarz-Weiß-Fotografie, die einen Ausschnitt von New York zeigte und von einem der hohen Gebäude aus aufgenommen worden sein musste. Doch New York war riesig, wie sollte man dort jemanden finden? Tausende Auswanderer gingen täglich von Bord. Oftmals verlor sich ihre Spur in den Weiten des riesigen Kontinents. Diese Unterlagen würde der Pastor sicherlich noch genauer durchsehen wollen. Vielleicht fand sich darin noch ein Hinweis auf die Töchter. Schließlich war er ein studierter Mann und beherrschte neben Latein auch die englische Sprache.

Vorsichtig verstaute sie alles in einer kleinen Mitgifttruhe, die sie unter dem Bett der Verstorbenen vorzog. In das lederne Portemonnaie, das zu ihrer Überraschung nur wenige Pfennige enthielt, legte sie die Eheringe der Witwe. Nach dem Tod ihres Mannes hatte die Witwe die Ringe verbinden lassen und diese an einer Kette um den Hals getragen. Wenige Tage vor dem Mord war die Kette gerissen. Die Haushälterin erinnerte sich noch, wie ärgerlich die Witwe Siebe darüber gewesen war. Seitdem hatte sie die Ringe und die Kette in der Tasche ihrer Kittelschürze aufbewahrt, wo die Frauen sie bei der Totenwäsche auch gefunden hatten.

Doch es gab eine andere Sache, die ihr nicht aus dem Kopf ging. Die Haushälterin verstand nicht, weshalb sie in der Kammer der Witwe nur so wenig Geld gefunden hatte. Vom Verkauf des Hofes musste sie noch eine beachtliche Summe besitzen. Hatte sie das Geld so gut versteckt, dass die Haushälterin es nun nicht gefunden hatte? Vielleicht hatte Delventhal es aber auch bereits dem Pastor ausgehändigt. Gewiss befand sich das Geld an einem sicheren Ort, versuchte sie sich einzureden. Es war genug Schlimmes geschehen und die Sache mit dem Geld würde sich sicherlich auch bald aufklären.

Also legte sie nun zuoberst das Kreuz, das sie von der Wand abgenommen hatte, sowie die Bibel und die wenigen schriftlichen Unterlagen in die Truhe, klappte endlich den Deckel herunter und verschloss die Truhe.

Unter großer Anstrengung schleppte sie die Mitgifttruhe ins Pfarrhaus hinüber. Pastor Visbeck würde, so war es üblich, den Nachlass verwalten und die Truhe auf dem Dachboden des Pfarrhauses einlagern, bis die Erben ermittelt waren.

Die Küchenhexe brannte gut, die Küche war mollig warm und sie hatten schweigend den Eintopf zu sich genommen. Auf der Kochfläche standen diverse Töpfe mit Wasser und eine eiserne Kaffeekanne. Der Duft des Zichorienkaffees erfüllte die Küche.

Mit einem selbstgestrickten Topflappen nahm sie die heiße Kaffeekanne vom Herd und goss zwei Becher jeweils halb voll. Aus dem Milchkännchen gab sie cremigen Rahm dazu. Dann rührte sie einen halben Löffel Zucker hinein. Letzterer war streng limitiert und Pastor Visbeck achtete unnachgiebig auf den Verbrauch. Verschwendung war ihm ein Graus.

Der Wasserdampf legte sich als Nebel auf die Fensterscheiben und gefror zu wunderbaren Eisblumen. »Mein kleiner Garten im Winter, wie wunderbar bist du anzusehen«, überlegte die Haushälterin verträumt in die Stille hinein. »Im Sommer werde ich Blumen aus dem Garten schneiden und auf das Grab legen. Levkojen am besten, deren Farben und Duft liebte die Witwe am meisten.«

Pastor Visbeck hingegen bemerkte die Eisblumen nicht. Er war hinter einer Wochenzeitung verschwunden, die er leidenschaftlich studierte.

Während die Haushälterin weiter die Pracht bewunderte, nahm sie plötzlich dunkle Schatten hinter dem Eisblumenzauber wahr. Das Küchenfenster lag zum Delventhalschen Hof hin, wo soeben eine große Kutsche vorgefahren war, von der nun eilig zwei Männer heruntersprangen. Neugierig geworden stand die Haushälterin auf und wischte mit ihrem Ärmel über die gefrorene Fensterscheibe, bis sie hindurchschauen konnte.

Pastor Visbeck senkte die Zeitung und quittierte ihre Neugier mit einem missbilligenden Geräusch. Schnüffelei war ihm zuwider, befriedigte sie doch nur die niederen Instinkte. Darin konnte er nichts Göttliches erkennen. Die Haushälterin ignorierte seinen Unmut jedoch. Was war daran verwerflich, sich für sein direktes Umfeld zu interessieren? Schließlich las der Pastor die Zeitung, um ebenfalls etwas zu erfahren, nur handelte es sich dabei um Dinge, die nur sehr selten mit ihrem Leben in Ahausen zu tun hatten. War es nicht naheliegender, sich um die eigene Nachbarschaft zu scheren? Insbesondere da dort gerade erst ein furchtbarer Mord geschehen war? Die Haushälterin blieb auf ihrem Beobachtungsposten, konnte jedoch nichts erkennen, bis wenige Minuten später Bauer Delventhal in Handschellen abgeführt und in den geschlossen Teil der Kutsche eingesperrt wurde.

»Beim Delventhal ist doch etwas faul«, entfuhr es der Haushaltshilfe, was Pastor Visbeck mit einem Seufzen kommentierte. Plötzlich zog sie sich vom Fenster zurückzog und errötete. Polizeigehilfe Lütjenjohan hatte sie hinter der Fensterscheibe bemerkt und steuerte nun winkend schnurstracks auf das Pastorenhaus zu.

Der Türklopfer wurde energisch angeschlagen und die Haushälterin ließ den Polizeigehilfen auf die Diele treten.

»Wir haben den Delventhal verhaftet. Nun muss jemand seine Tiere versorgen. Könnt Ihr das in die Hand nehmen?«, sprach er in einem Tonfall, der eher ein Befehl als eine tatsächliche Frage war.

Pastor Visbeck trat nun ebenfalls auf die Diele. »Welche Gründe haben zu der Verhaftung geführt?«, erkundigte er sich.

»Darüber darf ich derzeit noch keine Auskünfte erteilen. Es tut mir leid«, erklärte Lütjenjohan wichtig. Dann bat er etwas höflicher noch einmal darum, dass eine Aushilfe für die Stallarbeiten organisiert werde, damit dem Delventhal das Vieh nicht einging.

»Ich werde das Notwendige veranlassen, bitte Euch aber zugleich darum, mich auf dem Laufenden zu halten. Wie lange wollt Ihr den Bauern festsetzen?«

»Das wird sich zeigen!«, antwortete Lütjenjohan mit einem Achselzucken und eilte zur Arrestkutsche zurück, wo Kriminalinspektor von Hugo ungeduldig wartete.

Bauer Delventhal saß zusammengesunken auf einer unbequemen Holzbank im Halbdunkel. Sie hatten ihn so mitgeschleift, wie sie ihn angetroffen hatten, und unsanft in die kleine fahrbare Zelle gestoßen. Er trug seine schmutzige Arbeitshose für die Stallarbeit und ein leicht verschwitztes Wollhemd mit langen Ärmeln. Die Füße steckten in selbstgestrickten Wollsocken und Holzschuhen. So mancher Ahauser hatte nun bestimmt nichts Besseres zu tun, als sich das Maul zu zerreißen. Seit dem Tod der Siebe haftete ein Makel an ihm, der Makel des Verdachts.

»Was für ein verfluchter Mist!«, erboste er sich. Von Anfang an war er argwöhnisch gegenüber diesem ehrgeizigen Kriminalinspektor gewesen, der seinen dienstlichen Erfolg über alles andere und seine Unschuldsbeteuerungen immer wieder infrage stellte. Die Preußen lagen ihm nicht, sie waren aalglatt und man konnte ihnen nicht trauen. »Wenig Herz, dafür maßlose Disziplin«, dachte er mit zunehmender Verzweiflung.

Hinter den vergitterten Fenstern der Amtsstube begann das Verhör. Der Beschuldigte musste auf einem besonders niedrigen Holzstuhl Platz nehmen. Kriminalinspektor von Hugo hingegen sah von einer erhöhten Position auf ihn herab. Körperliche Züchtigung und Qualen waren schon eine ganze Weile verboten, doch so mancher Untersuchungsrichter oder Polizist kannte auch andere Praktiken, die den Angeklagten mürbe machten. Kriminalinspektor von Hugo setzte auf die psychische Schwächung seines Gegenübers. Er ging davon aus, dass jeder Mensch ein Unrechtsbewusstsein hatte, auch wenn er nicht danach lebte. Eine Schuld lastete stets auf dem Gewissen und schwächte dadurch die Widerstandskraft. Anhand schlüssiger Indizienketten und gesicherter Beweismittel versuchte er so viel Druck aufzubauen, dass der Beschuldigte unter dieser Last zusammenbrach und es als wohltuend und entlastend empfand, endlich ein Geständnis ablegen zu können. Die Erleichterung des Gewissen war emotional bedeutender als die Furcht vor Strafe.

»Mal schauen, wie viel Widerstand der Bauer Delventhal leistet, bis er zusammenbricht«, dachte von Hugo grimmig.

Er breitete die Beweismittel auf der Schreibtischplatte aus, dabei verfolgte er die Blicke des Verdächtigen. Auf welchen Gegenstand achtete er besonders? In der Regel verrieten sich die Verdächtigen in den ersten Minuten eines Verhöres. Oftmals wanderte ihr Blick dann unwillkürlich zu dem Gegenstand, mit dem sie die Tat verübt hatten. Die letzte vorhandene Verbindung zwischen Mörder und Opfer war die Tatwaffe. Sie erinnerte an das Gefühl, an den Zustand, den man im Augenblick der Tat verspürt hatte. Dieser Moment prägte sich unwiderruflich ein. Wenn der Täter nicht völlig gefühlskalt und abgebrüht war, stand ihm die Schuld beim Anblick des Indizes ins Gesicht geschrieben.

Doch Delventhal blickte pausenlos auf seine Hände, mit denen er sich unruhig über seine Oberschenkel rieb und sie zwischendurch immer wieder knetete.

»So ein abgebrühter Hund!«, ärgerte sich der Kriminalinspektor.

Das Sitzen auf dem niedrigen Stuhl war zwar unbequem, aber Delventhal weigerte sich, zu diesem Preußen aufzuschauen.

»Ich fasse einmal kurz zusammen, was wir hier an Beweismaterial zusammengetragen haben und was Sie zu unserem Hauptverdächtigen macht«, begann Kriminalinspektor von Hugo das Verhör. Lütjenjohan saß an seinem Schreibtisch und führte das Protokoll. Der Kriminalinspektor entnahm der Schachtel die Gipsabdrücke der Stiefelsohlen und legte sie direkt vor Bauer Delventhal auf die Schreibtischplatte. »Erkennen Sie das Profil dieser Abdrücke wieder?«

Der Befragte ließ den Blick gesenkt und reagierte zunächst nicht.

»Das ist kein Spaß hier und ich empfehle Ihnen, die Untersuchung ernst zu nehmen. Wenn Sie nicht auf die Fragen antworten wollen, sperre ich Sie gleich ins Loch, haben Sie das verstanden? Es ist durchaus üblich, Verdächtige auch ohne Geständnis aufgrund von Beweisen zu verurteilen. Ihr Schweigen verschlechtert Ihre Lage nur. Also reden Sie!«, herrschte von Hugo den Bauern an.

Bauer Delventhal überlegte einen Moment, dann guckte er konzentriert auf die Gipsabdrücke. »Es könnte das Profil von meinen alten Stiefeln sein. Ich habe sie vor einiger Zeit zum Schuster gebracht, damit er mir einen neuen Absatz darunter befestigt. Der Rest war noch gut und ich wollte nicht mehr so viel Geld für die alten Dinger ausgeben. Das Leder war auch schon brüchig.«

»Habe ich richtig verstanden, dass Sie zugeben, dass es sich um Abdrücke Ihrer eigenen Stiefel handelt?«, fragte von Hugo eindringlich nach.«

»Es ist gut möglich, dass es sich um einen Abdruck meiner alten Stiefel handelt. Die Größe scheint mir passend und ich erinnere mich daran, dass der Schuster sich zunächst weigerte, die Reparatur schnell auszuführen, da er erst einmal das richtige Profil besorgen wollte. Mir war das egal, da ich bereits neue Stiefel bei ihm in Auftrag gegeben hatte, die ich kurze Zeit später auch erhielt. Was soll das beweisen?«

»Dies sind die Abdrücke, die wir am Morgen nach dem Mord hinter dem Holzlager sichergestellt haben. Der Umsichtigkeit des Gendarmen sei Dank! Haben Sie dazu etwas zu sagen?«, fragte der Kriminalinspektor streng.

»Ich war das nicht! Ich bin lediglich über den Hof gegangen, bis zur Seitentüre und habe das Wohnhaus auf dem gleichen Wege wieder verlassen. Hinter dem Holzlager war ich seit geraumer Zeit nicht mehr. Was sollte ich dort auch?«

»Wie erklären Sie dann die Spuren im Schnee, die durch Ihre Stiefel verursacht wurden? Sie müssen ganz frisch gewesen sein, da es erst am Abend anfing zu schneien!«

Bauer Delventhal senkte den Blick wieder auf seine Hände hinab, die immer noch über die Oberschenkel rieben. Er machte einen unruhigen Eindruck und mied den Sichtkontakt zu Kriminalinspektor von Hugo.

»Ich kann das nicht erklären, weil ich überhaupt nicht dort war! Wozu hätte ich mich hinter dem Holzlager aufhalten sollen?«

»Die Antwort ist doch ganz einfach!«, schnauzte von Hugo zurück. »Sie haben die Gunst der Stunde genutzt und eine falsche Spur gelegt. Der Schnee muss für Sie wie gerufen gekommen sein. Allerdings haben Sie nicht alles gut durchdacht. Sie haben gehofft, dass diese Spur den Verdacht auf eine unbekannte Person lenkt. Allerdings waren Sie nicht clever genug und haben nicht berücksichtigt, dass Ihre Stiefel eine so auffällige Besonderheit aufweisen. Ohne diesen ausgebesserten Absatz wären die Stiefelprofile unauffällig gewesen, wie bei vielen anderen Stiefeln.«

Bauer Delventhal begann zu schwitzen. Der Schweiß rann von seiner Stirn und er wischte, immer noch in Handschellen, mit beiden Händen über den Kopf. Angstschweiß, freute sich der Kriminalinspektor. Viele Beschuldigte kontrollierten ihre Geschichtszüge, ihre Körperhaltung und das, was sie aussagten. Aber einen erhöhten Puls, ein Erröten oder einen Schweißausbruch konnte der Beschuldigte nicht verhindern. Ein klares Indiz für Unbehagen, ja, fast schon ein Geständnis. Er war auf der richtigen Spur, redete sich Kriminalinspektor von Hugo Entschlossenheit zu.

»Das stimmt nicht, ich trage diese Stiefel schon eine Weile nicht mehr. Ich habe doch meine neuen Stiefel!«, rechtfertigte Delventhal sich, wobei er nervös blinzelte.

»Und wo haben Sie die alten gelassen?«

»Die alten Stiefel habe ich auf der Diele neben dem Abtritt in einem Holzregal aufgehoben. Die neuen sind mir für manche Arbeiten noch zu schade, insbesondere beim Ausmisten. Da steh ich im Winter bis über die Knöchel im Dreck, da haben die alten noch gute Dienste geleistet.«

Kriminalinspektor von Hugo warf seinem Polizeigehilfen einen Blick zu, dieser schüttelte unmerklich den Kopf. Bislang hatten sie die alten Stiefel auf dem Hof nicht gefunden. Sicherlich hatte der Bauer nach der Tat die alten Stiefel weggeschmissen. Und beinahe wäre er damit davongekommen. Jetzt ahnte er sicherlich, dass der Schuster ihn verraten hatte. Warum sonst hätte er die Existenz der alten Stiefel nun einräumen sollen? So oder so, die Verunsicherung von Delventhal galt es für das Verhör zu nutzten.

»Wo haben Sie die Stiefel gelassen?«, verschärfte von Hugo den Ton weiter. »Ich möchte jetzt sofort die Wahrheit hören!«

Delventhal schwieg trotzig. Viel Zeit hatte der Bauer am Tatabend nicht gehabt, er musste sie in der näheren Umgebung versteckt haben. Doch nun, einige Tage später, konnte er die belastenden Beweisstücke längst weggeschafft oder ganz beseitigt haben.

»Ich sage Ihnen jetzt, was sich an diesem Abend meiner Meinung nach zugetragen hat: Sie haben die Witwe Siebe bereits vor dem Kartenspiel am frühen Abend erschlagen und in den Hühnerverschlag gezogen. Dabei ging die Lampe zu Bruch. Vielleicht war es nicht geplant und Sie mussten nun improvisieren, vielleicht sind Sie einfach ein kaltblütiger Mörder, dessen Plan länger gedauert hat als gedacht. So oder so kamen Sie, ganz gegen Ihre Gewohnheit, zu spät zur Kartenrunde in der Schankstube. Dort warteten bereits die Zeugen, die ausgesagt haben, dass Sie sich außerordentlich eigenartig benommen haben. Aber wer ist nach einem Mord auch ganz entspannt zum Kartenspielen aufgelegt? Sie waren erregt, was sich in der Aggressivität Ihres Spielverhaltens wiederspiegelte. Es wurde berichtet, dass Sie die Karten mehrfach zu Boden geschmissen haben. Dann folgte der raffinierte Teil des perfiden Planes: Für einen kurzen Moment haben Sie die

Schankstube verlassen, die Fußspuren in den Schnee getreten und sind dann zurückgekehrt. Die Stiefel haben Sie versteckt, denn die wurden im Haus nicht gefunden. In der Schankstube führten Sie dann ein Schauspiel auf, in dem Sie Angst und Sorge vortäuschten. Sehr geschickt, denn so wurde die Leiche von mehreren Personen gefunden und Sie hatten drei Zeugen, die dies bestätigten.«

Bauer Delventhal lief der Schweiß hinten in den Hemdkragen. »Ich habe die Witwe nicht ermordet!«, stieß er aufgeregt hervor. »Warum hätte ich das tun sollen? Wir waren nur zu zweit und alleine kann ich den Hof nicht bewirtschaften. Die gute Frau hat mir doch nichts getan! Und überlegt doch einmal: Wenn ich sie erschlagen hätte, dann wäre meine Kleidung blutbespritzt gewesen. Dies wäre den anderen doch sofort aufgefallen. Ihr irrt Euch mit dieser Theorie! Ich bin kein Mörder!«

»Nein, so einfach ist die Sache nicht!«, entgegnete von Hugo kalt lächelnd. Er hatte bereits auf diesen Einwand gewartet und fühlte sich in dem Gefühl bestätigt, dass der Bauer ein ganz abgekochter Hund war. »Sie haben für die Tat die Kleidung aus der Dreckkammer wieder übergezogen. Diese war bereits beim Schlachten mit Blut besudelt worden. Da ja auch die Haushälterin des Pastors dabei geholfen hatte, hat sie dies natürlich, ohne zu zögern, bestätigt. Niemand würde bemerken, dass noch menschliches Blut auf der Kleidung war, haben Sie gedacht. Das ist ein ganz ausgeklügelter Plan, den Sie da ausgeheckt haben! Und damit ist auch klar, dass es keineswegs ein Unfall oder ein Vergehen im Affekt war! Sie haben alles genau durchdacht – gestehen Sie das doch endlich!«

Die Zornesröte zeigte sich auf Bauer Delventhals Gesicht, bevor er lospolterte.

»Das ist totaler Blödsinn!«, schrie er außer sich. »Ich habe die Witwe Siebe nicht erschlagen! Und Ihr habt mir auch immer noch keinen Grund genannt, warum ich das hätte tun sollen!«

»Es ist besser für Sie, wenn Sie mir den Grund jetzt nennen, dann kann ich im Protokoll vermerken, dass Sie bei der Aufklärung des Verbrechens mitgewirkt haben. Dies kann sich strafmildernd auswirken. Also?«

Bauer Delventhal war von seinem niedrigen Schemel aufgesprungen und blickte wie ein eingesperrtes Tier um sich. Der Polizeigehilfe hatte bereits den Stift fallengelassen und zum Schlagstock gegriffen.

»Setzen Sie sich sofort wieder hin!«, befahl von Hugo ungerührt. Die Frage nach dem Motiv stellte sich auch Kriminalinspektor von Hugo, dies war der Dreh- und Angelpunkt. Wenn die Tat geplant war, würde er das Motiv finden. Dann passte alles zusammen. Doch im Moment schien der Bauer Delventhal nicht geneigt, seine Schuld einzugestehen.

Die Geduld des Kriminalinspektors war den gesamten Vormittag arg strapaziert worden. Obwohl der Bauer sehr erregt gewesen war, brach er unter dem Vorwurf des Mordes nicht zusammen und legte auch kein Geständnis ab. So ordnete von Hugo zunächst die Inhaftierung des Beschuldigten an, damit dieser nicht die Flucht ergreifen konnte. Die Zeit würde ihn schon mürbe machen, insbesondere der Entzug der Freiheit. Diese Erfahrung machte von Hugo immer wieder.

Am folgenden Tage erfolgte die erkennungsdienstliche Erfassung des Beschuldigten. Lütjenjohan ließ den Bauern Delventhal aus der Arrestzelle holen. Zahllose Bisse von Wanzen zeigten sich auf seiner Haut und er kratzte sich unentwegt.

»Ich werde Euch nun nach den neuesten Erkenntnissen der modernen Polizeiarbeit in die Verbrecherkartei aufnehmen«, erklärte Lütjenjohan und führte den mit Handschellen gesicherten Bauern über den Flur. Hinter einer Türe mit der Aufschrift »Technisches Laboratorium« verbarg sich ein großes Zimmer mit spezieller Ausrüstung, die zur Erfassung persönlicher Merkmale von Beschuldigten verwendet wurde. Schreibutensilien, Karteikartenpapier und Messwerkzeuge lagen dort bereit.

Zunächst ergriff Lütjenjohan die kräftigen Hände des Bauern und färbte jede einzelne Fingerkuppe mithilfe eines Stempelkissens schwarz ein. Dann rollte er sie nacheinander in den vorgesehenen rechteckigen Kästchen auf einer Karteikarte ab. Mit einem Federhalter notierte er die Handseite und die Fingerbezeichnungen dazu. Zum Reinigen reichte er dem Bauern einen kleinen, mit alkoholischer Lösung getränkten Lappen und wies ihn an, die Farbe zu entfernen. Der Alkohol löste die Stempelfarbe jedoch nur oberflächlich von den Fingerkuppen ab und Bauer Delventhal warf den schmierigen Lappen mit einem wütenden Ausruf zu Boden.

»Nun werde ich Euch vermessen«, teilte Lütjenjohan ihm ungerührt mit und forderte Delventhal nachdrücklich auf, sich mit beiden Füßen auf ein im Boden befindliches Kreuz zu stellen.

»Schaut geradeaus und rührt Euch nicht, bis ich etwas anderes anordne!«, befahl er in einem autoritären Tonfall und begann mit der Arbeit. Er erfasste die Körperlänge, dann forderte er Delventhal auf, die Arme zu spreizen, um die Spannweite der Arme zu erfassen. »Nun setzt Euch aufrecht auf diesen Schemel hier vorne, den Kopf erhoben, sodass ich Eure Sitzhöhe notieren kann.«

Während Bauer Delventhal bewegungslos auf dem Schemel saß, ermittelte Lütjenjohan die Kopflänge und -breite. Dazu legte er das Messwerkzeug direkt an den Kopf an. Dann zirkelte er die Längen des rechten Ohres, des linkes Fußes, des linken Unterarms sowie die Maße der linken Finger ab. Die Berührung empfand Bauer Delventhal als unangenehm, aber das war nur die geringste seiner Empfindungen. Er kochte vor Wut über die Demütigungen.

Lütjenjohan notierte derweil alle Zahlenwerte gewissenhaft in den vorgegeben Zeilen einer Liste auf der Karteikarte. Es gab genaue Vorgaben für die Beschreibung von Ohren- und Nasenform, an die der Polizeigehilfe sich nun machte. Nach und nach erfasste er alle körperlichen Merkmale systematisch. Es entstand eine Art Protokoll, das es ermöglichen sollte, die Züge und die Gestalt eines Verdächtigen genau zu beschreiben. Sie dienten als Ergänzung der fotografischen Ablichtung, die als Nächstes erfolgte.

Um die Vergleichbarkeit von Lichtbildaufnahmen zu gewährleisten, nutzten sämtliche Polizeistationen eine besondere Apparatur, bei der das Kamerastativ und ein Drehstuhl in einem festgelegten Abstand zu einander installiert wurden. Die zu erfassenden Personen wurden auf den Sitz gesetzt, der es erlaubte, hintereinander dieselbe Fotoplatte zu belichten, ohne dass der Verdächtige die Stellung auf dem Sitz wechseln musste. Die neue Position wurde durch eine Drehung in die gewünschte Richtung erreicht.

»So, Delventhal, setzt Euch aufrecht und blickt zunächst frontal in die Kamera. Die Augen bleiben geöffnet und Ihr schaut einfach neutral, zieht keine Grimassen!«, forderte Lütjenjohan ihn auf und begab sich hinter die Kamera. Dort legte er die lichtempfindliche Platte ein und bereitete die erste Aufnahme vor.

Ein kurzer Blitz durchzuckte den Raum und die Porträtaufnahme war erfolgt. Bauer Delventhal schloss die Augen bei dem grellen Blitzlicht, so stark wurde er geblendet.

»Nun macht eine Vierteldrehung nach links, sodass ich von der rechten Gesichtshälfte eine Profilaufnahme machen kann.«

In seiner Verwirrung drehte Delventhal den Sitz zunächst in die falsche Richtung.

»Herrgott, wisst Ihr nicht, wo rechts und links ist?«, schnauzte Lütjenjohan und wartete darauf, dass Delventhal seinen Fehler korrigierte. Wieder durchzuckte das grelle Licht den Raum, dann endlich war die erniedrigende Prozedur beendet.

Lütjenjohan zog an einer Klingelvorrichtung und wenige Augenblicke später erschien ein Wachmann, der Delventhal wieder in das Gefangenenhaus zurückführte. Dort sperrte er ihn wieder in seine Einzelzelle, die lediglich einen kleinen Lichtschacht in der Außenwand besaß, durch den kalte Luft in die Zelle gelangte. Außer der mit Stroh belegten Schlafpritsche befanden sich ein Wasserkrug und ein Metalleimer für die Notdurft in der winzigen Zelle. In der letzten Nacht hatte er stark gefroren, da man ihm keine vernünftige Decke gegeben hatte. Das Stroh stach durch die Kleidung und die Wanzen erfreuten sich an seinem warmen Körper. Wie lange wollte und konnte der Kriminalinspektor ihn hier wohl schmoren lassen, grübelte Delventhal über seine unglückliche Situation nach. Die Geräusche der Außenwelt drangen nur sehr leise an sein Ohr, fast wie ein Flüstern, von einer Welt, aus der er ausgeschlossen war.

Die Fingerabdrücke auf der Tatwaffe waren nicht zu gebrauchen, stellte Kriminalinspektor von Hugo enttäuscht fest, obwohl er sich sehr bemüht hatte, etwas zu finden. Seine Absicht war es gewesen, die Abdrücke mit denen in der Kartei zu vergleichen. Aber jemand hatte den Metallstab mit einem

Lappen abgewischt, dessen Fusseln an der rauen Oberfläche hängen geblieben waren. Bislang beruhte der Verdacht auf Indizien, die durchaus auf Delventhal als Täter hinwiesen. Doch die zentrale Frage blieb offen: Warum hatte der Bauer eine solche Untat begangen? Welchen Vorteil brachte ihm der Tod der Witwe ein? Oder hatte er wirklich einfach nur die Beherrschung verloren? Aber wie war es dann zu erklären, dass Delventhal als Täter nur infrage kam, wenn er alles genauestens geplant hätte?

»Verdammt, Lütjenjohan, wir müssen einen triftigen Grund für die Tat finden, sonst wird der Staatsanwalt ihn nicht anklagen und er kommt ungeschoren davon!«, sagte von Hugo ernsthaft zu seinem Gehilfen. »Wir lassen ihn noch einige Tage im Loch sitzen und befragen ihn dann erneut!«, entschied er schließlich. Es wäre nicht das erste Mal, dass diese Maßnahme die Widerstandskraft eines Verdächtigen zusammenschmelzen ließe wie die Sonne einen Eisblock.

Zwei Tage lang passierte nichts. Bauer Delventhal fror einsam in seiner Zelle und verlor allmählich das Zeitgefühl. Einmal am Tag erhielt er einen Blechnapf mit einer dampfenden Mahlzeit, die aus gekochten Linsen bestand. Dazu reichte man ihm einen großen Krug Wasser. Im Tausch gab er dem Aufseher den Blecheimer mit den Exkrementen, den dieser bei den Latrinen entleerte. Dies waren die einzigen Unterbrechungen in der empfindungslosen Eintönigkeit, der er sich ausgesetzt sah.

Am Nachmittag des vierten Hafttages ließ Kriminalinspektor von Hugo den Beschuldigten zum neuerlichen Verhör in die mollig eingeheizte Amtsstube bringen. Sein Kalkül bestand darin, den Beschuldigten in einer angenehmen Atmosphäre in ein vertrauensvolles Gespräch zu verwickeln, welches nichts mit den vorherigen Verhören gemein hatte, und ihm am Ende ein Geständnis zu entlocken. Auf seinem Schreibtisch hatte er duftenden Kaffee bereitstellen lassen, den der Inhaftierte bestimmt schon schmerzlich vermisste. Ein Kännchen mit frischer Milch und eine Zuckerdose standen mittig zwischen den blauen Bechern mit dem kaiserlichen Konterfei. Verweigerte Delventhal nach den Strapazen im Loch den Kaffee aus diesen kaiserlichen Bechern zu trinken, würde auch die Unterredung nichts bringen, da war sich Kriminalinspektor von Hugo sicher. Solche Sturköpfe begleiteten seine Laufbahn seit Jahren und er suchte immer noch nach einer Methode, sie weichzukochen.

Kälte, Dunkelheit und nicht zuletzt die monotone Einsamkeit hatten Delventhal enorm zugesetzt. Seine Hände und das Gesicht waren mit Wanzenbissen übersäht und er stank erbärmlich. Kriminalinspektor von Hugo war zufrieden, zeigte doch die Haft die erwünschte Wirkung. Vielleicht gelang ihm heute der entscheidende Durchbruch.

Mit schlurfenden Schritten trat Delventhal in die Wärme der Amtsstube ein. Sofort begann er, seine klammen Hände zu reiben. Die Haut war rissig und spröde, sodass ein schleifendes Geräusch entstand.

»Lütjenjohan, entfernen Sie mal die Handfesseln, die brauchen wir hier nicht!«, ordnete Kriminalinspektor von Hugo an, lächelte und bedeutete Bauer Delventhal, auf dem Stuhl gegenüber seines Schreibtisches Platz zu nehmen.

»Kaffee?«, bot er fragend an und schenkte dabei schon einen Becher halbvoll ein. Dann gab er reichlich Milch und einen großen Löffel Zucker hinzu. Das Verlangen stand Delventhal ins Gesicht geschrieben und er nickte stumm, als ihm von Hugo den Becher hinüberschob. Dieser füllte den zweiten Kaffeebecher auf die gleiche Art und lehnte sich genüsslich nach hinten. Der Schreibtischstuhl knarzte leise und niemand sprach ein Wort. Lütjenjohan beobachtete die Szene und blieb äußerst wachsam auf seinem Posten sitzen. Sollte der Beschuldigte einen Fluchtversuch wagen, so würde er nicht an ihm vorbei kommen.

»So, Delventhal, jetzt mal unter uns«, begann von Hugo salopp und nippte an dem heißen Kaffee, »ist Ihnen noch irgendetwas eingefallen, das Licht in das Dunkel um den Mord an der Witwe Siebe bringen könnte?«

Bauer Delventhal genoss die Wärme in der Amtsstube. Mit jedem Schluck des dampfenden Kaffees kehrten die Lebensgeister in seinen Körper zurück. Auf keinen Fall wollte er zurück in die elende Zelle, lieber sprach er ausgiebig mit dem Kriminalinspektor.

»In der Tat ist mir etwas Wichtiges eingefallen«, begann er langsam zu erzählen, um die Zeit in der Amtsstube möglichst auszudehnen. »Ich habe bislang vergessen, davon zu berichten, aber vielleicht ist es doch von Bedeutung. Meine Wäschetruhe in der Schlafkammer ist durchwühlt worden und es fehlen ein warmes Hemd sowie meine gute schwarze Hose. Außerdem vermisse ich einen Wollschal und ein paar dicke Socken. Das alles lag in der Truhe, da es die Sachen für den sonntäglichen Kirchgang waren.«

»Wenn ich mich nicht täusche, gehen Sie aber nur selten in die Messe, oder?«, konterte von Hugo.

»Ja, deshalb lagen die Kleidungsstücke ja auch in der Truhe und hingen nicht am Kleiderhaken, wo sie nur staubig werden.«

An die geöffnete und unordentliche Truhe in der Schlafkammer des Bauern erinnerte von Hugo sich noch. Sie hatte im argen Kontrast zu der penibel aufgeräumten Kammer der Witwe Siebe gestanden. Doch dies allein reichte nicht aus, um die Aussage des Bauern glaubhaft erscheinen zu lassen. Es wäre eine Kleinigkeit gewesen, die Truhe in den vorgefundenen Zustand zu versetzen. Und ob die Sachen wirklich fehlten, konnte außer der toten Witwe Siebe, die für die Wäsche zuständig gewesen war, niemand beurteilen.

Nun kam es auf sein kriminalistisches Gespür an. Sollte der Bauer erst einmal seine Geschichte fortführen. Je mehr er von sich gab, desto größer war die Chance, dass ihm ein Fehler unterlief, er sich durch ein Detail verriet.

»Sind noch andere Dinge abhanden gekommen?«, erkundigte sich von Hugo.

»Das Brotfach war leer, dabei hatten wir erst zwei Wochen zuvor den Backofen angeheizt. Es müssen bestimmt noch drei große Brotlaibe vorhanden gewesen sein. Außerdem fehlten einige der frischen Mettwürste und drei Flaschen von meinem Hausbier.«

»Warum haben Sie das Fehlen dieser Lebensmittel denn nicht sofort gemeldet?«, fragte von Hugo und bemühte sich dabei um einen möglichst verständnisvollen, vertraulichen Ton. Er wollte Delventhal jetzt auf keinen Fall verschrecken. Er sollte sich in seinen eigenen Widersprüchen verfangen, immerhin hatte er bei der Hausdurchsuchung nichts davon erwähnt. Vielleicht hatte er die Zeit in der Arrestzelle genutzt, um sich die Geschichte auszudenken. Delventhal zuckte jedoch nur mit den Schultern.

»Können Sie mir vielleicht Zeugen nennen, die das Fehlen der Lebensmittel bestätigen können?«

Was für eine blödsinnige Frage, befand Delventhal. »Seid Ihr selbst in der Lage zu bezeugen, was und wie viel sich in der Vorratskammer Eurer Nachbarn befindet? Wie soll ich Zeugen benennen, wo wir doch nur zu zweit dort gelebt haben. Mein einziger Zeuge ist möglicherweise das Haushaltsbuch.

Es muss irgendwo zwischen den Habseligkeiten der Witwe Siebe liegen und ist bestimmt mit den anderen Sachen zum Pastor gekommen. Sie hat immer genau Buch geführt über alle Ausgaben und Vorräte, obwohl ich das nie von ihr verlangt habe.«

Von Hugo nickte. »Sonst ist Ihnen nichts weiter eingefallen? Kein Detail, mit dem Sie die Ermittlung unterstützen können? Das sollte doch auch in Ihrem Interesse sein …«

Wieder einmal schüttelte Delventhal nur den Kopf. Er war eine harte Nuss, musste von Hugo eingestehen. Er gab Lütjenjohan ein Zeichen, der den Bauern daraufhin wieder abführte. Mit Freundlichkeit und Vertrautheit kam man bei diesem Mann nicht weiter, so musste es die Zeit in der Zelle richten. Zudem galt es nun, zwei Dinge abzuklären, bevor er entschied, wie es weiterging. Lütjenjohan musste am nächsten Morgen noch einmal den Hof von Bauer Delventhal und die Umgebung nach den Stiefeln absuchen. Falls Delventhal die Stiefel nur schnell entsorgt hatte, würden sie sie finden. Und das Haushaltsbuch der Witwe Siebe musste er unbedingt einsehen. Wenn sie alles notiert hatte, konnte sein Polizeigehilfe sofort eine Inventur vornehmen und genau bestimmen, ob und wie viele Lebensmittel tatsächlich fehlten.

Schon bei Anbruch der Morgendämmerung machte sich Lütjenjohan zu Pferd auf den Weg, zunächst zum Haus des Gendarmen, um dessen Unterstützung anzufordern.

Später eilte der Gendarm hinüber in das Pfarrhaus, um nach dem Haushaltsbuch zu fragen. In der Tat war es Pastor Visbeck bei der Durchsicht des Nachlasses aufgefallen. Er stieg auf den Dachboden und entnahm der kleinen Mitgifttruhe das Büchlein. Auf dem Deckblatt klebte ein kleines Etikett, auf dem der Zweck des Büchleins sowie die Jahreszahlen 1894/95 vermerkt waren. In akkurat geschriebenen Reihen waren die Vorräte aufgelistet worden. Der Verbrauch war ebenfalls vermerkt und am Ende des Monats hatte die Witwe den aktuellen Bestand ermittelt.

»Seid Ihr gut im Kopfrechnen?«, sprach Lütjenjohan den Gendarmen an, nachdem er die Auflistung mit den vielen Zahlen überflogen hatte. Dieser nickte und griff nach dem Haushaltsbüchlein, dann drückte er seinen Zwicker vor das linke Auge und begann, die Zu- und Abgänge miteinander zu verrechnen. Später verglichen sie die vorhandenen Waren mit dem Ergebnis. Tatsächlich stellten sie einen Fehlbestand an Würsten, Schinken und Brot fest.

»Zum Kuckuck noch einmal«, entfuhr es Lütjenjohan. Hatte Delventhal also die Wahrheit gesagt? Und auch die Stiefel blieben weiter unauffindbar. So schnell er konnte, kehrte der Polizeigehilfe nach Rotenburg zurück, um Meldung zu machen.

Von Hugo nahm die Informationen äußerlich ungerührt zur Kenntnis, auch wenn er innerlich schäumte. Dieser Fall entwickelte sich ausgesprochen unerfreulich. Es war nicht von der Hand zu weisen, dass die Aussage von Bauer Delventhal der Wahrheit entsprechen könnte. Aber auch seine Theorie blieb im Bereich des Möglichen. Und welche andere Erklärung konnte es sonst geben?

»Lütjenjohan, wir gehen alles noch einmal genau durch. Morgen brauchen wir ein Geständnis, ansonsten müssen wir den Kerl wohl oder übel vorerst ziehen lassen!«

Der Abschied

Januar 1895

Mitte Januar war es schließlich an der Zeit, sich wieder auf den Weg zu machen. Das Wetter zeigte sich klar und freundlich, sodass Carl Faustus beschloss weiterzuziehen.

»Irgendwann kommt die Unruhe zurück und treibt mich über die Landstraßen. Entweder man ist für dieses Leben geboren oder man geht daran zugrunde«, erklärte er Catharina, die ihren Mann liebevoll musterte. Piet würde wohl nicht wieder vom Reisefieber gepackt werden, da er die Boxhandschuhe nun endgültig aus der Hand gegeben hatte.

Zum Abschied reichte Carl Faustus Catharina eine Teemischung und eine Salbe für die Bronchien, die er extra für die ganze Familie hergestellt hatte. Auch sie litten an einem immer wiederkehrenden Husten, der sich erst im Frühjahr legte, wenn das Wetter wieder wärmer wurde und die Feuchtigkeit aus den Hauswänden verschwand.

»Die Anwendung ist euch ja bekannt«, sprach Carl Faustus beim Abschied und drückte jedes Familienmitglied herzlich an die Brust. Tränen liefen Flora über die Wangen, hatte sie doch endlich junge Menschen um sich herum gehabt, die sie wie eine Schwester behandelt hatten. Immer wieder musste sie versprechen, bald wiederzukommen. Herkules spannte währenddessen das Pferd vor den Wagen und entzog sich so einem ausgiebigen Abschiednehmen. Gefühlsduselei war seine Sache nicht.

Zu dritt saßen sie schließlich wieder auf dem Kutschbock, als der Küchenwagen langsam vom Hof rollte. Lange winkte Flora den Freunden mit einem weißen Taschentuch zu, bis der Hof hinter dem Mühlenberg endgültig aus ihrem Blickfeld verschwand.

»Mit Musik ist das Leben leichter!«, sprach Carl Faustus, tätschelte die geröteten Wangen seiner Tochter und stimmte ein Lied an:

Stolz die Blumen heut ihr Haupt erheben …

Aufmunternd nickte er Flora zu, die einstimmte:

… doch es kommt ein Reif wohl über Nacht
und zerknickt ist alles frohe Leben
und dahin der Blumen schöne Pracht.

Hier stimmte auch Herkules ein und zu dritt sangen sie:

Und die Lust, die wir am Sommer hatten,
ist verwandelt dann in lauter Leid.
Und mit Schnee bedeckt hat Feld und Matten,
Berg und Tal die kalte Winterzeit.
Doch wie Leid und Freude stets hienieden
und wie Nacht und Tag stets wechseln mag,
jedem Winter ein Lenz beschieden,
immer kommt ein Auferstehungstag!

Tatsächlich hellte sich Floras Stimmung mit dem Singen auf. Die Straße hatte sie wieder, was für ein Glückgefühl! Gemeinsam schmiedeten sie Pläne, wobei Carl Faustus bereits sehr konkrete Vorstellungen von ihrer Reiseroute hatte.

»Bei der Kälte werden wir in kleinen Etappen durch die Lande ziehen.«

Flora warf ihrem Vater einen besorgten Blick zu.

»Nein, nein, wir gehen nicht noch einmal ins Moor, sondern bleiben auf der Landstraße. Unsere Vorräte an Heilmitteln sind fast ausverkauft, das lohnt sich nicht. Und auch mir steht der Sinn nach anderen Dingen. Das Rautendorfer Moor lassen wir zu unserer Rechten liegen, ohne einen Fuß hineinzusetzen. Heute geht es zum Hexenberg, der liegt auf halbem Wege zwischen Quelkhorn und Lilienthal. Bis dorthin benötigen wir keine zwei Stunden. Und danach ziehen wir über den großen Moordamm weiter bis zu Murkens Hof bei Lilienthal. In beiden Gasthäusern möchte ich Vorstellungen geben. Ich bin hier gut bekannt und weiß um die Räumlichkeiten, in denen wir gerne gesehen sind.«

»Und wann geht es endlich mal wieder in die Stadt?«, erkundigte sich Flora.

Sie benötigte dringend neues Garn und einige andere Utensilien zum Nähen. Ihr Kostüm musste ausgebessert werden, auch hatte sie die Absicht, sich ein ganz neues zu nähen.

Sie entwickelte immer weiblichere Formen, die sie nur noch mit Mühe in das vorhandene Kostüm hineinzwängen konnte. Es schränkte ihre Beweglichkeit ein, zwickte und drückte überall, am Ende würde es noch aufplatzen, befürchtete Flora.

»Bald, mein Kind, sehr bald. Unser Stabuff, der Leiterwagen und unser Pferd warten in Bremen auf uns, aber es macht keinen Sinn, zu früh im Jahr mit der gesamten Ausrüstung durch die Lande zu ziehen. Die Sachen sind beim Pferdehändler gut untergebracht, so wie in den vergangenen Jahren auch. Frühesten wenn der Winter nachlässt, werden wir unsere neue Schaustellertruppe zusammenstellen und die Märkte bereisen. Bis dahin begnüge dich mit der Kunst des Wahrsagens.«

Flora seufzte auf und ihr Vater fügte schnell an: »Vielleicht findest du auch in Scharmbek einen geeigneten Stoff für das neue Kostüm. Immerhin sind dort viele Tuchmacher ansässig und das Angebot ist groß.«

Der Rhythmus der Landstraße prägte die kommenden Tage. Sie fuhren von Ortschaft zu Ortschaft. Wenn sie ankamen, suchten sie zunächst die Gasthäuser auf, um einen geeigneten Raum für ihre Vorstellung anzumieten. An den Straßenbäumen befestigten sie kleine Plakate, die auf ihre Vorstellungen hinwiesen und mit einer Handglocke lief Flora anschließend durch die Straßen, um für ihre abendlichen Veranstaltungen lauthals zu werben.

Liebe Leute, kehrt heut ein,
kommt in Scharen, lauft herbei
zu dem Gasthaus
auf den Saal:
ein Vergnügen erster Wahl!

Die Menschen strömten gerne herbei, um dem Spektakel beizuwohnen, war doch die Winterzeit recht eintönig und bot kaum Abwechslung. Die Geschäfte liefen überaus gut und die Kassen füllten sich.

In der Regel gaben sie zwei Vorstellungen, bevor sie den Ort wieder verließen. In größeren Städten blieben sie bis zu einer Woche. Viele der Box- oder Ringkämpfe konnte Herkules nur noch mit Mühe für sich entscheiden. Beide Kampfarten an einem Abend durchzustehen, war ihm kaum noch möglich. In seiner Not probierte er die Boxhandschuhe aus, die er von Piet geschenkt bekommen hatte. Und tatsächlich gingen seine Gegner schneller zu Boden, wenn er damit einen Haken platzieren konnte.

Doch im Februar wendete sich das Blatt. Zunächst reisten sie nach Delmenhorst, eine aufstrebende Industriestadt, deren Bevölkerungszahl rasant zunahm. Moderne Industriebetriebe stellten Wolle, Jute, Linoleum oder Korkprodukte her und wirkten wie ein Magnet auf die arbeitsuchenden jungen Leute. Auch die Zigarrenherstellung fand hier im großen Stile statt, was Carl Faustus besonders erfreute, rauchte er doch leidenschaftlich gerne eine Zigarre nach jeder Vorstellung. Abend für Abend waren die Plätze im Saal restlos gefüllt. Endlich konnte auch Flora wieder ihre Akrobatik auf dem Hochseil zeigen und nicht selten entfachte sie mit ihrer Anmut eine Schwärmerei bei den jungen Burschen. Im Kampf mit Herkules versuchten diese dann, besonders stark und mutig zu erscheinen, um Flora zu beeindrucken. So mancher Bursche forderte sogar einen Kuss von ihr als Zugabe zum ausgesetzten Geldgewinn.

Am fünften Tage schwächelte Herkules ernsthaft und er kassierte eine bittere Niederlage im Ringkampf. Flora reagierte augenblicklich und überspielte seine offensichtliche Schwäche durch einen charmanten Auftritt, bei dem sie dem Sieger in der Tat einen Kuss auf die Wange hauchte und Herkules einen dicken Schal um den Hals legte.

»Bis gestern hatte er hohes Fieber«, erklärte sie dem tobenden Publikum, das auf gar keinen Fall glauben sollte, dass Herkules leicht zu besiegen sei.

Carl Faustus setzte eine freundliche Miene auf und zahlte das ausgesetzte Preisgeld sofort auf der Bühne aus. Dazu zog er einen prall gefüllten Lederbeutel aus der Hosentasche und zählte fünf Taler in die dargebotene Handfläche. Dann bedankte er sich beim Publikum und beendete die Vorstellung für den heutigen Abend. Wie ein Held wurde der Sieger von den Zuschauern gefeiert und so mancher beneidete ihn nicht nur um das Preisgeld. Eine unheilvolle Ruhe stellte sich ein, nachdem die letzten Zuschauer den Saal verlassen hatten.

Gemeinsam mit Flora packte Carl Faustus schweigend die Ausrüstung in die dafür vorgesehenen Kisten. Das freundliche

Lächeln war aus seinem Gesicht verschwunden und einem besorgten Blick gewichen. Herkules saß im Zuschauerraum und rieb sich Schulter und Fingerknöchel, dabei ließ er resigniert den Kopf hängen. Der junge Bursche hatte ihm regelrecht den Arm und das Handgelenk verdreht und ihn so auf die Bühnenbretter geschickt. In einem winzigen Augenblick der Unachtsamkeit war es geschehen. Aus diesem schmerzhaften Griff hatte sich Herkules nicht mehr herauswinden können. Nun brauchte er eine von den eigenen Heilsalben, damit der Schmerz möglichst schnell wieder verging.

Trotz aller Bemühungen stellte sich die Genesung jedoch nur sehr langsam ein und Herkules benötigte eine Ruhephase. Schweren Herzens billigte Carl Faustus ihm diese Auszeit zu. Im Moment hatten sie ausreichend Geld in der Schatulle und konnten für eine gewisse Zeit kürzer treten. Doch dann musste er weiter planen. Frühjahr, Sommer und Herbst waren mit Märkten gefüllt, in dieser Zeit mussten sie ihr Geld verdienen. Für die neue Saison plante Carl Faustus eine Schau der Extraklasse. Im Herbst hatte er dafür die Weichen gestellt und erste Gespräche mit unterschiedlichen Artisten geführt. Damals war Herkules noch eine feste Größe in seinem Plan gewesen.

Im Februar 1895 geschah das Unvorstellbare und traf Carl Faustus völlig überraschend. In Rotenburg hatten sie sich in eine Gaststätte eingemietet, die zentral gelegen war und viel Laufkundschaft hatte. Am Abend füllte sich der große Saal bis auf wenige Plätze. In der Ankündigung sparte Carl Faustus nicht mit Übertreibungen, als er für Herkules geeignete Gegner im Boxkampf suchte. Herkules hatte sich scheinbar gut von seiner Niederlage im Ringen erholt und fühlte sich einem Boxkampf durchaus gewachsen – vor allem dank der präparierten Boxhandschuhe. Er tröstete sich damit, dass niemand den Handschuhen von außen ansah, was in ihnen steckte. Sicher ist sicher, dachte er bei sich und richtete seinen mächtigen Körper zu voller Größe auf.

»Der junge Mann hier vorn mit dem krausen Haar scheint mir ein würdevoller Gegner zu sein«, rief Carl Faustus von der erhöhten Bühne herunter und winkte den Mann zu sich hinauf. Dieser sprang mit einem einzigen Satz auf die Bühne und lächelte gelassen.

»Wilhelm, so hat er mir gerade seinen Namen verraten, ist unser erster todesmutiger Herausforderer«, verlautbarte Carl Faustus. Nachdem die Regeln des Kampfes öffentlich verkündet waren, spürte Herkules die Ungeduld der Jugend bei seinem Gegner. Gelassen wartete er darauf, dass dieser unvorsichtig seine Deckung vernachlässigte. Sobald er selbst einen Schritt zurückwich, ließ der andere die Fäuste sinken. So einen Moment nutzte Herkules aus, um einen kräftigen Haken über die Deckung hinweg auf dem Kinn seines Gegners zu platzieren. Dieser ging augenblicklich in die Knie und schüttelte verwirrt seinen Kopf. »Einundzwanzig, zweiundzwanzig, dreiundzwanzig!«, zählte Carl Faustus den Niedergeschlagenen an. Dieser torkelte und es gelang ihm nicht, sich schnell genug wieder aufzurichten. Triumphierend erklärte der Direktor Herkules zum Sieger des ersten Kampfes.

Auch der zweite Kampf verlief in ähnlicher Art und Weise. Das Publikum hoffte immer noch darauf, dass sich ein Gegner fand, der den Unbesiegbaren bezwang. Endlich meldete sich ein brutal wirkender Mann im mittleren Alter. Diverse Narben an den Lippen und Augenbrauen zeugten von vielen Auseinandersetzungen und einer gewissen Kampferfahrung.

Bei dem musst du auf der Hut sein, erkannte Herkules sofort und änderte seine Kampftaktik. Statt sich langsam an den

Gegner heranzutasten und zu riskieren, dass dieser auf ihn eindrosch, holte er sofort zu einem mächtigen Schlag aus und setzte mit der anderen Faust noch einen hinterher. Der Angriff kam so überraschend, dass der andere wie ein gefällter Baum zu Boden ging und sich nicht mehr regte. Herkules reckte seine Fäuste in Luft, nahm eine Siegerpose ein und feierte so seinen dritten Sieg in Folge. Flora eilte mit einem Eimer und Lappen herbei und bespritzte das Gesicht des Ohnmächtigen mit kaltem Wasser.

»Aufwachen!«, rief sie und tätschelte dabei die Wangen des Liegenden. Doch dieser benötigte einige Minuten, ehe er die Augen wieder öffnen konnte. Zwei Kumpane, die ihn zu der Vorstellung begleitet hatten, betraten nun ebenfalls die Bühne, um ihrem Freund unter die Arme zu greifen. Alleine stehen konnte dieser im Moment noch nicht. Misstrauisch betrachten sie Herkules Erscheinung.

»Ich fordere die Revanche für meinen Kumpel!«, rief einer der Helfer schließlich und überließ den benommenen Mann seinem Kollegen. »Mir kommt das hier etwas merkwürdig vor. Mein Kumpel ist noch niemals k. o. gegangen«, erklärte er dem Publikum, das nun immer ruhiger wurde.

Herkules lief puterrot an und konnte nichts gegen das aufsteigende Blut unternehmen. Also versuchte er, es als Wut zu verkaufen und posierte nun noch aggressiver. Sein schlechtes Gewissen und die Angst vor der Entdeckung seines Betruges konnte er damit allerdings nicht ruhigstellen.

»Natürlich könnt Ihr eine Revanche bekommen. Der stärkste Mann der Welt geht selbstverständlich keinem Kampf aus dem Wege, auch wenn er gerade drei Siege vollbracht hat. Seine Kräfte reichen aus, um auch Euch noch eine Lektion zu erteilen«, erklärte Carl Faustus überzeugt und blickte direkt ins Publikum. Dann reichte er dem Mann die Boxhandschuhe.

»Die will ich nicht!«, erklärte der Herausforderer. »Ich will die, die er hat! Es ist doch egal, wer mit welchen Handschuhen boxt, oder?«, fragt er verschlagen.

»Ja, sicherlich!«, stimmte der ahnungslose Carl Faustus dem Anliegen verwirrt zu und forderte Herkules auf, die Handschuhe zu tauschen.

Flora stand am Rand der Bühne und hörte mit Entsetzen zu. »Papa!«, mischte sie sich nun ein, tänzelte anmutig über die Bühne zu der Szene und zeigte dabei ihr charmantestes Lächeln. »Wir haben doch die feste Regel, dass aller guten Dinge drei sind. Und drei Kämpfe haben wir bereits gesehen. Warum also sollten wir von dieser bewährten Regel abweichen? Verschieben wir diese Herausforderung doch auf morgen und laden wir die Herren ein, morgen Abend unsere Gäste zu sein.«

Seine Tochter war ein kluges Mädchen, überlegte Carl Faustus, allerdings war der letzte Kampf so kurz gewesen, dass er eigentlich nicht zählte. Herkules hatte sich kaum anstrengen müssen und so konnte man ihm einen weiteren Kampf durchaus zutrauen. Heute hatte er nicht ein einziges Mal geschwächelt. Und beim Publikum kam es gar nicht gut an, wenn das Spektakel zu schnell vorbei war. Das sprach sich schnell herum und dann blieben die Zuschauer aus.

»Verehrtes Publikum, soll dieser junge Mann die Gelegenheit bekommen und für seinen Begleiter in den Ring steigen und seine Ehre verteidigen?« Die Menschenmenge jubelte zustimmend. »Wenn Ihr das bejaht, so werft noch eine kleine Münze in den Hut, den Fräulein Flora nun herumreichen wird. Der Sieger des Kampfes erhält den gesamten Inhalt des Hutes und zusätzlich natürlich das angesetzte Preisgeld«, fügte Carl Faustus hinzu. Das Publikum johlte und klatschte. Faustus war sehr zufrieden mit seinem Einfall, der nicht nur gut ankam, sondern Herkules auch noch eine kleine Verschnaufpause verschaffte. Flora und Herkules tauschten dagegen einen verzweifelten Blick. Dann sprang Flora geschickt von der Bühne herunter und eilte sich, den Hut möglichst schnell herumzureichen. Auch sie hatte keine Idee, wie sie das Unglück verhindern konnte. Am Ende klimperte eine beträchtliche Anzahl an kleinen Geldmünzen im Hut, den Flora ihrem Vater übergab.

»Nun, so sei es!«, verkündete dieser, einen kurzen Blick in den Hut werfend. »Es wird hier und jetzt eine Revanche geben. Gewinnt der Herausforderer, was so gut wie unmöglich ist, erhält er diese Münzen zusätzlich zum ausgesetzten Preisgeld. Dafür verbürge ich mich mit meinem guten Leumund.«

Flora bot sich an, den beiden Kämpfern behilflich zu sein. Sie hatte eine letzte Idee und zwinkerte Herkules zuversichtlich zu, damit er auf sie achtete und mitmachte. Laut forderte sie ihn auf, die Handschuhe auszuziehen. Sie nahm sein Paar entgegen und griff auch nach dem zweiten Paar. Nun hielt sie die Handschuhe bereit, wobei sie erst dem Herausforderer und dann dem Publikum ein strahlendes Lächeln schenkte. Carl Faustus zog eine Binde aus der Jackentasche und umwickelte beide Hände des Herausforderers mit einem weißen Verband. Nun gesellte sich auch Herkules hinzu. Für einen kurzen Augenblick stand er vor Flora und ließ sich von Carl Faustus seinen Verband richten. Diese Chance nutzte sie und tauschte die Handschuhpaare blitzschnell aus. Weder das Publikum noch der Herausforderer bemerkten davon etwas. Lächelnd wartete sie ab, bis die beiden Kämpfer so weit waren.

»Bitte, mein Herr«, forderte Carl Faustus den Herausforderer auf, »wählt die Handschuhe, die Ihr zum Kämpfen tragen wollt.« Flora hielt ihm beide Paar Boxhandschuhe entgegen.

Selbstsicher zeigte der Mann auf das Paar, von dem er vermutete, dass Herkules es zuvor getragen hatte. Ohne Umschweife händigte Flora ihm das gewählte Paar aus. Der Mann nickte zufrieden und schien den Kampf kaum erwarten zu können. Dann reichte Flora Herkules mit einem erneuten Zwinkern das andere Paar. Erleichtert bemerkte dieser umgehend, dass der Trick gelungen war und er wieder im Besitz der alten Boxhandschuhe war, in denen sich die Eisen befanden.

Trotzdem wurde es ein mühsamer Sieg. Sein Gegner war mit allen Wassern gewaschen und nur das strenge Eingreifen von Carl Faustus, der immer wieder das strikte Einhalten der Regeln einforderte, bewahrte Herkules vor einer Niederlage. Erschöpft traf er am Ende der fünften Runde die Schläfe seines Gegenübers, der daraufhin lautlos auf die Knie niedersank. Wenige Augenblicke später erklärte Carl Faustus Herkules unter tobendem Beifall des Publikums zum Sieger des Abends. Selbst der Herausforderer schien keine weiteren Einwände gegen die Proklamation erheben zu wollen.

Gut eine Stunde nach der letzten Vorstellung klopfte es energisch an die Tür des Küchenwagens, der im Hof der Gaststätte abgestellt war. Ein Polizeimeister der Polizeiwache in Rotenburg begehrte Einlass und betrat ohne Aufforderung den Raum. Es war allerdings so eng in dem Wagen, dass der Polizist nur einen kleinen Schritt hinein machen konnte. Die drei Artisten saßen im Wagen um den Tisch herum und aßen gemeinsam. Neugierig blickten sie zu ihm auf.

»Darf ich fragen, was Euch zu uns führt?« Carl Faustus war von dem unaufgeforderten Eindringen nicht sehr angetan.

»Mir liegt eine Anzeige vor, der ich nach gehen muss«, erwiderte der Polizist streng. »Es geht um Betrug, den man Euch anlastet.«

»Das muss ein Irrtum sein!«, entgegnete Carl Faustus vehement, der sich keiner Schuld bewusst war. »Wer hat denn diese Anzeige gegen uns erstattet und worin besteht der vorgeworfene Betrug?«, forschte er nach.

»Das tut nichts zur Sache und ob es ein Irrtum ist, wird sich schnell herausstellen«, entgegnete der Polizist und forderte die Herausgabe der Boxhandschuhe.

Carl Faustus stutzte, dann lachte er. »Wenn es weiter nichts ist, so wird sich die Sache sofort aufklären.«

Er erhob sich, zwängte sich an den anderen beiden vorbei und klappte die Sitzfläche des Bettes nach oben. Darunter bewahrten sie alle Utensilien für ihre Vorstellungen auf. Mit einem Griff zog er die beiden Handschuhpaare heraus und übergab sie ahnungslos dem Polizeibeamten. »Hier sind die guten Stücke, schaut sie Euch nur genau an. Bei mir geht immer alles mit rechten Dingen zu, dafür verbürge ich mich mit meinem guten Namen.«

Flora und Herkules wurde flau im Magen. Stumm saßen sie am Tisch und Flora überlegte fieberhaft, was zu tun war.

Sie hatten nicht nur das Publikum, sondern auch ihren Vater hintergangen, der nun nichts ahnend mit ihnen in sein Unglück schlitterte. Herkules dagegen war völlig in sich zusammengesunken und wagte nicht aufzuschauen.

Tatsächlich überprüfte der Polizist die Handschuhe sofort. Nachdenklich wog er die beiden Paare in den Händen. Eines war etwas schwerer als das andere und es dauerte nicht lange, bis er die eingenähten Eisen gefunden hatte.

Dies war der Moment, in dem wieder Leben in Herkules kehrte. Er sprang auf und gestand seinen Betrug. Dabei nahm er alle Schuld auf sich und betonte immer wieder, dass weder Carl Faustus noch seine Tochter davon gewusst hätten. So schwor er bei allem, was ihm heilig war.

Carl Faustus stand fassungslos neben seinem Athleten, suchte immer wieder Blickkontakt. Doch Herkules wich seinen Augen aus. Das war eine absolute Katastrophe!

»Vielleicht kann ich die Sache befrieden, wenn ich dem Verlierer von gestern das Preisgeld auszahle? Dann hätte er keinen Nachteil und die Anzeige könnte zurückgezogen werden?«, versuchte Carl Faustus die Situation verzweifelt zu beruhigen. »Selbstverständlich wird dieser Athlet zukünftig nicht mehr unter meinem Namen auftreten. Darauf gebe ich Euch mein Ehrenwort!«

Doch der Polizeimeister ließ sich nicht darauf ein und belehrte die Anwesenden: »Wenn uns eine Straftat zur Kenntnis gebracht wird, müssen wir sie verfolgen, selbst wenn der Geschädigte es nicht mehr möchte. Und was Euer Ehrenwort angeht, habe ich so meine Zweifel«, fügte er süffisant hinzu. »Ich werde jetzt dem Athleten die Eisen anlegen und rate Euch dringend, friedlich zu bleiben. Dann überbringe ich ihn in das Gefangenenhaus. Morgen wird es eine Prüfung des Falles geben. Alles Weitere liegt dann am Gericht.«

Herkules widersetzte sich nicht, konnte er seine Lage dadurch doch nur noch verschlechtern. Stattdessen ruhte sein Blick für einen langen Moment auf Flora, die ihre Tränen nur mit Mühe zurückhalten konnte. Trotz der Gewissensbisse schwieg sie. Wenn ihr Vater gewahr würde, dass auch sie ihn hintergangen hatte, würde es die Situation nur noch verschlimmern. Im ärgsten Falle musste sie als Komplizin ebenfalls in Haft. Dieses Schicksal hatte Herkules soeben von ihr abgewendet.

Eine drückende Stille herrschte, als Herkules abgeführt worden war. Carl Faustus schnappte nach Luft wie ein Fisch auf dem Trockenen. Er war aschfahl im Gesicht. »Jetzt sind wir wohl auf uns gestellt, Florchen. Den Betrug hat der Unglückliche ja schon eingestanden. Er wird wohl kaum um eine Haftstrafe herumkommen, dieser Dummkopf. Was hat er sich bloß dabei gedacht?« Einen Moment schwiegen beide. »Wir sollten so schnell wie möglich aus der Stadt verschwinden. Spricht sich das erst einmal herum, bekommen wir bestimmt den Unmut der Bürger zu spüren. Wir sollten schnellstmöglich einen großen Abstand zu dieser Sache gewinnen.«

»Aber wir können ihn doch nicht so einfach zurücklassen und verschwinden!«, widersprach Flora leise. »Die ganze Zeit hat er treu an unserer Seite gestanden und jetzt sollen wir ihn so einfach hier sitzen lassen?«

»Wir müssen, Flora, auch wenn es schwerfällt. Der Halunke hat uns hintergangen. Er musste damit rechnen, dass es vorbei ist, wenn er auffliegt. Außerdem wird er eine Weile im Gefangenhaus sitzen, da nützt er uns überhaupt nichts.«

Es lag außerhalb von Floras Vorstellungskraft, ohne Herkules weiterzureisen, und dennoch musste es sein. Wenn er verurteilt wurde, würde er die nächsten Monate im Gefangenenhaus verbringen und sie mussten draußen weiter ihren Lebensunterhalt verdienen. Doch wie sollten sie die Reise mit dem Stabuff organisieren? Zu zweit, ohne einen kräftigen Helfer, war dies nicht zu bewerkstelligen. Und nur mit Wahrsagen und Seilakrobatik konnte man nicht genug Geld in die Kasse bekommen. Die Gedanken überschlugen sich in Flora Kopf, während Carl Faustus alles verstaute und für einen übereilten Aufbruch vorbereitete. Als er einen Augenblick innehielt, wurde die Stille umso unerträglicher.

»Das er mich so hintergeht, niemals hätte ich das erwartet«, murmelte Carl Faustus kopfschüttelnd in die Stille hinein. »Lass uns schlafen gehen und morgen früh aufbrechen, das ist unsere einzige Chance.«

Ein Stoffbündel, es enthielt die gesamte Habe, die Herkules im Wagen hinterlassen hatte, und ein kleines Päckchen mit Buchweizenpfannkuchen in den Händen eilte Flora zum Gefangenenhaus. Dort bat sie den Gefangenenwärter darum, dem inhaftierten Athleten beides auszuhändigen. Außerdem hatte sie eine kurze Nachricht beigelegt, in der sie Herkules darüber informierte, dass sie heute Rotenburg verlassen würden. Außerdem versprach sie, sich nach seinem Verbleib zu erkundigen. Der Abschied zerriss ihr das Herz, denn sie fühlte sich mitschuldig an der misslichen Situation, in der Herkules nun steckte. Doch sie konnte sich niemanden anvertrauen, ihrem Vater schon gar nicht.

Er war furchtbar enttäuscht von Herkules, nun war Schadensbegrenzung seine Maxime. Auch wenn er kein kaltherziger Mensch war, überwog bei ihm doch stets das Praktische. Gegen 11 Uhr rollte ihr Wagen in westlicher Richtung aus Rotenburg hinaus. Zunächst galt es, eine größere Strecke zurückzulegen, damit sie von den Gerüchten nicht eingeholt wurden. Verden war die nächste größere Ortschaft, die man bequem über die breite Landstraße erreichen konnte. Hier gab es auch genügend Kundschaft für die Wahrsagerei, da die Menschen in dieser Beamtenstadt recht wohlhabend waren.

Flora schmiegte sich verzweifelt an ihren Vater, als sie beide oben auf dem Kutschbock saßen und das treue Pferd im strammen Schritt den Küchenwagen aus Rotenburg hinaus zog.

Bis Ende März tingelten sie zu zweit von Ort zu Ort, bevor sie sich allmählich Bremen näherten. Es war ein mühseliges Unterfangen, da die tatkräftige Unterstützung eines weiteren Mannes in vielen Situationen fehlte. Carl Faustus war untersetzt und ungeschickt, was bislang keine große Rolle gespielt hatte. Aber ohne Herkules an seiner Seite tat er sich schwer.

Zweimal wurden sie von herumlungernden Strolchen belästigt. Beide Male kamen ihnen Fremde zu Hilfe. Früher hatte die Erscheinung von Herkules ausgereicht, um solche Kreaturen abzuschrecken. Vor Carl Faustus schreckte niemand zurück. Immerhin liefen die Geschäfte besser als erwartet. Flora bemühte sich aus Leibeskräften und versuchte stets, die Balance zwischen Intuition und Erwartungshaltung der Kundschaft zu wahren. Zufriedene Kunden waren die beste Werbung. In ihrer freien Zeit trainierte sie auf dem Seil. Doch dann stürzte sie bei ihren Übungen. Erschrocken eilte ihr Vater herbei und besah sich den schmerzenden Fuß. Der Knöchel war verstaucht, sodass sie nur noch leichte Arbeiten ausführen konnte. Auch das Training musste sie unterbrechen.

»Wir sind wirklich vom Pech verfolgt. Ausgerechnet jetzt, so kurz vor Beginn der Jahrmarktsaison, ziehst du dir noch so eine Verletzung zu!«, schimpfte Carl Faustus, der um die Wichtigkeit der regelmäßigen Balanceübungen wusste. Seiner Sorge folgte der Unmut über die Verletzung, auch wenn er eigentlich dankbar dafür war, dass nichts Schlimmeres passiert war.

»Dafür habe ich nun Zeit, mein neues Kostüm fertigzunähen. Es liegt bereits seit Wochen angefangen herum und ich habe es nicht geschafft, die letzten Paillettenreihen zu vervollständigen«, versuchte Flora seinen Zorn zu dämpfen und dem Schlechten, das ihr widerfahren war, auch etwas Gutes abzugewinnen. Auch ihr wäre es allerdings lieber gewesen, gut vorbereitet in die neue Saison zu starten, zumal sie nun ohne Netz und ohne Herkules auskommen musste. Wie es ihm wohl ergangen war, überlegte sie traurig.

Es war mild geworden in den ersten Apriltagen, die Kälte des Winters wich endlich der milden Frühlingsluft. Carl Faustus spürte, wie er innerlich aufatmete. Doch dann geschah es in der beginnenden Dämmerung: Das linke Hinterrad der Kutsche geriet in eines der zahlreichen Schlaglöcher, das Faustus aufgrund des schwindenden Lichtes übersehen hatte. Sie vernahmen ein lautes Knacken, dann sackte der Wagen hinten links leicht ab. Flora wäre durch den unerwarteten Stoß beinahe vom Kutschbock gestürzt. Das Pferd scheute und musste mit aller Kraft zurückgehalten werden, damit es auf der holprigen Nebenstrecke nicht durchging.

»Verfluchter Mist, das hat gerade noch gefehlt!«, schimpfte Carl Faustus laut, als er vom Kutschbock hinuntersprang, um das Pferd zu beruhigen und sich den Schaden anzuschauen. Das Hinterrad war komplett unbrauchbar, die meisten Holzspeichen waren zerborsten. Glücklicherweise hatten sie ein Ersatzrad unter dem Wagen hängen. Flora kletterte nun ebenfalls vorsichtig vom Einspänner herunter und humpelte zu ihrem Vater, um sich nützlich zu machen. Solange das Pferd eingespannt war, würde der Wagen nicht absacken, aber das Tier musste still stehen bleiben, sonst wurde es gefährlich. Mit einem Strick band Carl Faustus die Vorderbeine des Zugtieres zusammen, das nun völlig ruhig an Ort und Stelle verharrte.

Anschließend krochen die beiden unter den Einspänner und lösten das Ersatzrad aus der Halterung. Unter großer Anstrengung zerrten sie es gemeinsam unter dem Wagen hervor und stellten es aufrecht daneben.

»Flora, bringe mir bitte die Werkzeuge, sie liegen vorne unter dem Kutschbock.«

Das Rad war tief auf die Achse gesteckt und in der Mitte mit einigen Splinten gesichert, die er herausziehen musste. Obwohl er sich lange bemühte, gelang es Carl Faustus nicht, das zerbrochene Rad von der Achse zu entfernen. Somit konnten sie das Ersatzrad nicht aufstecken und der Einspänner drohte weiter abzusacken, sobald sie das Pferd ausspannten. Flora musterte die Umgebung und schleppte dann mühsam eine kräftige Astgabel heran, die sie unter einem alten Eichbaum liegen sah. Die Astgabel schoben sie unter die Achse und stützten die Kutsche so provisorisch ab. Nun saßen sie hier fest. Weit und breit war niemand zu sehen, den man um Hilfe bitten konnte. Vielleicht mussten sie die Nacht hier draußen auf der Landstraße verbringen, die nur von wenigen Gespannen befahren wurde.

»Für Herkules wäre es eine leichte Übung gewesen, das Rad auszutauschen!«, bemerkte Flora deprimiert. Doch Carl Faustus ließ sich durch diese Bemerkung nicht provozieren. Morgen würde sich eine Lösung finden, zur Not musste er alleine zum nächstgelegenen Hof laufen und Hilfe erbitten. Die gewählte Abkürzung und erhoffte Zeitersparnis hatte sich als nachteilig herausgestellt. Nun hoffte er inständig, dass sich keine Halunken in dieser Einsamkeit herumtrieben, die ihnen das Leben zusätzlich erschwerten.

In der Nacht begann es zunächst, seicht zu nieseln, später ergoss sich ein kräftiger Landregen über die Vegetation. Die Regentropfen prasselten mit einem gleichbleibenden Getöse auf das Dach des Küchenwagens, was eine Unterhaltung fast unmöglich machte. Schweigend nahmen sie daher eine kleine Abendmahlzeit ein, bevor sie sich zur Ruhe begaben. Das Pferd hatten sie von dem Strick befreit und nun unter dem mächtigen Eichbaum angepflockt. Hier fand das erschöpfte Tier wenigstens etwas Schutz vor dem ungemütlichen Wetter. Carl Faustus hoffte inständig, dass die improvisierte Stütze durch den Regen nicht in der weichen Erde einsank. Es wäre eine böse Überraschung, wenn der Wagen in der Nacht nach hinten absacken und womöglich zur Seite kippen würde.

Das Verhör

Ahausen, Juli 1895

»Rein in die Kartoffeln, raus aus den Kartoffeln!«, kommentierte der Wirt die Lage, wenn sich die Männer am Abend zu einem Feierabendbier trafen. Mal wurde Bauer Delventhal der Tat beschuldigt und verhaftet, dann entließ man ihn wieder. So oder so kehrte dieser nur noch selten in der Schankstube ein. Zwar bemühte er sich um Normalität, aber das Verhältnis zu den Ahausern hatte sich verändert. Oberflächlich betrachtet, waren die meisten Leute freundlich zu ihm, dennoch wurden die Einladungen zu Festivitäten seltener, auch wenn niemand offen sagte, dass man ihn für schuldig hielt. Welche andere Erklärung gab es für das Verbrechen oder dafür, dass er immer wieder von der Polizei abgeholt worden war?

Seine Kartenrunde traf sich weiterhin am Freitagabend, wobei Delventhal nur selten daran teilnahm.

Auch hier herrschte Verunsicherung bezüglich der Unschuld Delventhals. »Wer einmal die Grenze des Tötens überschritten hat, auf dessen Moral ist auch zukünftig kein Verlass!«, betonte der Tagelöhner Grote nach dem Genuss einiger Schnäpse lallend.

Auch zum Klönschnack am Gartenzaun nahmen sich nur noch vereinzelte Dörfler Zeit und auch finanziell sah es für den Bauern immer schlechter aus, da sein Holzhandel stetig zurückging.

Pastor Visbeck bemühte sich emsig, die Töchter der Verstorbenen in Amerika ausfindig zu machen. Er verfasst einige Briefe in englischer Sprache, die er an verschiedene Ämter dort sandte. Doch bislang hatte er keine Antwort erhalten. Ihm ging es nicht nur um das Erbe, auch die Kosten für die Beerdigung waren noch offen. Einen Teil davon hatte Bauer

Delventhal beglichen, indem er den ausstehenden Lohn der Witwe an den Pastor auszahlte. Außerdem übernahm er die Rechnung für die Kaffeetafel im Gasthaus. Dennoch blieb ein erheblicher Geldbetrag übrig, den der Pastor noch einzufordern hoffte.

Dieser Gedanke beschäftigte auch die Haushälterin des Pastors. Offensichtlich hatte Pastor Visbeck keinen größeren Geldbetrag von der Witwe in Verwahrung genommen, denn dieser Betrag hätte sicherlich für die Bestattungskosten ausgereicht. »Das Geld ist sicher versteckt, da kommt mir keiner drauf!«, mehr hatte die Witwe nicht verraten. Doch wo war dieses Ersparte jetzt, wenn nicht beim Pastor?

Die Haushälterin zermarterte sich den Kopf, da sie sich nicht an alle Einzelheiten erinnern konnte. Irgendwo im Haus, so glaubte sie, hatte die Witwe ihr Vermögen aufbewahrt. So, dass sie jederzeit Zugriff darauf hatte, es aber einem Dieb möglichst nicht in die Hände fiel.

Besessen von dem Gedanken, das Versteck zu finden, durchsuchte sie während ihrer Haushaltstätigkeit unauffällig das gesamte Hof- und anschließend die Nebengebäude. In jedes Vorratsgefäß warf sie einen flinken Blick. Dabei achtete sie nachdrücklich darauf, dass Bauer Delventhal keinen Verdacht schöpfte. Sie kroch gebückt in die Nischen der Diele, kletterte die krumme Holzleiter hinauf, um über den Tierbuchten und auf dem Heuboden nachzusehen. Ihre Absicht war es nicht, sich an dem Geld zu bereichern, sondern sich Gewissheit zu verschaffen. Angeblich hatte nicht einmal Delventhal davon gewusst, hatte die Witwe Siebe ihr anvertraut. Vielleicht hatte sie sich in diesem Punkt geirrt? Und was hatte es zu bedeuten, wenn das Geld nicht auftauchte? Die Haushälterin merkte mehr und mehr, dass sie die Nähe von Delventhal mied und sich nur ungern mit ihm alleine im Haus befand.

Endlich nahm sie schließlich ihren Mut zusammen und suchte das Gespräch mit Pastor Visbeck.

»Das ist ein ungeheuerlicher Verdacht, der sich da auftut!«, entfuhr es Pastor Visbeck, nachdem sie sich ihm anvertraut hatte. »Ich habe von dem Geld keine Kenntnis und es auch nicht in Verwahrung genommen.« Der Pastor schritt nachdenklich in seinem Arbeitszimmer auf und ab, dabei blickte er auf den fadenscheinigen Webteppich. Wenn an dieser Geschichte etwas dran war, und davon ging er aus, da die Siebe ihren Hof in der Tat gut verkauft hatte, musste das Geld noch in dem Versteck liegen.

»Oder der Delventhal hat ihr deswegen den Schädel eingeschlagen«, platzte die angestaute Angst aus der Haushälterin heraus. »Ich für meinen Teil fürchte mich, wenn ich mit ihm dort drüben alleine bin. Immer muss ich daran denken, was er wohl der armen Witwe Siebe angetan hat«, erklärte sie und ballte die Hände in den Taschen der Kittelschürze zu Fäusten.

»Na, na, wer wird denn da gleich den Teufel an die Wand malen? Noch wissen wir ja gar nicht, ob der Delventhal tatsächlich von dem Geld wusste. Und wenn, dann ahnt er wohl kaum, dass eine dritte Person ebenfalls informiert war. Ich denke aber auch, dass er das Geld eigentlich gar nicht benötigt, da seine Geschäfte bislang immer sehr guten Profit abwarfen.«

Doch dieser Einwand beruhigte die Haushälterin nicht. Wussten nicht viele im Dorf, dass die Siebe ihren Hof gegen gutes Geld verkauft hatte? Geld war wie Salzwasser: Je mehr man davon trank, umso durstiger wurde man.

Dem konnte Pastor Visbeck wiederum nur zustimmen, schließlich zeigte sich diese Einstellung auch bei den Kirchenspenden. Häufig gab der Arme mehr als der Vermögende. Was war nun also zu tun?

Es war nicht möglich, die Sache einfach auf sich beruhen zu lassen, immerhin konnte sich dadurch möglicherweise ein neuer Anhaltspunkt für die Ermittlungen der Polizei ergeben. Gleichzeitig war er keineswegs so überzeugt von Delventhals Schuld wie seine Haushälterin. Würde so womöglich ein Unschuldiger belastet? Und er fürchtete, dass seine Haushälterin unbewusst ein verzerrtes Bild oder, schlimmer noch, ein falsches Zeugnis ablegen könnte. Es dauerte weitere zehn Schritte, bis er eine Entscheidung gefällt hatte.

»Ich rate Euch dringend, die Sache der Polizei zur Kenntnis zu bringen. Vielleicht solltet Ihr dabei allerdings besser nicht erwähnen, dass Ihr bereits nach dem Geld gesucht und nichts gefunden habt. Es könnte ein schlechtes Licht auf Euch werfen.«

Erleichtert nahm sie seine Worte auf. Er sah es also auch als ihre Pflicht an, die Polizei zu informieren, und legte es nicht als üble Nachrede aus. Durch ihren Körper ging ein Ruck. Unangenehme Dinge erledigt man am besten sofort. Wenige Augenblicke später eilte sie in die Mühlenstraße. Der Gendarm hockte in seinem Arbeitsraum und tippte mühselig mit den Zeigefingern auf der Schreibmaschine, als sie eintrat.

Eine halbe Stunde später sah man den Gendarmen im Galopp aus dem Dorf herausreiten. Er gab dem Tier ordentlich die Sporen und brachte den Weg zum Polizeiamt in weniger als 20 Minuten hinter sich.

»Potz Blitz, das nenne ich mal eine gute Nachricht!«, rief Kriminalinspektor von Hugo aus, nachdem ihn der Gendarm über die neueste Aussage der Haushälterin informiert hatte. Dann schenkte er seinem Gegenüber ein strahlendes Lächeln. »Jetzt kriegen wir ihn bei den Hammelbeinen. Aus dieser Sache kann er sich nun wirklich nicht wieder herauswinden.

Sie haben den Delventhal von dieser Aussage doch nicht in Kenntnis gesetzt?«, erkundigte er sich besorgt.

»Selbstverständlich nicht, das ist eine viel zu brisante Sache und meine Verschwiegenheit Teil der Berufsehre!«

»Umso besser! Aber behalten Sie den Delventhal im Auge, wenn Sie wieder in Ahausen sind. Manchmal haben die Halunken einen siebten Sinn und wir wollen doch nicht, dass er uns stiften geht!«

Die Beweislage hatte ohne ein Geständnis bislang nicht ausgereicht und der Staatsanwalt war nicht bereit gewesen, eine Anklage zu erheben. Stattdessen hatte er dem Kriminalinspektor vorgeworfen, zu oberflächlich ermittelt und den Verdächtigen nicht ausreichend unter Druck gesetzt zu haben.

Dieser Affront traf von Hugo mitten in sein kriminalistisches Herz und drohte, seinen guten Ruf als Ermittler zu zerstören. Dabei ging es dem Staatsanwalt nicht allein um die Aufklärung des Falles, sondern darum, ihn zu diskreditieren.

Von Hugo war sich keiner Verfehlung bewusst, hatte er doch nach den modernsten Methoden der Polizeiarbeit die Ermittlungen geführt. Hinter den Vorwürfen, so wurde es in aller Diskretion an ihn herangetragen, stand der Versuch des Staatsanwaltes, seinem Schwager die Steigbügel beim Aufstieg in der Polizeihierarchie zu halten. Von Hugo wiederstrebte es, auf persönliche Rachefeldzüge zu ziehen, aber in diesem Falle würde er eine Ausnahme machen. Am Ende würde sich schon zeigen, wer das Ränkespiel auf diesem Gebiet besser beherrschte. Und er selbst würde diesen Fall lösen oder niemand sonst.

Die neue Aussage ermöglichte es ihm jedenfalls, in dem Mord an der Witwe Siebe erneut in die Ermittlungen einzusteigen. Zwar galt der Fall als nicht abgeschlossen, aber die neueren Straftaten hatten in der letzten Zeit Vorrang gehabt.

So hatte die Akte auf dem Schreibtisch des Kriminalinspektors geruht und ihn daran erinnert, dass hier noch ein unerledigter Fall wartete. Nun zog er die Akte bedächtig zu sich herüber, strich mit der flachen Hand den Staub herunter und klappte den Pappdeckel auf. Zufrieden lehnte er sich zurück und legte die Aussage der Haushälterin hinein.

Sein Blick schweifte über das Denkmal vor seinem Fenster und blieb daran hängen.

Bislang hatte er den Hauptverdächtigen nicht aus der Reserve locken können. Wollte er ein Geständnis herbeiführen, musste er bei diesem hartgesottenen Bauern andere Methoden anwenden. Sie mussten ihm einen ordentlichen Schrecken verpassen, damit er endlich einmal die Fassung verlor und ein Geständnis ablegte. Im Moment wähnte er sich in Sicherheit, glaubte, aus dem Schneider zu sein. Doch das Überraschungsmoment lag auf Seiten der Polizei und dies galt es zu nutzen. Vielleicht entwickelte sich dieser Mordfall doch noch zu seinen Gunsten und er konnte bald den Täter dingfest machen.

Schließlich beendete von Hugo seine Gedankenspiele und eilte hinüber in die Staatsanwaltschaft, wo er selbstbewusst den Antrag auf Exhumierung der Witwe Siebe stellte.

»Die Störung der Totenruhe ist eine sehr ernste Angelegenheit«, urteilte der Staatsanwalt wenig erfreut über das Ansinnen des Kriminalinspektors. »Ich bin mir nicht sicher, ob eine solch drastische Maßnahme gerechtfertigt ist, so etwas wurde hier bisher noch nie angeordnet.«

»Mir ist völlig bewusst, dass es eine der ungewöhnlichsten Ermittlungsmethoden ist«, verteidigt von Hugo seine Eingebung, »aber es ist zugleich unsere letzte Chance, den Hauptverdächtigen aus der Reserve zu locken. Bislang hat er allen Anschuldigungen und Beweisen widerstanden. Vielleicht bringt ihn der Schock dazu, endlich einzulenken und das Verbrechen zu gestehen.«

»Das ist wohl war. Zumal Ihr bislang wenig erfolgreich in dieser Sache wart«, setzte der Staatsanwalt süffisant nach. Dieser Schnösel, der sie alle für reaktionäre Idioten aus der Kleinstadt hielt, ging ihm mit seinem ewigen Gerede vom Erfolg seiner modernen Methoden, diesem ewigen Gesieze und seinem ach so akkuraten Auftreten wirklich schrecklich auf die Nerven. Sollte er mit dieser Methode scheitern, würde es sich nachteilig auf seine Karriere auswirken.

Doch Kriminalinspektor von Hugo zeigte keine Reaktion, diese Genugtuung gönnte er seinem Gegenüber nicht. »Gleichzeitig werden wir den Bauern Delventhal mit dem fehlenden Geldbetrag konfrontieren. Sollte dies das Motiv sein, wird er sich ertappt fühlen«, führte er stattdessen seinen Plan aus und atmete erleichtert auf, als der Staatsanwalt seine Zustimmung andeutete: »Ich denke, dass wir parallel zu der Exhumierung noch nach dem Geld suchen sollten. Nehmt noch drei weitere Männer mit, die jeden Strohhalm auf dem Hof erneut umdrehen. Vielleicht können wir dann sogar noch das Geld sicherstellen.«

Unter der Auflage, dem Öffnen des Sarges und der Konfrontation des Beschuldigten mit der Leiche beizuwohnen, erteilte er die Genehmigung schon für den folgenden Tag.

»Lütjenjohan!«, brüllte von Hugo nach seiner Rückkehr erregt durch die Amtsstube. Sein Polizeigehilfe erschien mit einem fragenden Ausdruck im Gesicht.

»Wir reiten in der Frühe nach Ahausen und werden im Fall der Witwe Siebe eine neuerliche Befragung des Bauern Delventhal durchführen. Außerdem möchte ich, dass Sie die Totengräber informieren, dass die Leiche der Witwe morgen in der Frühe exhumiert wird. Lassen Sie für heute alles andere liegen und veranlassen Sie das Notwendige. Aber verpflichten Sie unbedingt alle zu größter Verschwiegenheit. Nichts darf diesen Plan gefährden, hören Sie!«

Unterwegs

Frühjahr 1895

Die Vorräte und das Papiergeld hatte eine lange Zeit ausgereicht, in der sie weder Arbeit annehmen noch auf anderem Wege für ihren Unterhalt sorgen mussten. Doch diese sorglose Zeit war nun schon einige Wochen vorbei und die beiden mühten sich mit schweren Beinen durch den einsetzenden Regen, um noch vor dem Einbruch der Dunkelheit einen einigermaßen geeigneten Platz für die Nacht zu finden. Bald würden sie die Hände nicht mehr vor Augen sehen und dann mussten sie wohl oder übel dort nächtigen, wo sie sich gerade aufhielten. Die Aussichten auf einen trockenen Schlafplatz oder gar ein Dach über den Kopf waren jedoch, so fern jeder Behausung oder Scheune, nicht unbedingt rosig.

Abrupt unterbrach der Größere der beiden seinen forschen Schritt. Fast wäre ihm der blöde Idiot in die Hacken getreten, so unerwartet kam der Stopp. Als Reaktion darauf erteilte sich dieser selbst eine ordentliche Ohrfeige. Der Große wies ihn mit eindeutiger Geste an, leise zu sein.

Nur wenige Meter von ihnen entfernt versperrte ein Pferdefuhrwerk den schmalen Weg. Die Aufschrift an dem Wagen ließ vermuten, dass es sich um Gaukler oder anderes fahrendes Volk handelte. Sie lauschten in die Nacht hinein. Leise, jeden Schritt vorsichtig setzend, näherten sich die beiden Burschen und bemerkten bald den Grund für den ungewöhnlichen Rastplatz. Der Wagen hatte eine Panne und konnte so nicht weiterfahren. Kein Lichtstrahl drang aus dem Inneren heraus, auch hörten sie keine Stimmen. Sie vermochten nicht einzuschätzen, ob und wie viele Menschen sich dort drinnen aufhielten.

Unter einer nahen Eiche entdeckten sie ein dösendes Pferd. Sie hätten das Tier ohne viel Aufsehen stehlen und so relativ bequem in das nächste Dorf reiten können. In der Dunkelheit war das auf den unebenen Wegen jedoch ein sehr gewagtes Unterfangen, überlegte der Anführer, zumal sie das Tier nicht kannten. Vielleicht würde es unruhig werden, wenn sich ihm Fremde näherten, und so Aufmerksamkeit auf sie ziehen.

Immerhin verriet ihm die Anwesenheit des Pferdes, dass der Wagen vermutlich nicht leer war, niemand hätte das Pferd zurückgelassen. Wenn sie sich bemerkbar machten, bestand die Gefahr, dass man sie einfach davonjagen würde. Dann blieb ihnen tatsächlich nur die Übernachtung unter freiem Himmel. Der Gedanke, die Nacht bei diesem Regen ungeschützt im Freien zu verbringen, behagte ihm überhaupt nicht. Doch dann kam ihm eine ganz andere Idee. Die beiden Wanderburschen krabbelten vorsichtig unter den Wagen und breiteten dort ihre zerlumpte Schlafdecke aus. So hatten sie zwar kein richtiges Dach über dem Kopf, aber immerhin einen Schutz vor dem Regen, zumal die Panne am Wagen sich vor dem Regen ereignet haben musste, da der Untergrund trocken war. Sie teilten den letzten Wurstzipfel, schoben sich ihre Bündel unter ihre Köpfe und rollten sich ein. Dann fielen sie in einen erschöpften Schlaf.

Der Regen hatte im Laufe der Nacht aufgehört und die Sonne brach durch die Wolken. Die beiden Landstreicher wachten beim ersten Geräusch im Wagen auf. Noch während der Anführer überlegte, ob sie besser abwarten oder sich davonmachen sollten, öffnete sich die Tür, und zwei zarte Frauenbeine erschienen auf der Treppe. Gespannt beobachteten die beiden, wie sich ein junges Mädchen einige Schritte entfernte, um sich dann am Rand des Weges zu erleichtern.

Während Flora am Wegesrand hockte, erspähte sie die beiden Burschen, die ihr ungeniert zusahen. Mit einem entsetzen Schrei sprang sie auf und brachte ihre Kleidung wieder in Ordnung.

»He, was habt ihr da unter unserem Wagen zu suchen?«, schimpfte sie. Alarmiert eilte nun auch Carl Faustus nach draußen, eine Lederpeitsche in Händen. Er warf einen strengen Blick unter den Wagen.

»Kommt hervor, auf der Stelle!«, befahl er herrisch und wartete, bis die beiden vor ihm standen.

Der Größere der beiden überragte den dicklichen, älteren Faustus um mehr als einen Kopf und ließ sich durch ihn in keiner Weise einschüchtern. Sein Begleiter stellte sich Schutz suchend hinter ihm auf und lugte seitlich an ihm vorbei.

»Gemach, gemach!«, versuchte der Große die Situation zu beruhigen, dabei lächelte er verhalten. Noch konnte er nicht einschätzen, ob sich noch weitere Personen in dem Wagen aufhielten. Also versuchte er, nicht zu provozieren und Vertrauen zu gewinnen. Sollten nur der kleine Mann und das dürre Mädchen hier sein, wäre es ein Leichtes, ihnen den Wagen zu stehlen und sie gefesselt zurückzulassen. Wobei, um das Mädchen wäre es schade, sie gefiel ihm und er konnte sich durchaus schöne Dinge mit ihr vorstellen. »Wie ich sehe, habt Ihr einen Radbruch erlitten und kommt nicht mehr von der Stelle. Vielleicht können wir Euch behilflich sein – und ihr uns?«, schlug er listig vor.

Carl Faustus musterte die beiden unverhohlen und blieb misstrauisch. Die zerschlissene Kleidung und das abgetragene Schuhwerk machten einen armseligen Eindruck. Hier standen zwei Burschen vor ihm, die nichts zu verlieren hatten. Trotzdem versuchte er auszuloten, inwieweit die beiden ihm von Nutzen sein konnten.

»In der Tat brauchen wir Hilfe beim Radwechsel. Das ist wohl wahr, aber womit könnten wir Euch dienen?«

»Wir sind hungrig und zu Fuß unterwegs, um nach Arbeit zu fragen. Unsere Reise wäre weniger beschwerlich, wenn ihr uns ein Stück mitnehmen könntet.«

Das war kein schlechter Tausch, überlegte Carl Faustus. Bis er zum nächstgelegenen Gehöft gelaufen und Hilfe herbeigeholt hatte, verging mindestens ein halber Tag. Das Pferd konnte problemlos noch zwei weitere Passagiere befördern.

»Das ist in der Tat ein gutes Angebot!«, entgegnete er freundlicher, behielt sein Gegenüber aber stets im Auge und die Peitsche fest im Griff.

Sie besprachen sich einen Moment, bis das gegenseitige Misstrauen in einer Übereinkunft mündete. Zu dritt wechselten sie das zerbrochene Rad innerhalb einer halben Stunde aus, dabei zeigte sich, dass die beiden Burschen durchaus zu gebrauchen waren. Besonders der Ältere ging geschickt und zielstrebig vor.

Flora bereitete unterdessen für alle ein Frühstück zu. Sie brühte Tee auf und buk herzhafte Buchweizenpfannkuchen mit Speck auf dem kleinen Herd im Wagen. Einige Male ruckte es ordentlich, sodass die Pfanne fast vom Herd gerutscht wäre. Doch Flora hatte damit gerechnet und sie nicht aus den Händen gelassen. Anschließend stellte sie den kleinen Tisch und drei Stühle direkt hinter den Wagen auf. Dann legte sie ein Kissen auf die unterste Treppenstufe, damit auch dort jemand sitzen konnte.

Die beiden Männer stopften sich die nahrhaften Pfannkuchen gierig in ihre Münder, wobei der Jüngere die Augen die ganze Zeit auf den Boden gerichtet hielt. Er war Flora unheimlich und dennoch empfand sie ein tiefes Mitgefühl. Irgendetwas an diesem jungen Burschen rührte ihr Herz, während ihr der große Kerl mit seiner derben Art einfach nur unangenehm war. Die fettigen Finger wischten die Burschen nach dem Essen einfach an ihren Hosen ab. Zahlreiche Flecken zeugten davon, dass sie es immer so handhabten. Offensichtlich mangelte es ihnen nicht nur an ausreichend Nahrung, sondern auch an anständigen Tischmanieren, stellte Flora fest.

»Nun, wohin seid Ihr unterwegs?«, fragte Carl Faustus schließlich.

»Wir haben kein konkretes Ziel«, wich der Anführer der Frage aus.

»Dann verratet uns wenigstens Eure Namen, damit wir wissen, mit wem wir es zu tun haben.«

Der Größere sah Flora mit einem schmierigen Lächeln an. »Mein Name ist Karras und mein Kompagnon und ich reisen auf der Suche nach Arbeit durch die Lande. Der Winter ist für uns eine harte Zeit, es gibt nur selten etwas für uns zu tun. Unsere Vorräte und Geldmittel sind erschöpft, darum haben wir gestern die Gelegenheit einfach ergriffen, als sich uns mit Eurem Wagen ein Schutz vor dem Regen bot.«

Nun schämte Flora sich fast ein wenig, so ablehnend gewesen zu sein. Die beiden waren Wind und Wetter ausgesetzt gewesen und hatten wer weiß wie lange gehungert. Umso dankbarer war sie, dass sie von ihrem Vater stets so gut versorgt worden war und nie allzu große Sorgen hatte ausstehen müssen.

Und Carl Faustus hatte soeben eine Idee gehabt: »Ihr seid ein kräftiger Bursche! Habt Ihr schon einmal an Faustkämpfen teilgenommen? Nach Regeln, meine ich.«

Die neue Saison begann bald und er brauchte dringend einen Ersatz für Herkules. Alleine der Zwischenfall mit dem Wagenrad zeigte ihm ihre Hilflosigkeit, wenn sie auf sich gestellt waren. Sein Gegenüber war zwar nicht so muskulös wie

Herkules, aber durchaus sehr kräftig und strahlte eine gewisse Aggressivität aus. Das war für die Bühne durchaus von Vorteil. Es konnte zwar auch bedeuten, dass es mit ihm häufiger Ärger gab, aber in der Not fraß der Teufel Fliegen.

»Aber Papa«, sagte Flora eindringlich, noch ehe Karras antworten konnte, »was ist mit Herkules? Er wird sicherlich bald wieder zu uns stoßen können …«

»Herkules wird sicherlich nicht zurückkehren. Ich glaube kaum, dass sie ihn bald gehen lassen. Und selbst wenn, er ist für unsere Schau nicht mehr tragbar. Wir werden ihn nie wieder sehen!«

Flora sprang auf. »Aber …«

»Es gibt kein Aber!« Entschieden sah er wieder Karras an. »Könntet Ihr Euch vorstellen, eine Weile mit uns zu arbeiten, vielleicht auch während der Saison auf dem Jahrmarkt, wenn es gut läuft?«

Flora drehte sich wortlos um und lief in den Wagen. Sie knallte die Tür zu und hörte nun nur noch am Ton, dass draußen eine Bemerkung über sie gemacht wurde. Sie hatte bislang trotz allem geglaubt, dass sie nach Rotenburg zurückkehren würde und … Sie wusste auch nicht genau, was dann gewesen wäre. Doch erst nun wurde ihr tatsächlich bewusst, dass sie Herkules nie wiedersehen würde, nie erfahren würde, wie es ihm ergangen war, ob er gesund war. Sie konnte die Tränen nicht zurückhalten.

Draußen zuckte Carl Faustus mit den Schultern. »Er war ein treuer Gefährte. Doch er hat uns schändlich betrogen. Das verzeiht die Gemeinschaft der Schausteller nicht – und dieser Kreis ist bestens vernetzt. Außerdem meiden wir Ärger mit der Gerichtsbarkeit, unser Ruf ist uns wichtig!«

Karras nickte nachdenklich. Es wäre ein Leichtes gewesen, die beiden zu überwältigen. Und lohnend womöglich auch, zumindest schienen die Schausteller keine Not zu leiden. Andererseits würden sie mit so einem auffälligen Einspänner nicht sorglos reisen oder ihn gar veräußern können. Einen Konflikt mit dem Gesetz wollte er auch nicht riskieren. War es also nicht eine gute Möglichkeit, gemeinsam weiterzuziehen und ein einigermaßen gesichertes Auskommen zu haben? Er zögerte nur kurz: »Ich für meine Person kann es mir gut vorstellen, mit euch zu reisen, aber mein Begleiter muss auch mit! Er ist mir anvertraut worden und ich bin nun für ihn verantwortlich.«

Sein Begleiter zuckte bei diesen Worten unmerklich zusammen. Doch Carl Faustus war von seiner Idee ganz angetan.

»Wenn das so ist«, freute er sich, »dann werden wir auch für ihn eine Arbeit finden. Aber bislang, kenne ich nur Euren Namen. Wie heißt denn Euer Begleiter und warum spricht er nicht?«

»›Idiot‹ wird er gerufen. Der Junge ist von einfältiger Natur, gewiss, aber er bemüht sich zu gefallen. Wenn Ihr für ihn eine leicht zu erlernende Tätigkeit findet, ohne dass er dabei sprechen muss, wird er zuverlässig seine Arbeit machen. Das Sprechen fällt ihm schwer und er vermeidet es.«

»Nun, das scheint mir kein Name für einen Menschen zu sein!«, sagte Faustus betroffen. »Ich halte es daher für angebracht, dass wir ihm einen Künstlernamen verpassen, der weniger verletzend klingt. Das Gleiche gilt auch für Euch. Wenn Ihr als Kämpfer antretet, dann muss Euer Name Neugier erwecken und für Respekt beim Publikum sorgen. Doch das hat noch Zeit, wir sollten lieber zunächst die Details klären.«

Karras war es nur allzu recht, seinen Namen abzulegen, es schien ihm, als hätte sich hier eine große Gelegenheit aufgetan. Er würde noch vorschlagen, sein Aussehen zu verändern – und niemand würde ihn je vermissen …

Ahausen
Juli 1895

Die Schaufeln der Totengräber glitten leicht durch die schwarze Erde. Die frische Bepflanzung hatten sie zuvor sorgfältig abgehoben und an die Seite gelegt. In gut zwei Metern Tiefe stieß das Metall der Grabungswerkzeuge auf massives Holz. Vorsichtig grub ein Mann weiter, bis er den Deckel freigelegt hatte.

Der Sarg der Witwe Siebe schien noch gut erhalten zu sein, sodass sie ihn ohne größere Probleme wieder aus dem Grab herausheben konnten. Zwei weitere Männer eilten herbei und legten die Tragegurte um den Sarg, dann zogen sie ihn an die Oberfläche und wuchteten ihn auf zwei bereitstehende Holzböcke. Sie lockerten die Nägel und hoben mit einem Kuhfuß den Deckel leicht an. Sandiges Knirschen und ächzendes Stöhnen des erdfeuchten Holzes durchbrachen die sommerliche Stille. Ein übler Geruch entströmte durch den Spalt und die Männer hielten sich ihre Jackenärmel vor die Nasen. Innerlich wappneten sie sich gegen den Anblick der Toten, die vor vier Monaten in dem Grab ihre Ruhestätte gefunden hatte. Erst auf Anweisung, so war es verabredet, würden sie den Sarg vollständig öffnen.

Immer mehr Menschen spazierten wie zufällig über die Dorfstraße. Ihre neugierigen Blicke versuchten zu ergründen, was auf dem Friedhof vor sich ging. Lütjenjohan spannte eine lange Stoffbahn um das Grab herum, damit etwas Privatsphäre für die Tote erhalten blieb. Es war eine Sache des Anstands, fand er, die Würde eines Menschen auch im Tode zu achten. Der Gendarm vertrieb die Schaulustigen unter strenger Androhung eines Strafgeldes, hatte aber nur wenig Erfolg mit seiner Maßnahme.

Zeitgleich umstellten einige Polizeigehilfen das Hofgelände und drangen dann mit fünf Personen durch die Seitentüre des Wohnhauses ein. Delventhal saß nichts ahnend am Küchentisch und nahm gerade das zweite Frühstück ein.

Von Hugo zielte mit seiner Waffe auf den überraschten Bauern und befahl ihm, ruhig zu bleiben: »Delventhal, dies ist eine staatsanwaltlich genehmigte Hausdurchsuchung. Sie können das Ganze abwenden, wenn Sie uns über den Verbleib des Geldes der Witwe Siebe Auskunft erteilen!«

Der erschrockene Hausherr brachte jedoch keinen Ton heraus, sondern starrt lediglich auf die Waffe.

»Ich frage zum letzten Mal: Wo ist das Geld der Witwe?«

Alle Augen richteten sich auf Delventhal, der sichtlich um Fassung rang. »Ich weiß nichts von irgendwelchem Geld. Da muss ein Irrtum vorliegen«, erwiderte er tonlos.

»Das ist ganz und gar kein Irrtum! Was haben Sie mit dem Geld der armen Frau gemacht? Wir werden es sowieso finden – also heraus damit!«, knurrte von Hugo ihn kämpferisch an und zielte mit der Waffe in das Gesicht des Sitzenden. Dieser wich so weit wie möglich auf seinem Stuhl zurück. Trotz der Einschüchterung und des Überraschungsmomentes stritt Bauer Delventhal jedes Wissen über einen größeren Geldbetrag ab. Die Witwe sei zwar sparsam gewesen und habe jeden Taler dreimal umgedreht, aber der Bauer bezweifelte, dass die gute Frau von dem Lohn, den sie bei ihm erhalten hatte, großartig hatte sparen können. Von dem Verkaufserlös habe er noch nie etwas vernommen, beteuerte Delventhal. Kriminalinspektor von Hugo sah sich in seiner Befürchtung bestätigt. Der sture Bock würde bis zum Sankt Nimmerleinstag schweigen. Wie gut, dass er noch einen weiteren Trumpf im Ärmel hatte. Und der würde ihn ganz bestimmt schockieren! Mit einem Nicken gab er den umstehenden Gehilfen das Zeichen.

Ohne weitere Erklärungen legten sie dem Hausherrn Handeisen an und verbanden ihm die Augen. Dann zerrten sie ihn vom Stuhl hoch. Im ersten Augenblick zeigte sich Delventhal völlig überrumpelt, begann dann aber, lauthals zu protestieren. Doch die Polizeigehilfen wiesen ihn streng an zu schweigen und zerrten ihn aus dem Haus. Drei Männer blieben auf dem Hof zurück und begannen sofort mit der neuerlichen Durchsuchung.

Die kurze Wegstrecke vom Wohngebäude zum Friedhof schien sich endlos hinzuziehen. Bauer Delventhal stolperte mehr, als dass er vernünftig seine Füße voreinander setzte. Er trug Holzschuhe, die das Laufen zusätzlich erschwerten. Er schimpfte und forderte ständig eine Erklärung für die Behandlung, die ihm widerfuhr. Doch vergebens! Von Hugo und Lütjenjohan schwiegen. Dies gehörte zu ihrem Plan, den Beschuldigten möglichst nachhaltig zu verunsichern.

Immer mehr Menschen verfolgten das Spektakel. Manche warfen Delventhal spöttische Bemerkungen entgegen. Einige folgten der merkwürdigen Gruppe, sodass eine kleine Prozession entstand. Viele fühlten sich in ihrem Verdacht bestätigt und hofften, dass nun endlich der Schuldige zur Verantwortung gezogen und der Dorffriede wiederhergestellt würde.

Die Kirchenglocke im Turm schlug zur zehnten Stunde, als sie den Friedhof betraten. Kriminalinspektor von Hugo gab mit einem leichten Kopfnicken das verabredete Zeichen und die Totengräber entfernten den erdverkrusteten Sargdeckel.

Delventhal vernahm ein merkwürdiges Knirschen, das er nicht einordnen konnte. Dann nahm er einen bestialischen Gestank wahr und ihn befiel eine wilde Panik, als er näher an die Quelle herangeführt wurde.

»Verdammt, was ist hier los? Was tut Ihr mit mir? Was soll das alles? Ich habe nichts getan!« Mit diesen Worten versuchte er, sich aus dem klammernden Griff des Polizeigehilfen zu befreien. Ehrfurchtsvoll legten die Totengräber den Holzdeckel auf dem Boden ab und traten einige Schritte zurück. Einen kurzen Augenblick später spürte Delventhal, dass sich die Umklammerung an seinem Arm löste. Dann entfernte Lütjenjohan die Augenbinde.

Das morgendliche Sonnenlicht schmerzte Delventhal in den Augen. Bunte Punkte tanzten in seinem Sichtfeld umher, nur allmählich nahm er seine Umgebung wahr. Über allem schwebte dieser süßliche und ekelerregende Geruch, den er nicht einordnen konnte. Langsam gewöhnten sich seine Augen an die Helligkeit und er starrte auf das, was vor ihm lag.

Die Leiche der Witwe Siebe stierte mit ausdruckslosem Gesicht aus ihrem offen Sarg zu ihm auf. Die Kleidung klebte an dem verwesenden Fleisch, ihre Gesichtszüge waren seltsam verzerrt und die Wangen faulig eingefallen. Die Haut schmiegte sich wie wächsernes Pergament um ihre Knochen. Sie sah viel kleiner aus, als er sie in Erinnerung hatte. Aschfahl und dürr kam ihm ihr Körper vor. Das graue Haar ringelte sich in einem feucht-klebrigen Zopf über die Schulter hinweg. Es gab keinen Zweifel, er stand vor dem geöffneten Sarg seiner ehemaligen Haushälterin. Ein kaltes Grauen erfasste ihn, fluchtartig sprang er zurück und wandte den Kopf ab. Sofort griffen kräftige Hände nach ihm, damit er nicht entkam.

»Das ist Ihr Werk!«, sagte von Hugo kalt. »Es ist an der Zeit zu gestehen, finden Sie nicht auch?«

Delventhal schüttelte jedoch nur wild den Kopf, versuchte, den Blick abzuwenden und sich aus der furchtbaren Situation zu befreien. Er wirkte wie ein gequältes Tier, das sich verzweifelt aufbäumte. Doch der Arm des Gesetzes hielt ihn gnadenlos fest.

Nun mischte sich auch der Staatsanwalt ein, der seine stattliche Erscheinung direkt neben Delventhal aufbaute. »Wenn Ihr jetzt die Wahrheit sprecht, wird dies im Prozess zu Euren Gunsten gewertet werden. Also gesteht! Warum habt Ihr die Witwe Siebe erschlagen?«

Auf dem Friedhof herrschte Totenstille. Nur die Vögel zwitscherten, als ob nichts geschehen wäre. Die Spannung in der Luft war greifbar und alle Blicke waren auf Delventhal gerichtet, der blass im Sonnenlicht stand und den Kopf hängen ließ.

»Ein für alle Male«, sagte er heftig atmend, »ich schwöre hier beim Angesicht der Toten, ich habe der Witwe Siebe nichts angetan. Ich habe sie tot aufgefunden und ich vermisse sie. Sie war eine patente und fleißige Person, die kaum zu ersetzen ist, auch wenn wir uns hin und wieder gestritten haben.« Mit feuchten Augen hob er den Kopf, wobei er es weiterhin vermied, in den Sarg zu schauen. Stattdessen fixierte er den Staatsanwalt. »Bei Gott«, sprach er leise weiter »ich bin unschuldig, sonst möge mich auf der Stelle der Blitz treffen!«

»Schluss mit dem Theater!«, versuchte von Hugo noch einmal, den Verdächtigen zu einem Geständnis zu bewegen. »Wo soll denn bei diesem strahlenden Sonnenschein der Blitz herkommen? Da gehen Sie keinerlei Risiko ein mit Ihrer Aussage. Außerdem vertrauen wir auf handfeste Beweise, nicht auf irgendwelche fadenscheinigen Gottesurteile! Also gucken Sie sich Ihr Opfer genau an und gestehen Sie endlich, damit die gute Witwe ihre Ruhe finden kann!«

Der Staatsanwalt stand mit versteinerter Miene da und gab dem Kriminalinspektor ein Zeichen, ihm zu folgen. Sie entfernten sich einige Meter von der Grabstelle, damit sie ungestört unter vier Augen miteinander sprechen konnten. Dann legte der Staatsanwalt von Hugo die Hand auf die Schulter. Diese Vertraulichkeit ließ ihn innerlich verkrampfen.

»Es wird kein Geständnis geben, das wissen wir doch beide. Und wenn Ihr mich fragt, dann glaube ich nicht an die Schuld des Bauern Delventhal. Ich denke, Ihr habt Euch da in etwas verrannt, auch wenn das Geld verschwunden bleibt. Dafür kann es viele Gründe geben. Bevor wir uns hier gänzlich lächerlich machen, beenden wir die Aktion auf dem Friedhof. Die Durchsuchung des Hofgeländes kann meinetwegen noch abgeschlossen werden. Ich werde jetzt jedoch nach Rotenburg zurückkehren und dann will ich von diesem Fall nichts mehr hören!« Er überlegte kurz und fügte dann herablassend lächelnd hinzu: »Es sei denn natürlich, dass *Sie*, verehrter Herr von Hugo, eine belastbare Beweisführung vorlegen können und der Fall endlich gelöst ist.«

Kriminalinspektor von Hugo nickte stumm, verabschiedete den Staatsanwalt und wandte sich der Grabstelle zu. Die ganze Aktion wurde zu einer ungeheuren Niederlage und einem Tiefpunkt in seiner Ermittlungstätigkeit, erkannte er deprimiert. Wie sich das Ganze auf seine Karriere auswirkte, würde die Zeit zeigen. Er wollte schließlich nicht ewig in diesem Nest bleiben, im dem man sich über seine modernen Methoden stets mokierte und über seine Manieren die Nase rümpfte, nur weil man hier nicht wusste, wie man eine elegante Anrede wählte. Umso mehr musste er die Aktion nun möglichst selbstsicher beenden, so wie er sie begonnen hatte. Sonst verlor er nicht nur seinen Fall, sondern auch noch seine Autorität. Danach würde er sich überlegen, wie er schnellstmöglich eine Versetzung bekommen könnte.

»Delventhal, Sie … Ihr betretet Euren Hof erst, wenn ich es erlaube. Zuvor werden wir alles auf den Kopf stellen, bis wir das Geld gefunden haben«, befahl von Hugo und eilte mit seinen Leuten zum Hof hinüber. Vielleicht verrannte er sich wirklich und hatte einen großen Fehler gemacht. Doch wer käme sonst noch als Täter infrage? Die Totengräber verschlossen den Sarg und ließen ihn wieder in die Erde zurückgleiten. Schwer fiel die feuchte Erde auf den Sargdeckel und erzeugte ein unangenehmes Geräusch.

Lütjenjohan kroch unterdessen auf den Knien in der ehemaligen Kammer der Witwe Siebe umher und tastete die derben Fußbodendielen nach Auffälligkeiten ab. Plötzlich blieb er an einem kurzen Nagel hängen, der nur wenige Millimeter aus einer Bohle unterhalb des Bettes herausschaute. Bei der ersten in Augenscheinnahme hatte er das kleine Metallteil übersehen. Und so sehr er sich bemühte, es gelang ihm auch jetzt nicht, den Nagel mit den Fingerspitzen zu greifen. Immer wieder glitt er ab, sodass er nicht daran ziehen konnte. Doch was sollte ein Nagel an dieser Stelle?

Er schaute sich in der Kammer um, aber diese war, bis auf die Möblierung, vollständig ausgeräumt worden. Kein Hilfsmittel war zur Stelle, mit dem er an dem Nagel hätte ziehen können. Ächzend erhob er sich.

Während er auf der Diele nach einem Werkzeug suchte, näherte sich ein Kesselflicker der Hofstelle. Ein großer Mischlingshund begleitete ihn und zog einen hölzernen Karren, auf dem sich allerlei Werkzeuge und Metallstücke befanden. Aufgeregt erkundigte sich der Fremde bei den Schaulustigen auf der Dorfstraße nach der Polizei, da ihn der Gendarm an den Leiter der Kriminalpolizei verwiesen hatte. Neugierig grinsend zeigte einer der Ahauser auf das Delventhalsche Wohnhaus und erklärte: »Dort seid Ihr richtig, wenn Ihr die Obrigkeit sucht.«

Mit finsterer Miene trat ihm der hinzugerufene Kriminalinspektor von Hugo entgegen. Eine Störung war das Letzte, was er heute gebrauchen konnte. Er wollte sich voll und ganz auf die Durchsuchung des Hofes konzentrieren und dann nach Rotenburg zurückkehren, um diesen Tag hinter sich zu lassen.

»Im Graben auf der Hellweger Seite liegt ein Toter«, informierte der Kesselflicker den genervten Kriminalinspektor ohne Umschweife. Er hielt sich nicht mit einer förmlichen Begrüßung auf.

Was war das nur für ein Dorf, fragte sich von Hugo. Das war die zweite Leiche innerhalb eines halben Jahres, wenn der Kesselflicker ihm keinen Bären aufband. Doch erschien ihm dieser nüchtern und durchaus glaubwürdig, auch wenn seine Manieren zu wünschen ließen.

»Nun mal langsam! Zunächst brauche ich Ihren Namen, Ihre Adresse und den Grund Ihrer Anwesenheit, dann …«

»Es ist ein Mann«, unterbrach ihn der Kesselflicker.

»Was?«, fragte von Hugo irritiert.

»Ein Mann, der Tote ist männlich, denke ich«, wiederholte der Kesselflicker. »Ihr habt von einer Frau gesprochen.«

Von Hugo atmete tief durch und resignierte dann. Er war an diesem Ort einfach fehl am Platz und so sehr er sich auch anstrengte, diesem Volk war kein adäquates Benehmen beizubringen. »Am besten ist es, Ihr erzählt mir alles der Reihe nach.«

Der Kesselflicker nickte beflissen und begann seine Erzählung: »Gegen sieben Uhr habe ich heute Morgen meinen Hund angespannt und bin von Sottrum losgelaufen. Auf dem Fährhof und in Hellwege reparierte ich einige Töpfe und Pfannen. Anschließend folgte ich der Verbindungsstraße von Hellwege nach Ahausen. An einer günstigen Stelle machte ich eine Rast und setzte mich an den Straßenrand, um mein Butterbrot zu essen. Den Hund befreite ich aus dem Zuggeschirr, damit dieser sein Geschäft erledigen konnte, was er auch umgehend tat. Doch dann benahm er sich seltsam. Mit lang gestrecktem

Hals knurrte er unentwegt eine dicht bewachsene Stelle im Graben an. Zunächst glaubte ich, dass sich dort irgendein Tier versteckte. Er ist ein echter Jäger. Doch es tat sich nichts. Der Hund gab einfach keine Ruhe und so bin ich zu der Stelle gegangen und habe nachgeschaut.«

»Und was genau haben S… habt Ihr dort vorgefunden?«, erkundigte sich von Hugo.

»Erst glaubte ich, ein altes Bündel Kleidung gefunden zu haben. Doch als ich die Sträucher auseinanderteilte, kamen die Überreste eines Mannes zum Vorschein, der schon eine Weile dort gelegen haben muss.«

Kriminalinspektor von Hugo zog eine Augenbraue hoch. Nach kurzer Überlegung beschloss er, den Fundort selbst unter die Lupe zu nehmen.

»Lütjenjohan«, rief er seinem Gehilfen zu, der suchend auf der Diele umherlief. »Sie sind bis auf Weiteres hier zuständig. Ich gehe der Anzeige eines Leichenfundes nach und bin wohl in gut einer Stunde wieder zurück.«

Lütjenjohan quittierte das Gehörte mit einem erstaunten Blick, sagte aber nichts. Dann kehrte er mit einer Kneifzange in die ehemalige Kammer der Witwe Siebe zurück.

Gemeinsam schritten der Kriminalinspektor und der Kesselflicker in schnellem Tempo aus Ahausen hinaus. Kurz hinter einer Wegbiegung blieb der Kesselflicker stehen und zeigte auf eine dicht bewachsene Stelle im Graben. »Hier muss es sein. Ich habe extra diesen kleinen Ast als Markierung in die Erde am Straßenrand gedrückt.« Von Hugo wies den Mann an, einige Meter vom Graben entfernt zu warten. Vorsichtig näherte er sich der angegebenen Stelle. Der Graben war feucht und modrig, er musste darauf achten, nicht auszurutschen. Zwischen den struppigen Zweigen und dem üppigen Blattwerk bemerkte er Stoffreste. Behutsam teilte er die Vegetation und legte den verwesenden Körper eines Menschen frei. Deutliche Spuren von Tierfraß boten einen abscheulichen Anblick. Das genaue Aussehen des Verstorbenen konnte man nur noch erahnen. Es musste sich um einen älteren Mann gehandelt haben, der auch zu Lebzeiten wenig Wert auf eine gepflegte Erscheinung gelegt hatte. Der Zustand der Leiche und die Reste der Winterkleidung ließen den Schluss zu, dass der Tote hier bereits viele Wochen unbemerkt gelegen hatte.

Dann hätte er jedoch sicherlich eine Jacke getragen, niemand war im Winter ohne warme Kleidung unterwegs. Doch wo war diese abgeblieben? Es war kaum vorstellbar, dass die Kleidung durch Tiere verschleppt worden war.

Während von Hugo die Untersuchung vornahm, schoss ihm ein Gedanke in den Kopf: Was wäre, wenn hier der Mörder der Witwe Siebe im Graben läge? Dann hatten sie den Täter natürlich nicht ausfindig machen können. Dann wäre Delventhal wirklich unschuldig und alle Untersuchungen hatten in eine falsche Richtung geführt. Konnte das wirklich wahr sein?

Im Sonnenlicht nahm er die Reflektion eines Gegenstandes wahr, der tief im Erdreich steckte. Mit bloßen Händen grub er im Morast danach und wurde fündig. Die nähere Untersuchung zeigte, dass es sich um zwei Flaschen handelte, in denen üblicherweise hochprozentige Getränke abgefüllt wurden. Er fertigte eine schnelle Skizze des Fundortes an. Die genauere Untersuchung würde noch etwas warten müssen. Zunächst mussten sie die Hausdurchsuchung bei Delventhal abschließen, dann würde er mit Lütjenjohan und der nötigen Ausrüstung hierher zurückkommen.

Schnellen Schrittes eilten sie nach Ahausen zurück. Der Kesselflicker nahm verdrossen vor dem Delventhalschen Hof

Platz. Von Hugo hatte ihm knapp mitgeteilt, dass er sich so lange zur Verfügung halten müsse, bis Lütjenjohan die Zeit finden würde, seine Aussage zu protokollieren. Der Hund lag im Schatten neben ihm und schlief. Heute würden sie sicherlich keine guten Geschäfte mehr tätigen, ärgerte sich der Handwerker.

»Das hat man nun davon, wenn man ein aufrichtiger und ehrlicher Staatsbürger ist«, knurrte er in seinen Hemdkragen.

Lütjenjohan hatte jedoch andere Dinge im Kopf. Aufgeregt berichtete er von Hugo von seinem Fund im Zimmer der Witwe Siebe. Mit der Kneifzange hatte er den Nagel endlich lösen können und dabei festgestellt, dass das Brett darunter sich nun problemlos anheben ließ – und ein geheimes Fach im Boden offenbarte. Darin hatte Lütjenjohan, sauber in Papier eingeschlagen, einen größeren Betrag Geldes gefunden.

»Damit ist dieses Motiv wohl dahin«, sagte er zu von Hugo, der missmutig dreinblickte.

»Oder Delventhal hat das Versteck bislang einfach nicht gefunden. Schließlich hat es auch Sie einige Anstrengung gekostet«, ereiferte sich der Kriminalinspektor. »Für mich ändert das nichts daran, dass der einzige Verdächtige der Hausherr ist!«

Bremen

Ostern 1895

Auf der Wiese am Rande Bremens trafen immer mehr Schausteller ein. Die Tage waren gefüllt mit vielen Pflichten, aber auch mit freudigen Wiedersehen. Flora sprühte vor Lebensfreude, herzte und drückte alte Weggefährten und übte auf dem Hochseil, so gut es mit dem verstauchten Fuß möglich war. Der Schmerz war vergangen, aber es fehlte noch immer etwas das Gefühl in der Fußsohle und den Gelenken, welches für einen sicheren Stand auf dem Seil unerlässlich war.

Gemeinsam mit Karras und dem »Idioten« holte Carl Faustus das Stabuff samt Zugpferd und Wagen aus dem Winterquartier. Zufrieden stellte er fest, dass der Pferdehändler sich wieder einmal hervorragend um das Tier gekümmert hatte. Die eingelagerten Wände, Bänke, Tische und sonstigen Sachen wurden aufgeladen und auf die Wiese gebracht, wo sie in der nächsten Woche die ersten Vorstellungen zu geben beabsichtigten. Mit Kernseife und Wurzelbüste reinigten sie die Ausrüstung vom Winterschmutz. Flora arbeitete gerne mit dem »Idioten« zusammen, der ihr gar nicht so idiotisch vorkam. Er war schüchtern und ängstlich, dabei aber willig und fleißig, das gefiel ihr, auch wenn sie sich an seine Sprachlosigkeit erst gewöhnen musste. Er bewegte sich etwas steif und ungelenk, gab aber nicht auf, bis ihm sein Aufgabe geglückt war.

Karras stellte sich ebenfalls sehr geschickt an, wenn es um das Reparieren der Ausrüstung ging. Mit geübter Hand erledigte er die anfallenden Arbeiten sorgfältig, sodass Carl Faustus mit Zuversicht in die Zukunft blickte. Kaum hatten sie das Stabuff vollständig hergerichtet, begann er, Karras im Faust- und Ringkampf zu unterweisen. Dazu bat er einen befreundeten Kollegen um Hilfe, der in jüngeren Jahren viele

Kämpfe bestritten hatte, aber nun mit einem Märchenkarussell und dem Verkauf von gerösteten Maronen sein Dasein fristete. Die Gicht war dem Mann in die Glieder gefahren, was ihn so stark beeinträchtigte, dass er nur noch zum Spaß in der Arena antrat. Dennoch zeigte er Karras schnell, was den Unterschied zwischen einem erfahrenen Kämpfer und einem Schläger ausmachte.

»Du trittst nicht im Kampf an, um deine Sache zu verteidigen, sondern um eine gute Schau zu bieten. Dafür zahlen die Leute. Dennoch musst du am Ende der Sieger sein, damit das Geld in der Kasse bleibt. Mache dich größer und unbesiegbarer, als du dich fühlst. Übe dich in Geduld und vor dem Spiegel deine Posen, bis sie dich selbst beeindrucken. So präsentierst du dich dem Publikum. Die zweite Hälfte des Sieges besteht in der geschickten Auswahl des Gegners. Die ungestümen und unerfahrenen Männer lassen sich am leichtesten überlisten.«

Karras prägte sich die Anweisungen genau ein und machte gute Fortschritte. Aber den Ringkampf musste er erst von Grund auf erlernen. Er verfügte über einen gewissen Instinkt, der die Schwächen des Gegners sofort erfasste und ausnutzte, dennoch stellte seine fehlende Erfahrung ein Hindernis dar. Auch im Kettensprengen versuchte er sich und fand Gefallen daran. Diese alte Schaunummer hatte Carl Faustus vor einiger Zeit aus seinem Programm verbannt. Stattdessen hatte er, dem Zeitgeist folgend, die Ketten genutzt, um die »Wilden« vorzuführen. Doch diese waren wohl noch eine Weile mit Lora und Bora in Holland unterwegs. Eine bittere Pille, die er schlucken musste. Er war gezwungen, seine Schau grundlegend neu zu konzipieren. Die Eisenketten wiesen ein ordentliches Gewicht auf. Das Rasseln der eisernen Kettenglieder vermittelte dabei den Eindruck, dass die gesamte

Kette aus massivem Eisen bestand. Lediglich ein Kettenglied wurde aus weicherem Blei gefertigt, war aber optisch nicht zu unterscheiden. Dem Publikum gab man das nicht präparierte Ende der Kette in die Hand und so gelang es niemandem, die Kettenglieder zu trennen. Karras hingegen musste sich das bleierne Kettenglied gut einprägen und es so positionieren, dass seine gesamte Kraft darauf wirkte. Innerhalb kurzer Zeit gab das Blei dann nach. Darin bestand der Trick.

Entzückt nahm Carl Faustus die guten Fortschritte seines neuen Athleten zur Kenntnis, der besonders an dem erlernten Kettentrick seine Freude hatte. Es blieb ihnen nur noch wenig Zeit, bis die erste Vorstellung stattfinden sollte. Doch was für eine Aufgabe konnte der »Idiot« dabei übernehmen? Er sprach nicht, wirkte emotionslos, bewegte sich eckig und unnatürlich, fast wie eine technische Maschine. Außerdem war er durch die mangelhaft vernähte Hasenscharte stark entstellte. Dies alles waren keine guten Voraussetzungen, um auf der Bühne erfolgreich aufzutreten.

Schweigend dachten Carl Faustus und Flora darüber nach. Faustkämpfe und das Kettensprengen lockten ebenso wie die Hochseilartistik das Publikum. Auch das Wahrsagen spülte hin und wieder den einen oder anderen Taler in die Kasse. Aber ein hungriges Maul zu stopfen ohne Gegenleistung, das kam für Carl Faustus nicht infrage. Andererseits würde er auch Karras verlieren, wenn er den jungen Mann nicht duldete.

Sollte er aus ihm einen Wilden machen, indem er ihn mit Schuhwichse einfärbte? Diesen Trick verwendeten einige seiner Kollegen. Die Nase des »Idioten« war breit und flach, ganz so wie bei den echten Afrikanern, außerdem hatte er tiefbraune Augen. Aber sein schüchternes Temperament passte überhaupt nicht dazu. Ein phlegmatischer Wilder an einer

Kette, damit würde er sie beide nur dem Spott des Publikums aussetzen. Auch wenn es den Zuschauern oftmals bewusst war, dass die gezeigten Wilden nicht authentisch waren, so musste doch die Schau ihr Interesse wecken. Hierin bestand der große Unterschied zu den Kämpfen, in denen man ein echtes Kräftemessen erwartete.

»Jetzt weiß ich, was wir mit ihm machen!«, sagte Flora plötzlich. »Er wird unser Maschinenmensch. Das müsste ihm doch liegen, oder? Erinnerst du dich noch, wie wir in Hamburg zum ersten Mal so eine Vorführung angeschaut haben?«

»Florchen, du bist genial!«, rief ihr Vater freudig aus. »Dafür bringt er die notwendigen Voraussetzungen mit, ohne dass er sich groß verändern oder verstellen müsste. Ich fertige eine abdeckende Paste für seine Haut an, damit es aussieht, als wäre sein Äußeres aus Metall«, führte Carl Faustus den Gedanken weiter aus.

»Und du kannst deine Fiedel mal wieder spielen und den Maschinenmenschen nach deiner Musik tanzen lassen!«, lachte Flora. »Ich sehe ihn schon vor mir, wie er mit unbeweglicher Miene und ungelenken Bewegungen über die Bühne wackelt, dabei weder rechts noch links schaut.«

»Das ist wirklich gut, Florchen, denn als Maschinenmensch darf er keine Reaktion auf das Publikum zeigen, was seinem tatsächlichen Charakter entspricht. Ich werde ein wenig experimentieren müssen, aber ich habe schon eine Idee für die Herstellung einer metallisch wirkenden Körperfarbe!«

Unter dem Namen »Moto« würden sie den Maschinenmenschen präsentieren und dazu eine eigene Musik entwickeln. Nach einer längeren Diskussion fanden sie auch einen passenden Künstlernamen für Karras. Sie einigten sich auf »Vigor«, ein altes lateinisches Wort für Lebenskraft und ein Name, der kurz und eingängig war. Damit kein Zweifel an seiner körperlichen Kraft aufkam, gaben sie ihm kurzerhand den Zusatz »der Starke«.

Flora brannte es unter den Nägeln, endlich die neuen Plakate für die Werbung zu malen, denn die Zeit wurde allmählich knapp und es musste neues Geld verdient werden. Und ohne Werbung würde kaum jemand von ihnen Notiz nehmen, denn die große Schau der letzten Jahre war es nicht, doch sie mussten sich auch mit dem neuen Programm nicht verstecken. Zumindest nicht, wenn der Betrug von Herkules nicht die große Runde machte, überlegte Carl Faustus. Bislang hatte er in Schaustellerkreisen einen tadellosen Ruf gehabt, das hatte Herkules durch sein Verhalten aufs Spiel gesetzt. Immerhin war er seiner gerechten Strafe zugeführt worden, wie Faustus einige Wochen zuvor heimlich in Erfahrung gebracht hatte: Herkules war wegen Betruges zu acht Monaten Gefängnis verurteilt worden, erschwerend hatte man ihm vorgeworfen, dass er durch die eingenähten Eisenplatten eine ernsthafte gesundheitliche Gefährdung anderer billigend in Kauf genommen hatte. Flora hatte Faustus davon nichts gesagt. Sie hatte sich gerade halbwegs daran gewöhnt, dass sie nun ohne ihn reisten. Und so viel stand fest: Wenn sie gewusst hätte, wann man ihn entließ, dann hätte sie darauf bestanden, ihn abzuholen und wiederaufzunehmen. Doch Faustus hatte andere Pläne.

Vielleicht sollte er Flora jetzt einweihen, da sie wegen des neuen Programms so positiv gestimmt war, überlegte Carl Faustus gerade, als der Küchenwagen bedenklich schwankte und jemand energisch klopfte. Ohne ein »Herein« abzuwarten, riss die üppige Anita die Tür auf und quetschte ihren massigen Körper hindurch. Mit einem Freudenschrei flog Flora ihr entgegen und sie herzten und küssten sich ausgiebig. Dabei presste Anita die schlanke Flora mit einem Arm an ihre Brust, sodass diese in der Luft hing. Carl Faustus begrüßte sie ebenfalls freundschaftlich. Dann schob er ihr eine massive Holzkiste an den Tisch heran, damit sie sich dazusetzte. Keiner der Stühle konnte ihr Gewicht tragen. Ihr Gesicht wirkte noch feister, die Augen lagen tief versunken in den Augenfalten. An den Handgelenken bildeten sich tiefe Furchen zwischen den Händen und Unterarmen, außerdem atmete sie schwer und schwitzte.

»Wie ist es dir ergangen und hast du von den anderen gehört? Wie geht es Bora und Lora und dem kleinen Prinzen?«, drang Flora in einem Stakkato an Fragen auf Anita ein.

»Oh je, das ist eine traurige Geschichte. Die Winterzeit brachte einiges Unglück über mich und meinen Partner, sodass ich nun alleine da stehe. Erst hat er mich für eine andere Frau sitzen lassen und dann hat sie ihm seine Ersparnisse entwendet und ist auf und davon. Seitdem sind beide verschwunden und ich habe nichts mehr von ihnen gehört. Männer sind doch alle Narren!«

»Eurem Zorn möchte ich nicht ausgeliefert sein«, fiel ihr Carl Faustus schmunzelnd ins Wort und frotzelte weiter: »Zu sehr fürchtete ich, aus Rache lebendig unter Euch begraben zu werden.«

Anita lachte bitter, winkte aber dann gutmütig ab. »Es gibt aber auch wirklich schlimme Nachrichten, die ich euch bringe. Die Zwillinge sind im Januar in Holland verstorben«, berichtete sie mit ernstem Gesichtsausdruck weiter und eine kleine Träne lief ihr den fleischigen Hals hinab. Flora schlug sich die Hand vor den Mund.

»Bora ist an der Grippe erkrankt und trotz aller ärztlichen Bemühungen nach wenigen Tagen daran verstorben. Lora, so hat man mir berichtet, zeigte zunächst keinerlei Anzeichen einer Erkrankung. Doch auch ihr Schicksal war besiegelt, als

Bora starb. Sie ist ihr eine gute Stunde später gefolgt und man hat sie in der Nähe von Amsterdam auf einem Friedhof beigesetzt.«

»Sie werden mir ganz schrecklich fehlen!«, stellte Flora traurig fest und gemeinsam schwiegen sie für einen langen Augenblick, tief in Gedanken an die Verstorbenen versunken.

»Doch es gibt auch gute Nachrichten!«, unterbrach Anita leise die Stille. »Prinz Zaunkönig hat seine Prinzessin gefunden und tritt nun mit ihr gemeinsam auf. Sie ist ein ebenso kleiner Vogel wie er selbst. Und es hat sich schon Nachwuchs angekündigt!«, fügte sie schmunzelnd hinzu. »In den nächsten Tagen werden auch sie hier in Bremen erwartet.«

Sie plauderte noch eine ganze Weile, erinnerten sich an alte Zeiten und überlegten, ob sie gemeinsam weiterziehen sollten. Flora schniefte immer noch und hörte nur mit einem Ohr der Unterhaltung zu.

Vielleicht konnte Anita mit Vigor als lebender Amboss auftreten, damit hätten sie eine weitere Attraktion, die immer viel Publikum anzog, so wie dies im letzten Jahr die Präsentation der farbigen Wilden getan hatte, grübelte Carl Faustus, das Für und Wieder abwägend.

»Wie Ihr seht, habe ich an meinem Ruf, die dickste Frau der Welt zu sein, in meinem Kummer erfolgreich gearbeitet«, versuchte Anita, ihm ihre Person schmackhaft zu machen. »Auch besitze ich noch die gesamte Ausrüstung für meine Schau. Es fehlt also nur ein kräftiger Bursche, der den Vorschlaghammer bedient …«

Es war ein guter Plan, zumal Anitas Anwesenheit jeden weiteren Gedanken an Herkules unterbinden würde. Allerdings würde er mit Anita eine Vereinbarung treffen müssen, was die Verpflegung anging, sonst fraß sie ihnen buchstäblich die Kasse leer. Schließlich ging er auf ihr Angebot ein.

Geschäftiges Treiben zeugte von den eifrigen Vorbereitungen, die die neue Truppe an den Tag legte. Flora gestaltete die Werbeplakate bunt und mit fantasievollen Zeichnungen, während ihr Vater die metallene Paste in unterschiedlichen Konsistenzen und Zusammensetzungen in einem Topf anrührte. Endlich rief er den »Idioten« herbei, um ihn über seine Pläne zu informieren.

»Mein lieber Junge, ab heute trägst auch du einen Künstlernamen. Das muss so sein, wenn du ein berühmter Darsteller werden willst! Du bist jetzt Moto der Maschinenmensch«, versuchte er ihm den neuen Namen nahezubringen. Doch die Reaktion des Jungen fiel sehr verhalten aus. Lediglich ein leichtes Kopfnicken zeigte, dass er das Gehörte zur Kenntnis genommen hatte. Dann wies Carl Faustus ihn an, den Oberkörper freizumachen. Wieder und wieder bestrich er Teile von Motos Körper, der die Prozedur stillschweigend über sich ergehen ließ, mit verschiedenen Pasten.

»Jetzt hab ich's!«, rief Carl Faustus endlich zufrieden aus und zeigte das Ergebnis. Motos Haut glänzte in einem gräulichen Farbton, der einer polierten Stahlplatte glich, stellte Flora begeistert fest, die von ihrer Zeichenarbeit aufsah.

Dann zerrte Faustus Moto hinter sich her in das Stabuff hinein. Hier konnten sie in Ruhe für die neue Schau üben, bis die anderen kamen. Mit unendlicher Geduld trainierte Carl Faustus mit Moto die Rolle des Maschinenmenschen, indem er ihm die Bewegungsabläufe immer wieder erneut vorführte.

»Also, zu Beginn tue ich so, als ob ich dich unter Hypnose setze. Dazu schnipse ich mit meinen Fingern vor deinem Gesicht und du erstarrst gänzlich«, erklärte Carl Faustus sein Vorgehen. »Knie und Ellbogen bleiben möglichst durchgedrückt, auch wenn du läufst oder etwas anhebst«, demonstrierte er die steifen Bewegungsfolgen. »Alle Bewegungen werden sehr langsam und eckig ausgeführt, solange ich die Geige dazu spiele. Höre ich auf zu spielen, bleibst du sofort an Ort und Stelle stehen und rührst dich nicht! Niemals reagierst du auf das Publikum. Beim erneuten Einsetzen der Geige verlässt du die Bühne. Hast du das verstanden?«

Der »Idiot«, der sich nur langsam an seinen Künstlernamen Moto gewöhnte, nickte scheu und hob an zu antworten. Doch im selben Moment ohrfeigte er sich selbst und schlug eine Hand vor den Mund. Carl Faustus erschrak heftig angesichts der Selbstzüchtigung und hinderte den jungen Burschen daran fortzufahren.

»Während der Vorstellung, da musst du schweigen, aber ansonsten ist es dir genauso wie allen anderen gestattet zu sprechen!«, belehrte er ihn besänftigend. Als Antwort erhielt er nur ein beharrliches Kopfschütteln. Der Bursche konnte also doch sprechen. Warum aber tat er es nicht? Carl Faustus spürte, dass hier ein finsteres Geheimnis gewahrt wurde.

Doch Moto hatte seine Rolle verstanden und Faustus gewann den Eindruck, dass er sie gut spielen würde. Der Junge war längst nicht so einfältig, wie er befürchtet hatte.

Derweil erlernte Karras alias Vigor unter der fachkundigen Anleitung von Anita und dem gichtgeplagten Kollegen schnell, seine Rolle auszufüllen. Die massige Frau machte sich einen Spaß daraus, gänzlich unweiblich zuzulangen. Zwar boxte sie nicht, bewegte sich aber trotz ihrer Masse so geschickt um ihr Gegenüber herum, dass sie ihn zum Straucheln brachte oder ihm eine schallende Ohrfeige verpasste.

»Sortiere deine Füße, habe Geduld und achte auf deine Deckung, das ist das A und O für einen erfolgreichen Kämpfer«, wies sie ihn an, während er erneut eine Ohrfeige kassierte.

»Warte nur«, dachte Vigor voller Wut. Nie zuvor hatte er von einem Weibsbild eine solche Behandlung erfahren. Im Regelfall war er derjenige, der zuschlug. Nur mit Mühe konnte er sich zusammenreißen und erst als er den Vorschlaghammer mit Wucht auf die Steinplatten auf Anitas Beinen schlug, verflüchtigte sich sein Zorn.

Der lebende Amboss war ihre Paradenummer, die nur von wenigen Artisten beherrscht wurde. Mittlerweile hantierte Vigor aber auch äußerst geschickt mit den Ketten. Inzwischen war es ihm ein Leichtes, die bleiernen Kettenglieder von den eisernen zu unterscheiden, zumal er nach jeder Übung die Kette selbst an der Sollbruchstelle wieder zusammenfügen musste. Nun galt es, sein äußeres Erscheinungsbild zu verändern. Sie rasierten ihm den Schädel kahl und fertigten ihm ein eng anliegendes Trikot an. Dazu trug er hohe lederne Schnürschuhe in Schwarz. Die Verwandlung war in beiden Fällen erstaunlich. Niemand hätte geahnt, dass die beiden Artisten vor wenigen Tagen noch als Wanderburschen ihr Dasein gefristet hatten.

Die Eisenkäfige, in denen er in der letzten Saison die Wilden präsentiert hatte, tauschte Carl Faustus gegen ein kleines Zelt ein. Wenn sie reisten, wäre die sperrige Fracht nur Ballast und im Zelt konnten Anita und die beiden Burschen nächtigen, wenn sie das Stabuff nicht für eine Vorstellung aufgebaut hatten. Sie waren bereit und vor ihnen lag die ersehnte Reisezeit des Sommers.

Wenige Wochen später hatten sie einige Gastspiele absolviert und ihre Schau, die sehr gut angenommen wurde, stetig verbessert. Und dank der geschickten Auswahl der Gegner und der wachsenden Erfahrungen gewann Vigor jeden Kampf. Anita war für Flora zu einer mütterlichen Freundin geworden. Sie hatte dafür gesorgt, dass Flora ihre Seilkünste nur noch abgesichert vorführte. Über das Hochseil fädelten sie einen stabilen Eisenring, an dem ein kurzes Seil mit Schlaufe hing. Diese stülpte sich Flora über ihren linken Fuß und zog die Schlaufe so eng, dass sie nicht von ihrem Fuß herabgleiten konnte. Der Ring glitt am Hochseil entlang, wenn Flora ihre Kunststücke zeigte. Doch wenn sie abstürzen würde, bliebe sie über dem Erdboden in der Schlaufe hängen. Das war zwar ebenfalls schmerzhaft, verhinderte aber ein Aufprallen auf dem harten Grund und somit ärgere Verletzungen.

Und auch bei den beiden Neuen hatte Anita sich bereits einige Male eingemischt und sich schützend vor Moto gestellt. Vigor achtete zwar stets darauf, dass er nicht beobachtet wurde, dennoch war Anita die Herzlosigkeit, die zwischen den Männern herrschte, durchaus aufgefallen. In den Nächten war sie mehrfach hochgeschreckt, da der arme Junge von Träumen geplagt wurde und laut gesprochen hatte. Doch jedes Mal war der Schlafredner sofort zum Schweigen gebracht worden.

Anita hatte nicht zu erkennen gegeben, dass sie wach war. Doch sie hatte im Schutz der Dunkelheit sowohl die unverständlichen Worte von Moto gehört als auch die gezischten Drohungen und die Ohrfeigen, die Vigor ihm verpasste.

Als Anita schließlich nach einigen Vorfällen dieser Art Carl Faustus ins Vertrauen zog, erwiderte dieser lapidar, dass der Junge in seiner Kindheit wohl ein schlechtes Erlebnis gehabt habe, welches ihn in den Nächten als Albtraum heimsuche. Sie solle dem Ganzen keine allzu große Bedeutung beimessen, immerhin sei der Bursche doch recht zugänglich geworden und erfülle seine neue Rolle zu seiner vollsten Zufriedenheit.

Und tatsächlich brachte ihnen ihre Schau eine stets gut gefüllte Kasse, sodass Anita es dabei bewenden ließ, auch wenn sie das Verhalten Vigors in dieser Sache aufs Äußerste missbilligte.

Je weiter sie in südlich-östlicher Richtung unterwegs waren, umso besser liefen ihre Geschäfte. Besonders in den großen Städten Magdeburg, Leipzig und Dresden verweilten sie für mindestens sieben Tage. Dies verschaffte den Pferden die nötige Erholung und erlaubte den Schaustellern, neben den Auftritten Reparaturen und Einkäufe mit ein bisschen Muße zu tätigen. Wenn etwas Zeit übrig blieb, besuchte Flora an den Sonntagen einen Gottesdienst, um im Gebet um Schutz für sich und ihre Lieben zu bitten.

Im Herbst gelangten sie nach Smíchow, eine industriell geprägte Ansiedlung vor den Toren Prags. Aus dem ursprünglichen Dorf hatte sich ein Arbeiter- und Industrieviertel mit Brauereien, Textilfabriken und einem Eisenbahnwerk entwickelt. Den unzähligen Fabrikschlöten entstieg schwarzer Rauch, der dem klaren Herbsthimmel die Farbe nahm und die Sonne mit einem Grauschleier überzog. Die staubige Luft roch bleiern und schmeckte bitter auf der Zunge, stellte Flora erstaunt fest. Zwei ganze Wochen gastierten sie am westlichen Ufer der mächtigen Moldau, die in großen Bögen durch Prag mäanderte und die Stadtteile voneinander trennte. Breite Steinbrücken verbanden an vielen Stellen die Ufer, sodass man leicht hinübergelangte. Nach getaner Arbeit stand vielen der Einwohner der Sinn nach Zerstreuung. Gemeinsam mit ihren Familien besuchten sie das Stabuff des Direktor Faustus, um anschließend in einem der kleinen Biergärten am Ufer der Moldau einzukehren. Erstmalig erhöhte Carl Faustus die Eintrittspreise. So konnte er einen ordentlichen Batzen Münzen für die schlechten Zeiten im Winter zurücklegen. Das im Boden des Küchenwagens kaum sichtbar eingelassene Geheimfach war bereits bis zum Rand mit Münzen gefüllt. Carl Faustus war allerbester Laune, als er einen Teil der Tageseinnahmen in dem Fach hinterlegte und es nur noch mit Mühe schließen konnte. Am Abend spendierte er deshalb ein paar Flaschen Bier, als sie gemeinsam um ein kleines Lagerfeuer saßen. Die Männer waren bereits leicht angetrunken, als Anita begann, kurze Geschichten aus ihrem ereignisreichen Leben zu erzählen. Später forderte sie die anderen auf, es ihr gleich zu tun. Das Holz knackte laut, die Funken stoben in die Dunkelheit davon, während sie nacheinander erzählten. Als Letzter wäre Moto an der Reihe gewesen. Doch anstatt zu erzählen, sah er sich ängstlich um und schlug sich dann wie aus dem Nichts mit der flachen Hand gegen den Hinterkopf. Die andere Hand steckte er in den Mund und biss fest auf den Handrücken.

»Hör auf!«, rief Flora erschrocken und Anita zog ihm die Hand aus dem Mund. Eine blutige Bissspur war zu sehen.

»Niemand zwingt dich, etwas zu erzählen, wenn du nicht willst, verstehst du?«, sagte Anita. »Und niemand wird dir etwas antun, wenn du sprichst!« Dabei schaute sie Vigor direkt in die Augen. Dieser hielt ihrem Blick gelassen stand, legte seinen starken Arm um die schmalen Schultern des Jungen und zog ihn an sich. Diese Umarmung hatte jedoch nichts Liebevolles oder Tröstendes, vielmehr schien sie ihn einzuschüchtern. Die anheimelnde Stimmung war dahin und nachdem Flora Motos Hand versorgt hatte, gingen sie schweigend schlafen.

Anita war hundemüde, dennoch fand sie nicht in den Schlaf, immer wieder musste sie an die Szene am Lagerfeuer denken. Irgendetwas stimmte mit den beiden Männern nicht, das hatte sie von Anfang an gespürt. Als Kollegen waren sie zuverlässig, sogar Moto erfüllte seine Rolle als automatischer Maschinenmensch vorzüglich. Das Publikum bestaunte und bewunderte ihn, wenn er emotionslos und mechanisch über die Bühne wackelte. Es sparte nicht mit Beifall und erkannte so seine Leistungen an. Manchmal sah sie seine Augen lächeln, während das Gesicht ausdruckslos blieb. Diese Maske hatte er sich zugelegt und ließ niemanden dahinterschauen. In einem Punkt war sich Anita allerdings sehr sicher: Wenn er wollte, dann konnte er durchaus sprechen. Allerdings tat er das bislang nur nachts im Schlaf.

Anita lag, eingehüllt in ihre Wolldecke, wach auf ihrer Pritsche. Die Herbstnächte wurden bereits kühl. Ihr Schlafplatz war von den Männern durch eine dünne Stoffbahn abgetrennt, die sie abends spannte, um wenigstens etwas Privatsphäre zu haben. Sie stierte in die Dunkelheit, doch diese war so vollkommen, dass sie keine Umrisse ausmachen konnte. Eine Kakophonie aus Schnarchgeräuschen ihrer Kollegen, begünstigt durch den ausgiebigen Bierkonsum, tat sein Übriges zu ihrer Schlaflosigkeit. Die Zeit schien sich im Dunkel verfangen zu haben und nicht voranzuschreiten. Eine gefühlte Ewigkeit lag sie gedankenschwer auf den Schlaf wartend da.

Plötzlich vernahm sie ein Geräusch im Dunklen und fuhr erschrocken zusammen. Auf der anderen Seite des Vorhangs richtete sich jemand geräuschvoll auf, dann begann Moto mit leiser Stimme zu sprechen. In dieser Nacht verstand Anita zum ersten Mal ganze Satzteile, die der junge Bursche im Schlaf von sich gab. Und zum ersten Mal wurde er von Vigor, der bierselig weiterschlief, nicht unterbrochen. Das Gehörte lies Anita erschauern. Schließlich vernahm sie die wispernde Stimme Vigors, der nun doch erwacht war: »Vergiss den Namen Karras, ich bin jetzt Vigor und du Moto! Die alten Namen zählen nicht mehr, kapiert? Und vergiss endlich diese Geschichte! Sonst droht uns der Strick!« Es folgten klatschende Laute, als ob eine flache Hand gegen etwas schlug. Am Ende vernahm sie nur noch ein erbärmliches Wimmern, dass kurz darauf erstarb.

Sie zwang sich, ruhig und gleichmäßig zu atmen. Vigor durfte nicht ahnen, dass sie alles gehört hatte.

In der Frühe schlich sich Anita leise aus dem Stabuff hinüber zum Küchenwagen, damit sie die beiden Burschen nicht aufweckte. Sie hatte in dieser Nacht kein Auge zugemacht. Leise klopfte sie an die Tür und war erleichtert, dass Carl Faustus und Flora bereits aufgestanden waren. Flüsternd berichtete sie von den nächtlichen Erlebnissen und dem Gehörten.

»Wenn diese Geschichte wahr ist, dann sind wir alle in Gefahr!«, beurteilte Carl Faustus die Lage beunruhigt.

»Du bist sicher, dass du nichts missverstanden hast? Der Junge gibt schließlich ansonsten keinen Ton von sich«, fragte Flora nach.

»Ja, es gibt keinen Zweifel an dem, was ich gehört habe. Alles wurde so gesagt, wie ich es euch erzählt habe.«

Beklommenes Schweigen füllte den Raum, dann fällte Carl Faustus eine Entscheidung: »Wir müssen ohne sie weiterreisen, sonst werden sie uns zum Verhängnis. Wir Schausteller haben ohnehin keinen guten Stand bei der Obrigkeit, sind per se verdächtig. Außerdem kommt die Winterzeit, dann trennen sich unsere Wege sowieso. Aber darauf sollten wir nicht warten, denn dann bringen wir uns drei in Bedrängnis. Doch wenn wir uns jetzt abrupt trennen, werden sie misstrauisch …«

»Ich will aber keine einzige Nacht mehr mit den beiden im Stabuff nächtigen!«, sagte Anita energisch. Aufgeregt diskutierten sie die Möglichkeiten, die ihnen blieben, um die beiden unauffällig zurückzulassen. Sie durften auf keinen Fall ihren Argwohn erregen, sonst schwebten sie selbst womöglich ernsthaft in Gefahr.

»Vertraut mir, meine Lieben!«, beruhigte Carl Faustus die beiden Frauen. Er zwängte sich in dem engen Küchenwagen an Anita und Flora vorbei und suchte eine kleine Flasche Laudanum aus seinem Medizinfach heraus. »Glaubt mir, einige wohldosierte Tropfen dieses konzentrierten Mohnsaftes bringt auch ein Pferd zum Schlafen. Ich denke in Verbindung mit einigen Bieren wird es eine umwerfende Wirkung entwickeln!«

Getrennte Wege

August 1896

Sie hatten am Tag zuvor gemeinsam das Stabuff und die übrige sperrige Ausrüstung auf die Pferdewagen gepackt und fest verschnürt. Mit den ersten Sonnenstrahlen wollten sie in Richtung Norden aufbrechen. Zumindest hatte Carl Faustus sie in diesem Glauben gelassen. Daher verbrachten die beiden Burschen die letzte Nacht im Zelt, welches man schnell und unkompliziert abbauen und verladen konnte. Anita hatte im Küchenwagen Unterschlupf gefunden und Carl Faustus spendierte noch einige Flaschen Bier zum Abschluss. An mehr erinnerte sich Karras kaum noch, er war sehr schnell sehr schläfrig geworden. Auch hatte er in der Nacht nichts gehört und war ganz gegen seine Gewohnheit erst am späten Vormittag aufgewacht. Neben ihm schlummerte der Idiot so tief, das er sich auch zu dieser fortgeschrittenen Stunde kaum aufwecken ließ.

»Was hast du elender Idiot nur angestellt, dass sie uns ohne ein Abschiedswort so einfach hier zurückgelassen haben?«, beschimpfte Karras seinen verzweifelten Begleiter. Dann drosch er mit den Fäusten auf ihn ein, ließ seiner Wut freien Lauf. Der Gepeinigte zog den Kopf ein und versuchte, sich vor den Schlägen zu verstecken. Fassungslos lief Karras auf und ab, versuchte sich einzureden, dass die anderen gleich zu ihnen zurückkämen. Am Abend mussten sie sich eingestehen, dass sie wieder auf sich alleine gestellt waren. Die Schausteller waren spurlos verschwunden. Geblieben war ihnen das Zelt und ihre persönliche Habe, die sie in zwei kleinen Bündeln darin vorfanden. Es begannen harte Zeiten, so wie es früher gewesen war, bevor sie auf Carl Faustus getroffen waren.

Neue Spuren

Rotenburg, Februar 1898

Es waren die ersten freien Tage, die sich Kriminalinspektor von Hugo seit Langem genehmigte. Pflichtbesessen hatte er die letzten Monate von morgens bis abends in seiner Amtsstube verbracht und gearbeitet. Im Dunklen ging er für gewöhnlich aus dem Haus und kehrte erst nach Einbruch der Dämmerung in seine gemütliche Wohnung zurück. Hier wartete niemand auf ihn. Keiner Frau war es bislang gelungen, sein Herz vollständig zu erobern, und so war er auch im Alter von 35 Jahren immer noch Junggeselle und auf sich allein gestellt. In Berlin hatte er in illustren Kreisen verkehrt und dorthin zog es ihn wieder zurück.

So hatte er in den letzten Tagen einen Brief an seinen Vorgesetzten verfasst, in dem er ihn um seine Versetzung in die Landeshauptstadt bat. In den letzten Jahren hatte er ausreichend Erfahrungen in der Polizeiarbeit sammeln können, sodass er sich nun für größere Aufgaben berufen sah. Außerdem bildete er sich ständig weiter, damit er seinen eigenen Ansprüchen genügte. Nur die Besten waren gut genug. Die Todsünden enden auf -heit: Dummheit, Faulheit, Trägheit, Unwissenheit, diese Liste an Worten konnte er unendlich fortführen. Jedes einzelne war ihm zuwider.

Zufrieden saß er an diesem Morgen im Morgenmantel am Frühstückstisch. Er hatte lange geschlafen, da er am gestrigen Abend erst spät von einem Vortrag in Hannover heimgekehrt war. Der Referent der Polizeischule hatte sich auf ein Lehrbuch für den Ausforschungsdienst in der Kriminalistik von Hans Gross berufen. In diesem forderte er, Hunde in die Aufklärung bestimmter Straftaten mit einzubeziehen. Ein interessanter Gedanke, überlegte von Hugo. Eine Hundenase war der menschlichen weit überlegen und ein ausgebildetes Tier konnte so Geruchspuren folgen, die für Menschen nicht wahrnehmbar waren. Eigentlich ein naheliegender Ansatz, denn auch Jäger nutzten schließlich den guten Geruchssinn ihrer Jagdhunde. Und nichts anderes als ein Jäger war auch er. Nur dass er Menschen jagte, die Verbrechen begangen hatten. Er würde sich nach dem Frühstück noch einmal damit befassen.

Er schmierte sich ein Brot mit Butter und Erdbeermarmelade, dann goss er sich einen heißen Zichorienkaffee ein und blätterte in der Zeitung, die seine Vermieterin ihm vor die Türe legte, nachdem sie selbst darin gelesen hatte. Es war ein eingespieltes Prozedere, das das Wohnen für ihn hier so angenehm machte. Tragische Ereignisse bestimmten die ersten Seiten, die von Hugo gewissenhaft studierte.

»Was für eine Tragödie! Immer wieder trifft es die armen Bergleute!«, murmelte er betroffen, während er über das Grubenunglück in der Zeche Carolinenglück in Bochum las. Mehr als 100 Tote befürchtete man diesmal. Doch dann forderte ein ganzseitiger Artikel über die Ermordung der österreichischen Kaiserin Elisabeth seine Aufmerksamkeit.

»Mit einer spitzen Feile ins Herz gestoßen!«, sprach er kopfschüttelnd. Auf der vierten Seite der Wochenzeitung sah er ein rotes Kreuz oberhalb eines langen Berichtes. Es war ungewöhnlich, dass seine Vermieterin Spuren in der Zeitung hinterließ. Noch ungewöhnlicher erschien es ihm, dass sie seine Aufmerksamkeit auf ein Ereignis aus der Umgebung lenken wollte. Normalerweise war die Zeitung lediglich etwas abgegriffen und roch leicht nach Küchendünsten, wenn er sie erhielt. Kriminalinspektor von Hugo begann neugierig, den Artikel zu studieren. Und was er da zu lesen bekam, interessierte ihn in der Tat mehr als das Weltgeschehen. Seine Erregung stieg mit jeder Zeile.

Mulmshorn, 19. Februar 1898

Ein netter Fang wurde gestern, wie bereits schon kurz in voriger Nummer berichtet ist, in der Nähe unseres Ortes gemacht. Der Hergang ist folgender: Die beiden Strolche kamen auf der Chaussee von Rotenburg am Chausseearbeiter J. Bruns – welchem eigentlich die Festnahme derselben zu verdanken ist – vorbei und fragten nach der Wirtschaft in Mulmshorn. Bruns, der zufällig von den letzten Einbrüchen in Hassendorf gehört hatte, kamen die beiden Landstreicher verdächtig vor, sodass er dieselben unwillkürlich beobachtete. Dieselben gingen in die Bellmersche Wirtschaft, tranken hier Schnaps, nahmen ebenfalls Schnaps in der Flasche mit und gaben in der Wirtschaft an, dass sie nach Zeven wandern wollten. Die Vagabunden wanderten aber nicht nach Zeven, sondern in entgegengesetzter Richtung wider nach Rotenburg zu und wider an dem J. Bruns vorbei, welcher ihnen noch zurief, ob sie schon wieder zurückkämen. Als die beiden Strolche eine Strecke von Bruns entfernt waren, hörte derselbe einen Schuss fallen und gleich darauf noch zwei Schüsse. Dieses Schießen stärkte den Verdacht des B. noch mehr und derselbe beobachtete, dass die Wegelagerer die Richtung nach Heesedorf einschlugen bis an den Schafstall, wo er sie nicht weiter mit den Augen verflogen konnte. Da kommt dem B. der Gedanke, dass sich die sauberen Patrone vielleicht in dem Schafstall häuslich niedergelassen hätten, und begab sich gleich nach Mittag zum Gemeindevorsteher und erzählt demselben vom dem letzten Einbruch beim Lehrer Sondermann in Hassendorf sowie von den Beobachtungen die er soeben gemacht hatte. Rasch entschlossen begaben sich dann beide auf den Weg, um nachzusehen, ob die Spur im Schnee wirklich nach dem Schafstall führte und ob die Gauner in dem Schafstall steckten. Auf dem Wege dorthin trafen die beiden noch mehrere Bewohner Mulmshorns u. a. C. Intermann und H. Intermann und man beriet sich, was zu machen sei. Es wurde ein Schlitten genommen, in welchem H. Intemann, Chausseearbeiter Bruns und der Gemeindevorsteher Platz nahmen, und nun fuhren dieselben nach dem Schafstall und ruhig daran vorbei, um keinen Verdacht zu erregen. Hier stiegen der Gemeindevorsteher und B. aus, als sie bemerkten, dass die Spur im Schnee nur bis zum Schafstall führte und die beiden sauberen Patrone noch unbedingt darinsitzen mussten, um dieselben zu beobachten, während Intermann wieder schnell dem Dorfe zufuhr, um noch Leute zu holen. Fast ganz Mulmshorn war auf den Beinen; ausgerüstet mit Gewehren, Knüppel etc. Hofbesitzer H. Bahrenburg in dem nahen Clünder, welcher von dem Vorfall durch den Landbriefträger benachrichtigt wurde, kam hoch zu Ross angesprengt und noch rechtzeitig genug, um sich an der Festnahme der beiden Strolche zu beteiligen. Nun ging es nach dem Schafstall; Hofbesitzer C. Intermann, mit einer Jagdflinte bewaffnet, ging als Erster hinein, während die übrigen Leute, mit kräftigen Knüppeln bewaffnet sofort folgten. Die beiden Vagabunden hatten sich recht ruhig zum Schlafen hingelegt, nichts ahnend vom ihrem bevorstehenden Schicksal. Bei der Festnahme meinte der Größere der beiden Strolche zu den Mulmshornern: »Sie schienen eine nette Schwefelbande zu sein, wenn sie (die Strolche) nur etwas geahnt hätten, würden sie den Mulmshornern etwas anderen gezeigt haben.« Cordes und Bahrenburg banden die beiden Kerle und der Gemeindevorsteher nahm eine Untersuchung vor und fand folgende Sachen: 2 mit 5 Patronen geladene Revolver, einen Dolch, welchen die beiden Patrone neben sich liegen hatten, mehrere Messer, ein

Stemmeisen, einen Kasten voll silberner Löffel und sonstiger Sachen. Nun wurden die beiden je auf einen Schlitten geladen und unter starker Bedeckung nach Rotenburg gebracht. Beim Abfahren rief der Größere der beiden Hallunken den Bewohnern Mulmshorns noch zu: »Wir sprechen uns noch mal wieder; wir kommen wieder los.« Unterwegs haben die beiden Gauner dem Gemeindevorsteher gegenüber eingeräumt, dass sie den Einbruch beim Lehrer Sondermann in Hassendorf ausgeführt hätten. Man nimmt allgemein hier an, dass dieselben auch die Einbrüche in Fischerhude, Lilienthal und den ersten Einbruch in Hassendorf vor einigen Wochen sowie den Mord in Ahausen verübt haben.

Als er dieses Ende las, sprang er auf und stieß dabei den Holzstuhl nach hinten um. Mit einem lauten Knall schlug dieser auf dem Boden auf.

»Allgemein nimmt man an!«, schimpfte er erregt und warf die Zeitung auf den Küchentisch, die den Kaffeebecher traf und umwarf. Ein Teil der braunen Flüssigkeit wurde von der Zeitung aufgesogen, der Rest mäanderte über das Wachstuch und tropfte hinunter in die Ritzen zwischen den Holzdielen. Doch er ignorierte das Malheur. »Wer nimmt hier an, dass diese Strolche den Mord in Ahausen verübt haben?« Wie konnte der Verfasser des Berichts so eine Aussage in die Welt setzen, erboste sich von Hugo fassungslos.

War es wirklich möglich, dass man ihn nicht von dieser Angelegenheit unterrichtet hatte, nur weil er einige Tage abwesend war? »Da hat man einmal ein paar freie Tage und schon läuft alles aus dem Ruder!«, rief er, während er sich zügig seine Dienstkleidung überwarf und überstürzt das Haus verließ. Urlaub hin oder her, dieser Sache musste er sofort auf den Grund gehen.

»Runter von meinem Stuhl!«, schnauzte von Hugo seinen Gehilfen Lütjenjohan unfreundlich an, als er, für diesen völlig unerwartet, die Dienststube betrat. Erschrocken sprang der Polizeigehilfe, der sich für einen Augenblick am Schreibtisch seines Chefs einer Träumerei hingegeben hatte, auf. »Verzeihung, äh, ich dachte … Ich habe nur … Habt Ihr … Haben Sie Ihren Urlaub abgebrochen?«, stammelte er.

»Wenn Sie Ihre Arbeit gemacht und die Zeitung gelesen hätten, dann wüssten Sie, warum ich hier bin!«, schimpfte von Hugo. Selbst seine Vermieterin schien aufmerksamer zu sein. Manchmal war sein Gehilfe ein echter Nichtsnutz.

»Holen Sie mir sofort die Akte im Mordfall der Witwe Siebe aus dem Archiv und legen Sie sie auf meinen Schreibtisch. Sie wissen ja wohl noch, welcher der meinige ist, oder? Und dann benötige ich Informationen zu der Verhaftung in Mulmshorn vor einigen Tagen. Gibt es dazu schon eine Akte?«

Sein Assistent wies schweigend auf einen neuen Aktendeckel. Darauf lag ein Brief mit der Aufschrift »eilt« und einem Absender in Leitmeritz. Nervös legte von Hugo das Schreiben beiseite, ohne weiter darauf einzugehen.

Der Mord an der Witwe Siebe lag nun drei Jahre zurück. Hatte ihm die Zeitung jetzt womöglich den entscheidenden Hinweis geliefert? Am 15. Februar, dem Jahrestag des Verbrechens, holte Kriminalinspektor von Hugo die Akte für gewöhnlich aus dem Archiv. Dies tat er mit allen Fällen, deren Aufklärung ihm noch nicht geglückt war.

Insgesamt gab es nur vier unaufgeklärte Verbrechen in seinem Zuständigkeitsbereich. Kleinere Delikte bearbeiten für gewöhnlich die dörflichen Polizeiwachen. Davon erhielt er lediglich eine schriftliche Auflistung der angezeigten Straftaten.

Seine Aufklärungsrate war, verglichen mit der anderer Polizeiämter, überdurchschnittlich gut. Lediglich ein schwerer Raubüberfall, ein Einbruch mit Körperverletzung und ein ungeklärter Todesfall warteten noch auf ihre Aufklärung.

Am meisten bedrückte ihn jedoch der Mord an der Witwe Siebe, da hier alle Spuren immer wieder im Sande verlaufen waren. Obwohl er bis zum Äußersten gegangen war und seinen Hauptverdächtigen mit der exhumierten Leiche konfrontierte hatte, hatte dieser kein Geständnis abgelegt.

Und auch der andere ungeklärte Todesfall aus dem Sommer des gleichen Jahres, der in einem Graben zwischen Ahausen und Hellwege aufgefundene unbekannte Hausierer, hatte ihn nicht weitergebracht. Der Abgleich der Spuren hatte ergeben, dass dieser Mensch nichts mit dem Tode der Witwe Siebe zu tun hatte. Als unbekannter Toter lag er nun in einem Armengrab am Rand des Ahauser Friedhofs.

Der Staatsanwalt hatte die Ermittlungsarbeit am Tag der Exhumierung beendet und festgelegt, dass diese nur wieder aufgenommen werden durfte, wenn neue Beweise vorlagen. Seitdem war der Gendarm damit beauftragt, ein Auge auf Delventhal zu werfen. Natürlich geschah dies inoffiziell. Von Hugo hoffte immer noch, dass der Bauer sich in einer schwachen Stunde oder nach reichlichem Alkoholkonsum durch eine unbedachte Äußerung selbst verriet. Doch bislang hatte es keinerlei weiterführende Hinweise in dieser Sache gegeben.

Vielleicht aber wendete sich das Blatt nun durch diesen Zufall. Kriminalinspektor von Hugo studierte den noch spärlichen Inhalt der neuen Akte. Bislang waren die beiden Gauner aus Mulmshorn noch nicht sachkundig vernommen worden. Klar war bisher nur, dass sie sich schon eine ganze Weile zwischen Bremen und Hamburg herumgetrieben hatten, wo sie zunächst ihre Opfer ausspähten, um sie dann durch Diebstahl oder Trickbetrug zu schädigen. Von Hugo inspizierte die Liste mit den Beutestücken. Die Sachen waren sicherlich für einen schnellen Weiterverkauf gestohlen worden, da sie beim Reisen zu schwer und eigentlich unnütz waren. Ein Messer und ein Stemmeisen machten Sinn, alles Weitere war Ballast. Er ging davon aus, dass die beiden Gauner die Sachen für einen festen Abnehmer stahlen. Die mitgeführten Kurzwaffen, zwei ungepflegte Flobertpistolen mit schlankem Lauf und gekrümmten Handgriff, die sich gut in einer Jackentasche verbergen ließen, bestärkten ihn in seinen Vermutungen: Das waren professionelle Gauner, denen alles zuzutrauen war. Vielleicht rückten die beiden mit dem Namen ihres Hehlers heraus, wenn er ihnen eine mildere Strafe in Aussicht stellte. Doch noch wichtiger als die Frage nach dem Abnehmer der Beute war ihm ihre mögliche Täterschaft im Mordfall der Witwe Siebe. War es reine Spekulation des Reporters oder kamen sie wirklich als Täter für den Mord in Ahausen infrage? Dies galt es vorrangig zu klären.

»Bringen Sie die Gefangenen zum Verhör herüber!«, befahl von Hugo. »Und unterziehen Sie sie zuvor dem üblichen Prozedere.« Vielleicht hatten sie Glück und einer der Gauner versuchte, seinen Kopf aus der Schlinge zu ziehen, indem er alles gestand oder dem anderen die Schuld zuwies.

Der Polizeigehilfe nahm die Fingerabdrücke und versuchte, die Personalien festzustellen. Das angegebene Alter passte augenscheinlich und die genannten Namen klangen sehr gewöhnlich. Dann befahl er beiden, sich bis auf die Unterhose zu entkleiden. Als er die Körper betrachtete, zuckte Lütjenjohan zurück. Ihre Rücken waren überzogen mit roten Striemen, die vernarbt waren und wohl von einer Peitsche stammten.

Fast spürte er die Schmerzen, die den Beiden zugefügt worden waren. Aber für ihn war es womöglich von Vorteil. Denn Züchtigung galt vieler Orten noch als ein legales und probates Mittel, den Willen der Person zu brechen und eine Aussage zu erzwingen. Es war also durchaus möglich, dass die beiden Strolche bereits mit der Polizei in Konflikt geraten und in der Verbrecherkartei erfasst waren.

Dies stritten die beiden auf Nachfrage allerdings energisch ab. Später verweigerten sie weitere Auskünfte. Doch Lütjenjohan folgte seinem Gespür. Aus dem Augenwinkel hatte er bemerkt, wie die zwei Halunken verschwörerische Blicke austauschten, wenn sie sich unbeobachtet fühlten. Auch führten sie keinerlei Ausweispapiere mit sich, was unter Strafe stand. Sie verschleierten ihre Identität, so gut es ging. Als Wiederholungstäter müssten sie schließlich mit einer wesentlich härteren Bestrafung rechnen. Doch er würde ihnen auf die Schliche kommen. Das wäre doch gelacht, wenn zwei so heruntergekommene Gestalten ihn an der Nase herumführen könnten.

Nachdem er sie erkennungsdienstlich erfasst hatte, ließ er sie in einen Warteraum verlegen und wies den Wachmann an, dass die Gefangen nicht miteinander sprechen durften. Akribisch kontrollierte er dann die Karteikarten, verglich die Fotografien mit dem Aussehen der Gefangenen und prüfte die körperlichen Besonderheiten. Es gab nur sehr wenige Verbrecher, die solch schlimme Narben auf dem Rücken hatten. Lütjenjohan benötigte genau vierzig Minuten, bis er die Namen der zwei Männer herausgefunden hatte.

»Gelobt sei der Kaiser!«, entfuhr es ihm. Dann machte er sich auf den Weg in die Amtsstube, wo das Verhör bereits stattfand.

Es spielte keine Rolle, welchen der Strauchdiebe von Hugo zuerst vernahm und so überließ er es dem Zufall. Der Wachmann wählte den schmutzigeren Kerl aus, der besonders heruntergekommen zu sein schien. Vereinzelte Strohhalme des Bettlagers aus der Arrestzelle hatten sich in seinem krausen Haar verfangen, außerdem stank er erbärmlich. Seine Schuhsohlen lösten sich an den Außenkanten vom Oberleder ab und gaben den Blick frei auf löchrige graue Socken. Daraus hervor lugten verfärbte Zehen, die offenbar irgendwann Erfrierungen erlitten hatten. Kurzum: Sein Allgemeinzustand war erbärmlich.

»Zieh die Schuhe aus und leg sie mit der Unterseite nach oben auf den Boden!«, befahl von Hugo dem verdutzten Gefangenen verächtlich, der der Aufforderung sofort nachkam. Nun wurde das gesamte Ausmaß der Zerstörung am Fuß des Gefangenen sichtbar, die Zehen waren schwarz-blau verfärbt.

»Ist noch Gefühl in den Zehen?«, erkundigte sich der Kriminalinspektor, der befürchtete, dass der Gefangenenarzt eine Amputation vornehmen musste.

»Ja, was denn sonst«, entgegnete der Gefangene entsetzt und versuchte, wie zum Beweis, mit den Zehen zu wackeln.

»Das wird sich nachher der Arzt ansehen!«, kündigte von Hugo an und verglich nun das Sohlenprofil mit dem Gipsabdruck aus Ahausen. Es gab keinerlei Übereinstimmung, was ihn nach der langen Zeit nicht wirklich verwunderte. Er warf ihm die Schuhe vor die Füße. »Anziehen!«, raunzte er.

Mit gesenktem Kopf hing der Gefangene auf dem kleinen Stuhl im Verhörzimmer. Sämtliche Körperspannung schien aus der Kreatur gewichen zu sein. Kriminalinspektor von Hugo fixierte die jämmerliche Gestalt und erwartete wenig Widerstand.

»Seit wann treibt ihr euch in dieser Gegend herum?«

»Seit wann? Noch nicht lange. Wir sind nur rein zufällig hierhergekommen, da wir uns nicht gut auskennen«, log der Befragte, wobei er einen ekelerregenden Mundgeruch verströmte. »Wir haben auch gar nichts angestellt, nur in dem Schafstall eine Rast eingelegt. Und dann haben uns die Männer im Schlaf überwältigt und festgesetzt. «

Verärgert trommelte von Hugo mit seinem Federhalter auf der Schreibtischplatte einen gleichmäßigen Rhythmus. Der Kerl besaß die Frechheit, seine Zeit zu vergeuden und ihn für dumm zu verkaufen. »Bleib bei der Wahrheit! Sonst lasse ich mir für jede Lüge eine Unannehmlichkeit einfallen«, droht er unmissverständlich. »Ich wiederhole meine Frage: Seit wann treibt ihr euer unehrliches Geschäft in diesem Landstrich?«

»Nicht so voreilig! Die waren in der Überzahl und haben uns bedroht. Überhaupt, ich will eine Anzeige erstatten gegen die Männer«, behauptete sein Gegenüber. Er schien zunehmend Gefallen an seiner absurden Idee zu finden. In diesem Moment stürmte Lütjenjohan in die Vernehmung. Kriminalinspektor von Hugo missbilligte so ein respektloses Verhalten aufs Schärfste und fuhr seinen Polizeigehilfen unfreundlich an. »Können Sie nicht anklopfen? Was platzen Sie hier mitten in das Verhör? Wenn Sie keinen außerordentlich wichtigen Grund habt, dann gnade Ihnen Gott!«

»Es ist mir gelungen, die beiden in unserer Verbrecherkartei ausfindig zu machen. Sie haben versucht, uns zu täuschen, aber ich bin ihnen auf die Schliche gekommen«, meldete Lütjenjohan seinem Vorgesetzten voller Stolz. Das launische Temperament von Hugos prallte nach all den Jahren meist völlig an ihm ab. Mit erhobenem Haupt überreichte er seinen Beweis. »Zwei sorgfältig erstellte Karteikarten, die sowohl Fotos, eine genaue körperliche Beschreibung als auch Fingerabdrücke beinhalteten.«

»Das sind in der Tat keine unbeschriebenen Blätter«, stimmte von Hugo seinem Polizeigehilfen zu, während er die Unterlagen prüfte. Dann verfinsterte sich sein Gesicht jedoch. »Verdammt!«, entfuhr ihm ein Fluch. Mit dem rechten Zeigefinger machte er Lütjenjohan auf einen Eintrag am Ende der Karteikarte aufmerksam. »Prüfen Sie diesen Eintrag!«

Lütjenjohan griff nach der Karte. Der Eintrag, auf den von Hugo gedeutet hatte, besagte, dass die beiden von Dezember 1894 bis April 1895 eine Gefängnisstrafe in Hamburg-Fuhlsbüttel abgesessen hatten. Wenn es damit seine Richtigkeit hatte, konnten sie den Mord an der Witwe Siebe nicht begangen haben. »Dann kriegen wir sie nur wegen der Diebstähle und des Waffenbesitzes dran«, murmelte von Hugo enttäuscht. Lütjenjohan nickte und entfernte sich auf sein Zeichen hin.

Übellaunig wandte von Hugo sich wieder dem Gefangenen zu. Bis sein Gehilfe mehr herausgefunden hatte, würde er keine weiteren Vernehmungen führen. Die beiden konnten ruhig noch etwas schmoren. Außerdem ordnete er eine gründliche Entlausung sowie eine ärztliche Untersuchung der Gefangenen an. Vielleicht musste der eine oder andere Zeh ja amputiert werden, bevor der Fuß durch Folgeinfektionen ganz verloren ging. Der Wachmann nickte verdrossen und erklärte, gegen seine innere Überzeugung im Gefangenenhaus das Notwendige zu veranlassen. Sollten sich die Läuse doch von ihrem Wirt nähren. Schmarotzer waren sie, die Läuse und die Halunken. Täglich hatte er das Pack vor Augen und sein Mitleid bekamen sie nicht geschenkt. Seiner Meinung nach hatten sie lediglich ordentliche Hiebe verdient und keinen Arzt, dessen Entlohnung zu Lasten der ordentlichen Bürger ging und sein eigenes mageres Salär um einiges überschritt.

Von Hugo saß an seinem Schreibtisch und sinnierte. Solange er nicht mehr wusste, waren ihm die Hände gebunden, was ihn maßlos ärgerte. Er sortierte einige Papiere, wobei ihm der Brief wieder in die Hand kam, der ungeöffnet auf der Mappe gelegen hatte.

Unwirsch nahm Kriminalinspektor von Hugo den Brieföffner in die Hand, stieß die Klinge in den Umschlag und schlitzte ihn auf.

Das oberste Schreiben kam aus Böhmen, wunderte sich von Hugo, der keinerlei Kontakte in die kleine Stadt Leitmeritz am Ostufer der Elbe unterhielt. Es handelt sich um eine kurze, aber eindringliche Mitteilung.

Hoch geehrter Herr Kollege,
in einer Angelegenheit von gemeinem Mord bittet die Staatsanwaltschaft Leitmeritz um kollegiale Amtshilfe.
Durch einen gottgewollten Zufall und die Aufmerksamkeit eines braven Bürgers aus unserem schönen Städtchen Leitmeritz, haben wir Kenntnisse über ein kapitales Verbrechen, begangen an einer wehrlosen, älteren Frau, erhalten.
Der Fall soll sich im Winter 1895 in dem Dorf Ahausen in der Nähe der Stadt Rotenburg an der Wümme zugetragen haben. Die Hinweise gestalten sich derart genau, dass wir kaum Zweifel an ihrer Richtigkeit hegen. Aufgrund dieser Aussage möchte ich als zuständiger Staatsanwalt von Leitmeritz baldmöglichst den gerichtlichen Prozess gegen die Verdächtigen vor dem hoheitlichen österreichischem Landgericht eröffnen.
Wir bitten nun dringlich um Bestätigung der Tatvorwürfe und die Übermittlung der dazugehörigen Polizeiakten. Dienlich wären auch Zeugen, die die Verdächtigen zu identifizieren vermögen.

Damit es zu einem ordentlichen Prozess kommen kann, bitten wir vorab um eine schnelle postalische Mitteilung, wie es sich in diesem Falle verhält.
Mit kollegialen Grüßen
Leitmeritz, den 16. Februar 1898
Staatsanwalt Czekowski

Fassungslos starrte von Hugo auf das Schreiben des Staatsanwaltes und las es erneut. Kein Zweifel, es bestand die Möglichkeit, dass es sich hierbei um den Mord an der Witwe Siebe handelte. Ihm war jedenfalls kein weiteres Verbrechen dieser Art in dem genannten Zeitraum hier in Rotenburg bekannt. Ein Wechselbad der Gefühle durchfuhr ihn. Hatte er soeben seine Hoffnungen begraben müssen, dass das frisch inhaftierte Gaunerpärchen für den Mord in Ahausen infrage kam, sorgte dieser Brief für eine völlig unerwartete Wendung. Sein Nacken kribbelte und eine starke Erregung ergriff ihn.

Eilig griff er nach seinem Füllfederhalter und schrieb eine Depesche an die Staatsanwaltschaft in Leitmeritz. Darin informierte er über die Tat an der Witwe Siebe im Februar 1895 und kündigte sein Kommen an, um die Akten persönlich auszuhändigen. Da Lütjenjohan noch nicht zurückgekehrt war, eilte er selbst zum Postamt, welches sich nur wenige Gehminuten entfernt von der Polizeistation befand, um die Depesche in Telegrammform nach Leitmeritz zu übermitteln. Ein Brief nach Böhmen brauchte in der Regel drei bis vier Tage. Das erschien ihm zu langsam, zumal er beabsichtigte, sich trotz seines Urlaubes so schnell wie möglich auf den Weg nach Leitmeritz an der Elbe zu machen.

Reise nach Leitmeritz

Frühjahr 1898

Schnaufend, eine lange Rauchfahne hinter sich herziehend, fuhr die Lok in den Rotenburger Bahnhof ein. Dieser lag fünf Gehminuten vom Amtsgebäude am Pferdemarkt entfernt und befand sich am Rande der Stadtgrenze. Das metallische Quietschen der Bremsvorrichtung schmerzte in den Ohren des Kriminalinspektors, der mit Mantel und Hut am Bahnsteig stand. In der linken Hand hielt er eine lederne Reisetasche, mit der rechten umklammerte er fest seine Aktentasche, in der sich die Ermittlungsakten des Falles Siebe befanden. Akribisch hatte er den Ordner noch einmal durchgesehen, um sicher zu sein, dass der Inhalt vollständig war.

Von Hugo hatte es sich nicht nehmen lassen, sich aufgrund der neuesten Informationen aus Leitmeritz höchstpersönlich auf den Weg zu machen. Es war immer noch sein Fall, auch wenn die Ermittlungen nun schon eine Weile ruhten. Und dieser unaufgeklärte Fall stand seinem sehnlichsten Wunsch, einer Versetzung nach Berlin, im Wege. Also hoffte er, dass sich der lange Weg lohnen würde. Auf dem belebten Bahnhof kaufte er noch etwas Reiseproviant. Mit dem Zug fuhr von Hugo zunächst nach Hamburg und von dort nach Berlin. Hier hatte er eine halben Tag Aufenthalt, bevor er den Nachtzug von Berlin nach Prag nehmen konnte.

»Wie herrlich, diese Atmosphäre, die Stadtluft wenigstens für einige Stunden genießen zu dürfen«, erfreute sich von Hugo bei seinem Rundgang durch die Berliner Straßen. Er tauchte in die bunte Menschenmasse ein und ließ sich von dem lebhaften Verkehr mitreißen. Er musterte die feinen Damen, die herausgeputzt mit vorwitzigen Hüten auf den frisch frisierten Haaren den Ku'damm entlangschlenderten, häufig in Begleitung aufmerksamer Herren in schwarzen Anzügen. Von ihrer Eleganz und Anmut, von ihrem Benehmen ganz zu schweigen, konnten die Rotenburger Bürger sich eine gehörige Scheibe abschneiden, dachte der Kriminalinspektor boshaft und beäugte seine eigene Staffage in einer großen Schaufensterscheibe kritisch. Er befand sie als angemessen und modern, er hatte schon immer über einen exquisiten Geschmack verfügt. Es gab keinen Grund, sich provinziell zu fühlen.

Später gönnte er sich ein Kännchen Kaffee in einem Café, bevor er zum Bahnhof zurückschlenderte. Hier wartete auf Gleis 3 bereits der Nachtzug nach Prag.

Über Dresden gelangte er nach Leitmeritz, wo er bereits von einem Bediensteten der Staatsanwaltschaft am Bahnhof erwartet wurde. Und obwohl er darauf brannte, mehr zu erfahren, war er doch froh, dass man ihn zunächst in eine kleine Pension brachte, wo er Zeit hatte, sich in dem frisch bezogenen und nach Lavendelseife duftenden Bett etwas von der Reise zu erholen. Die Zugfahrt war doch sehr beschwerlich gewesen und er hatte kaum ein Auge zugemacht.

Am Nachmittag fühlt er sich ausgeruht und erfrischt. Wie vereinbart, klopfte es um Punkt 16 Uhr an der Zimmertür. Der Staatsanwalt hatte von Hugo erneut ein Pferdefuhrwerk gesandt. Leitmeritz lag am Ufer der Elbe und war um einiges größer und beeindruckender als Rotenburg. Viele Straßen wurden von prächtigen Häusern gesäumt. Lebendiges Treiben herrschte überall und man spürte, dass hier viel Handel getrieben wurde. Dazu herrschte ein reger Bootsverkehr auf der Elbe, die sich breit und mächtig durch die hügelige Landschaft schlängelte. Das Klima war lieblicher und trockener als zu Hause und von Hugo genoss die wärmende Sonne.

Zehn Minuten später betrat Kriminalinspektor von Hugo das schmucke Amtsgebäude der Staatsanwaltschaft.

Der Staatsanwalt war ein hochgewachsener dunkelhaariger Mann Anfang fünfzig, der eine natürliche Autorität ausstrahlte. Er wirkte freundlich und offen, als er von Hugo in seinem Amtszimmer empfing. Sie setzten sich an einen großen runden Tisch, dessen Tischbeine in Form von Löwenpranken gearbeitet waren. Der Hausherr bot von Hugo eine wohlduftende Zigarre und einen Weinbrand an. Genüsslich zündete von Hugo die daumendicke Zigarre an und nahm einen kräftigen Zug.

»Wunderbar«, dachte er, und ließ den Rauch langsam als Kringel im Amtszimmer aufsteigen. »So ein gutes Kraut habe ich lange nicht mehr geraucht. Alleine dafür lohnt sich so eine weite Reise.«

Sie stießen sachte mit den Weinbrandschwenkern an, der Alkohol ran mild seine Kehle hinunter und wärmte ihm den Leib. Die Männer tauschten einige allgemeine Höflichkeiten aus, bevor sie auf berufliche Angelegenheiten zu sprechen kamen: Die Polizeiarbeit im Allgemeinen und im Besonderen, ihre Unterschiede, Gemeinsamkeiten und Grenzen. Dabei konnten sie große Übereinstimmungen in ihren Einschätzungen feststellten.

Kurzentschlossen bot der Staatsanwalt dem Kriminalinspektor an, eine kleine Führung durch die Räumlichkeiten zu machen. Auch die benachbarten Amtsstuben und Verhörzimmer der örtlichen Polizei wurden von Hugo gezeigt. Offenbar gab es hier eine große Offenheit gegenüber modernen Ermittlungstechniken, erfreute sich von Hugo an seinen Eindrücken. Stolz stellte er fest, dass seine Art zu ermitteln den hier gezeigten technischen Möglichkeiten in keiner Weise nachstand. Dennoch war er froh, als sie endlich auch auf den

Fall der Witwe Siebe zu sprechen kamen. Immerhin wartete er bereits seit drei Jahren auf eine neue Spur.

»Gestatten Sie mir, Ihnen alles in Kurzform darzulegen, was bei uns geschehen ist«, begann von Hugo, zog den Ordner zu dem Fall aus seiner Aktentasche und legte ihn selbstbewusst vor sich auf den runden Tisch. »Ich denke, wir werden schnell feststellen, ob die Hinweise, die Sie erhalten haben, auf diesen Fall anzuwenden sind.« Mit unübersehbarem Stolz entnahm er die Fotografien vom Tatort und breitete sie vor dem Staatsanwalt aus. Dieser nickte beeindruckt.

»Das sind sehr gute Fotografien, Herr Kollege!«, lobte er die vorgelegten Beweismittel, während er die Bilder interessiert betrachtete. Hocherfreut über den Zuspruch begann von Hugo die wichtigsten Fakten des Falles darzulegen. Er verschwieg nicht, wie energisch er versucht hatte, dem Bauern Delventhal die Tat nachzuweisen. Auch die anderen Hinweise und Spuren, die alle ergebnislos verlaufen waren, überging er nicht. »Bis zu Ihrem Schreiben hatten wir keinen weiteren Ansatz zur Lösung des Falls in Händen, daher ruhen die Ermittlungen nun schon eine ganze Weile«, schloss von Hugo seinen Bericht erwartungsvoll ab.

Während des Vortrages hatte der Staatswalt mehrfach gedankenversunken genickt. Je mehr er von dem Mordfall erfuhr, desto überzeugter war er davon, dass seine Polizeikräfte richtig gehandelt hatten. Immerhin hielten sie die zwei verdächtigen Männer schon seit vielen Tagen im Arrest fest, ohne eine konkrete Bestätigung der Vorwürfe vorweisen zu können. Entsprechend konnten sie die Männer nicht anklagen.

»Sie können sich sicherlich vorstellen, mit welchen Repressalien ich zu rechnen habe, wenn sich am Ende alles als Irrtum herausstellte und die Männer wirklich unschuldig wären und ich sie dennoch so lange in Untersuchungshaft sitzen ließ. Es gibt hier einige ehrgeizige Kollegen, die nur darauf warten, meiner Karriere zu schaden.«

In der Tat konnte sich von Hugo ein lebhaftes Bild davon machen. So groß waren die Unterschiede in den Hierarchien hier und zu Hause wohl nicht.

»Darf ich Sie bitten, mir die Ereignisse genau zu schildern, aufgrund derer Sie die beiden Männer für verdächtig halten, an einem Mord beteiligt zu sein, der sich zwei Tagesreisen von hier entfernt ereignet hat?«, fragte von Hugo, wobei er versuchte, nicht allzu aufgeregt zu klingen.

»Selbstverständlich!« Der Staatsanwalt griff nun seinerseits nach einer Akte und schlug den Aktendeckel auf. Seine Augen überflogen die mit Schreibmaschine getippten Papierbögen. Endlich offenbarte er seine Erkenntnisse, die zu der Kontaktaufnahme mit der Rotenburger Polizei geführt hatten: »Zwei abgerissene Landstreicher hatten vor den Toren unserer Stadt, in der Schenke ›Zum Aal‹, Quartier genommen. Aufgrund ihrer desolaten finanziellen Ausstattung und ihrer erbärmlichen Erscheinung bot ihnen der ehrliche Wirt aus purer Freundlichkeit den Heuboden über den Viehstallungen für die Nacht an. Zur Nachtruhe kontrollierte der gewissenhafte Mann noch einmal die Ställe, bevor er das Haus verschließen wollte. Trotz der fortgeschrittenen Stunde vernahm er vom Heuboden jedoch eine laut klagende Stimme.

Neugierig geworden und um nach dem Rechten zuschauen, bestieg der Wirt leise die Leiter, die dort hinaufführt. Oben angelangt fand er jedoch nur die beiden schlafenden Landstreicher im Heu vor. Der eine Bursche sprach, offensichtlich von einem schrecklichen Traum geplagt, laut und deutlich im Schlaf, während der andere volltrunken schnarchte. Dem armen Gastwirt wurde angst und bange, als er den Inhalt der Worte verstand, die einer Beichte gleichkamen. Offensichtlich hatte das elende Gaunerpärchen ein kapitales Verbrechen begangen, das dem jüngeren der beiden Männer so auf dem Gewissen lastete, dass er im Schlaf von bösen Träumen diesbezüglich heimgesucht wurde und davon erzählte. Schließlich, als der wackere Wirt glaubte, genug gehört zu haben, entfernte er sich vorsichtig wieder. Flinken Fußes unterrichtet der aufrichtige Mann die Polizei. Diese nahm die beiden fremden Landstreicher noch in derselben Nacht in Haft und sperrten sie gemeinsam in eine Arrestzelle des städtischen Zuchthauses in Leitmeritz. Bei der anschließenden Vernehmung stritt der Ältere alles als blanken Unsinn ab und gab an, niemals an einem Verbrechen beteiligt gewesen zu sein. Das gelte auch für seinen einfältigen Begleiter, der in seinem nutzlosen Schädel haltlosen Fantasien Raum böte, die er dann nachts zum Besten gebe.

Der Besitzer des angeblich so nutzlosen Schädels blickte während des Verhöres pausenlos zu Boden und sprach kein einziges Wort. Stattdessen steckte er sich die linke Faust zwischen die Zähne und biss aus Leibeskräften darauf. Offenbar sollte kein Wort über seine Lippen kommen. Viele tiefe Narben auf dem Handrücken zeugten davon, dass er nicht zum ersten Mal mit den Zähnen seine Hand malträtierte. Eine brauchbare Aussage kam bei dem gesamten Verhör nicht zustande. In den folgenden Tagen wurden die Verhöre verstärkt fortgesetzt. Doch der Rädelsführer blieb fest dabei, dass sein Kollege lediglich von einem bedeutungslosen Albtraum heimgesucht worden war. Die Blicke, die er dem Elenden dabei zuwarf, ließen uns um dessen Leben fürchten. Endlich verlangte dieser Kerl sogar, aus dem Arrest entlassen zu werden, da man ihnen nichts beweisen könne.

In der Tat war dies eine Schwierigkeit, denn in der näheren Umgebung war kein Verbrechen bekannt, auf das das nächtliche Geständnis passte. Doch der verantwortliche Polizeimeister, ein erfahrener Mann, den zu täuschen schon viele Verbrecher vergeblich versucht hatten, vertraute auf sein Gefühl. Daher bat er mich um kollegiale Unterstützung in der Frage, wie wir dem geleugneten Verbrechen auf die Spuren kommen könnten. Also nahm ich mich der Sache an.«

Hier machte der Staatsanwalt eine kurze Pause, um von Hugo und sich noch einen Schluck des feinen Weinbrands einzuschenken. Nachdem er genüsslich einen Schluck genommen hatte, fuhr er mit seinen Ausführungen fort.

»Der andere sprach in der gesamten Zeit kein Sterbenswörtchen. Lediglich die Frage nach seinem Namen beantwortete er mit einem unfreundlichen ›Idiot‹, wobei sich später herausstellte, dass es nicht beleidigend gemeint war, sondern sein Begleiter ihn tatsächlich so nannte. Da es sich offensichtlich so verhielt, dass er in Anwesenheit seines Anführers, der seinen Namen nach einigen Widerständen zunächst als Vigor angab, niemals eine Äußerung machen würde, trennten wir die Verdächtigen durch einen listigen Schachzug. Wir gaben in ihr Nachtmahl ein starkes Schlafmittel, welches bald Wirkung zeigte. Als sie schliefen, brachten zwei Polizeibeamte den jungen Burschen aus der gemeinsamen Zelle und trugen ihn in eine andere Arrestzelle ein Stockwerk darüber. Beiden teilten wir am nächsten Tag mit, dass der jeweils andere ihn des Mordes bezichtigt hatte und aufgrund dieser Zusammenarbeit mit der Obrigkeit mit Haftverschonung rechnen konnte und in wenigen Stunden aus dem Gefängnis entlassen werden würde. Die Finte gelang, der Anführer fing sogleich an zu toben und das Mobiliar in der Arrestzelle zu zertrümmern. Dem ›Idioten‹, dessen Namen wir nach wie vor nicht ermitteln konnten, drohte er die heftigsten Schläge an, wenn er wieder in die Zelle zurückkehre oder er ihn jemals in die

Hände bekäme. Dieser brutale Wutausbruch ließ erahnen, welcher Willkür sein Begleiter ausgesetzt gewesen war. Der einfältige Bursche hingegen sprach kein Wort, sondern biss sich in seiner Zelle weiterhin aus Leibeskräften auf die Hand, bis Blut floss. Oftmals schlug er sich dazu auf den Hinterkopf, ein Verhalten, dass ich nie zuvor bei einem Gefangenen gesehen habe. Inzwischen hatten wir zwar eine rege Vorstellung davon, zu was der brutale ›Vigor‹ fähig war, doch wir hatten weiterhin keine Beweise. Wir mussten uns eine weitere Maßnahme einfallen lassen, da wir ansonsten keine Handhabe für eine weitere Inhaftierung gehabt hätte.

Auch mit dem neuen Zellengenossen, einem Polizisten, der als angeblicher Verbrecher mit in die Arrestzelle gesperrt wurde, sprach der ›Idiot‹ kein Wort. Er begegnete ihm mit einem tiefen Misstrauen und schwieg eisern weiter. Erst in einer der folgenden Nächte plauderte die gepeinigte Kreatur im Schlaf und schilderte in vielen grauenvollen Einzelheiten den Mord an der uns unbekannten Person. ›Karras, Karras, was machst du?‹, rief er in der Nacht viele Male angstvoll, dabei wälzte sich der Verdächtige auf der harten Holzpritsche hin und her. Somit hatten wir schon einmal den richtigen Namen: Karras, nicht Vigor. Doch das half uns zunächst nicht weiter. Erst, als der Junge im Schlaf endlich auch den Ort des Geschehens nannte, konnten wir handeln. Ein Dorf namens Ahausen, von dem wir noch niemals zuvor gehört hatten. Leider ergaben unsere Nachforschungen, dass es einige Orte mit diesem Namen gab, sodass wir nur einen kleinen Schritt weiter waren.

Obwohl wir den Schlafredner am nächsten Morgen mit den Aussagen der Nacht konfrontierten, dauerte es immer noch ganze zwei Tage, bis der einfältig wirkende Mann seinen ganzen Mut zusammennahm und sich uns anvertraute. Dabei schlug sich die bemitleidenswerte Gestalt bei jedem Wort kräftig auf den Hinterkopf, bis wir ihm die Hände an den Leib banden. Auch rang er uns das Versprechen ab, dass er mit seinem Kollegen nie wieder die Zelle teilen müsse.

Er gestand, bei dem Mord an einer älteren Frau im Dörfchen Ahausen in der Nähe von Rotenburg an der Wümme zugegen gewesen zu sein. Nun endlich hatten wir einen Ansatz für weitere Nachforschungen. Schnell fanden wir heraus, dass es diesen Ort in der Tat gibt und so erhielten wir sein Geständnis für glaubwürdig.«

»Ja, und ich habe gleich nach Eingang des Briefes gespürt, dass an dieser außergewöhnlichen Geschichte etwas dran sein musste. Die Gerechtigkeit ist keine Frage der Entfernung, sondern der Moral. Und diese gilt hier wie dort. Selbst ein Verbrecher kann sich ihr nicht gänzlich entziehen, auch wenn er dies von sich behauptet und am Ende glaubt. Dieser feige Mord verlangte geradezu nach Vergeltung. Doch erzählen Sie mir bitte die ganze Geschichte, alle bekannten Fakten und Details. Ich habe so lange vergebens nach dem Täter gesucht, dass ich es kaum erwarten kann, die Einzelheiten der Tat zu erfahren.«

Der Staatsanwalt lächelte sein Gegenüber verständnisvoll an. Ein Fall musste ordentlich zu Ende gebracht werden, damit man ihn wieder aus dem Gedächtnis heraus bekam und nicht gefangen blieb in dem Gefühl, versagt zu haben. Also erstattete er bereitwillig weiter Bericht.

»Nachdem der einfältige Kerl seine Angst überwunden hatte, sprudelte es nur so aus ihm heraus wie aus einer bodenlosen Quelle und er schilderte die Ereignisse ausführlich aus seiner Sicht.«

Kriminalinspektor von Hugo spürte, dass er endlich den Schlüssel zur Lösung des Falles in Händen hielt, befürchtete aber gleichzeitig, dass die Beweislage nur auf der Aussage des einfältigen ›Idioten‹ beruhte. Was, wenn der andere alles abstritt?

»Wenn ich Sie unterbrechen darf: Hat sich denn auch der andere Schurke zu den Vorkommnissen geäußert?«, fragte von Hugo gespannt nach.

Der Staatsanwalt blätterte in der Akte und zog dann ein gesondertes Papier heraus. Es standen nur wenige Zeilen darauf, die er wörtlich vorlas: »›Die mir zur Last gelegte Tat kann ich nicht begangen haben, da ich mich noch niemals in einem Ort namens Ahausen aufgehalten habe. Auch war ich zum angegebenen Zeitpunkt, der Zeit des Mordes, alleine unterwegs und habe erst später die Bekanntschaft meines Kollegen gemacht.‹ Das ist alles, was der Mann dazu zu sagen hatte.«

»Also steht hier Aussage gegen Aussage!«, folgerte von Hugo. Das war nicht, worauf er gehofft hatte. Die Beweise allein reichten hier ganz offensichtlich nicht aus.

»So ist es in der Tat und es wird nicht einfach sein, die ganze Wahrheit herauszufinden«, erwiderte der Staatsanwalt bedauernd.

»Was denken Sie? Ist das Geständnis das Fantasieprodukt eines einfältigen Geists? Oder kann es sein, dass der Träumer selbst der Mörder ist?«

»Nein, das glaube ich beides nicht. Der Mann ist ohne Frage geistig zurückgeblieben, ich kann mir nicht vorstellen, dass er sich solch detailreiche Gräuel erdenken könnte, wenn er sie nicht erlebt hat. Und er wirkt, anders als sein Begleiter, nicht gewalttätig.«

Die beiden Ermittler diskutierten den Sachverhalt eine ganze Weile. Wie konnten sie die ganze Wahrheit ans Licht bringen? Bei der momentanen Lage der Dinge würde wahrscheinlich nur der Schlafredner verurteilt werden, da er konkrete Hinweise zu dem Mord gegeben hatte. Seine Täterschaft stand außer Frage. Allerdings waren sich die beiden Ermittler darin einig, dass unter Berücksichtigung der Charakterzüge eher der andere dem brutalen Verbrechertypus entsprach. Doch das half ihnen ohne Beweise nicht weiter.

Endlich schlug der Staatsanwalt vor, dass Kriminalinspektor von Hugo am kommenden Tag die Gefangenen einmal selbst verhören solle. Von Hugo willigte erfreut ein, da er mit so einer Möglichkeit gar nicht gerechnet hatte.

»Ich danke Ihnen sehr und weiß Ihr Vertrauen sehr zu schätzen. Es geschieht nicht oft, dass eine solche Verfahrensweise befürwortet wird.«

Offenbar hatte sich von Hugo in seinem Gegenüber nicht getäuscht. Der Mann war souverän und integer. Die Klärung des Falles hatte für ihn Priorität, für Eitelkeiten und persönliche Empfindlichkeiten war da kein Platz. So wurden die Verhöre für neun Uhr am folgenden Vormittag festgesetzt. Der Staatsanwalt stellte seine Räumlichkeiten zur Verfügung, bestand allerdings darauf, ebenfalls anwesend zu sein.

Am nächsten Morgen brachte man zunächst den vermeintlichen Anführer in das Verhörzimmer. Er behauptete jedoch weiterhin, niemals auch nur in der Nähe des Tatortes gewesen zu sein. Im Gegenteil, er gab sogar an, dass er niemals mit »diesem Idioten« durch die Lande gezogen wäre, wenn er von dem Mord Kenntnis gehabt hätte. Eine glatte Lüge, dessen war von Hugo sicher.

Um ihn aus der Reserve zu locken, reizte von Hugo sein Gegenüber einige Male mit haltlosen Anschuldigungen. Es dauerte tatsächlich nicht lange, da sprang der andere auf und versuchte, einen Kinnhaken am Kopf des Kriminalinspektors zu landen, wobei er laut schrie: »Leg dich nicht mit Vigor dem Starken an!« Leider ließ er sich darüber hinaus nicht zu unbedachten Bemerkungen hinreißen. Also rief von Hugo die Wache herbei und ließ ihn wieder in das Zuchthaus überführen.

Von der Befragung des Geständigen erhoffte sich von Hugo wenig, da der Staatsanwalt ihn schon vorgewarnt hatte, dass dieser kaum freiwillig sprach. Und tatsächlich stellte sich das Verhör als eine zähe Angelegenheit heraus, die sehr viel Geduld erforderte. Immer wieder verfiel der junge Mann in die Angewohnheit, sich selbst in den Handrücken zu beißen und sich auf den Hinterkopf zu schlagen. Nur beruhigende und einfühlsame Worte brachten ihn dazu, damit aufzuhören. Kriminalinspektor von Hugo hatte während seiner Tätigkeit bei der Polizei schon viele armselige Kreaturen verhört, aber dieser junge Mann rührte sein Herz. Auch wenn er bei dem Verbrechen anwesend gewesen war, was er ja bereits gestanden hatte, so gehörte er mit Sicherheit nicht zu den Personen, die aus eigenem Antrieb die Hand gegenüber anderen Menschen erhoben. Er wollte das Verhör schon beenden, da fiel ihm noch eine Frage ein: »Wieso wart ihr denn eigentlich auf genau dieser Hofstelle?«

»Wegen der frischen Wurst. Karras hat gesagt, dass keiner merkt, wenn wir da noch mal was von nehmen.«

Und in diesem Moment fiel es von Hugo wie Schuppen von den Augen. Der Staatsanwalt hatte den Namen ebenfalls erwähnt, doch erst jetzt ahnte von Hugo die Bedeutung. »Karras heißt dein Begleiter, der sich nun Vigor nennt?«, fragte er aufgeregt.

Der junge Mann schaute mit großen Augen zum Staatsanwalt, der die Veränderung an von Hugo auch wahrgenommen hatte und in seinem Stuhl nach vorne gerutscht war.

»Antworte ihm!«, befahl er knapp.

»Ja, Karras«, gab der Mann gehorsam bekannt.

»Und ihr wart auf Wurstwaren aus? Woher wusstet ihr, dass ihr die auf diesem Hof bekommt?«

»Weil wir doch beim Schlachten geholfen hatten«, sagte der Verhörte, als sei dies absolut selbstverständlich. »Und beim ersten Mal war es ganz leicht. Hat keiner gemerkt, dass wir was mitgenommen haben. Und die Stiefel waren so schön warm. Meine Schuhe waren ganz kaputt. Karras hat gesagt, dass das eh niemand merkt.«

»Ihr habt Stiefel mitgenommen?« Von Hugos Stimme überschlug sich fast.

Der junge Mann machte große Augen und nickte nur.

Mit einer schnellen Geste rief von Hugo die Wache herbei und ließ den Gefangenen abführen.

Der Staatsanwalt sah ihn erstaunt an. Als sie alleine waren, platze es aus ihm heraus: »Sie haben einen Durchbruch erzielt?«

Von Hugo nickte zufrieden. »Ich weiß jetzt, was geschehen ist – und ich weiß, wie wir es ihnen nachweisen können. Und zwar allen beiden!«

Mit wenigen Worten erklärte von Hugo dem Staatsanwalt seinen Plan, woraufhin dieser unverzüglich eine Depesche verfasste, die er noch am selben Tag von Leitmeritz nach Rotenburg sandte. Darin bestellte er die Bauern Müller und Clüver aus Ahausen als Zeugen zum Gericht nach Leitmeritz ein. Die Fahrtkosten würden gegen Vorlage eines Beleges erstattet, fügte er noch als letzten Satz hinzu, bevor er sich höchstpersönlich zur Telegrafenstation begab. Nun hieß es abwarten, bis die Zeugen eintrafen.

Der Prozess

Leitmeritz, Sommer 1898

Der Gerichtssaal füllte sich an diesem Morgen schnell und der Gerichtsdiener musste energische eingreifen, um einen Tumult zu verhindern. Zahlreiche Menschen hofften, einen der begehrten Zuschauerplätze zu ergattern. Der aufsehenerregende Fall und die Kooperation über die Landesgrenzen hinweg waren in der Presse ausgiebig beschrieben worden. Das Übrige taten die Gerüchte, die wie ein übel riechender Luftzug durch die Gassen der Stadt zogen. Wer Wind davon bekam, nahm Witterung auf und beteiligte sich nur allzu gerne an den wildesten Spekulationen. Doch so köstlich der Tratsch auch war, man wollte doch Gewissheit erlangen und diese erhielt man am besten aus erster Hand. Heute begann das Gerichtsverfahren im Mordfall der Witwe Siebe, das der zuständige Richter nach Rücksprache mit dem Staatsanwalt und Kriminalinspektor von Hugo eröffnet hatte.

Das Gerichtsgebäude war ein großes, stattliches Haus mit einer pompösen Eingangshalle. Hier teilte sich die Treppe in zwei halbrunde Aufgänge, die zu den Gerichtssälen im ersten Stock führten. Kriminalinspektor von Hugo, der Gastwirt aus der Schenke »Zum Aal« sowie die Bauern Müller und Clüver, die nach einer anstrengenden Anreise endlich eingetroffen waren, hielten sich in einem Warteraum für Zeugen bereit. Dieser lag seitlich des Gerichtssaales in der Nähe der Treppe. Das Stimmengewirr drang durch die verschlossene Zimmertür zu ihnen.

Das große Interesse führte dazu, dass das Publikum durch die Flure drängte und sich dicht an dicht auf die Zuschauerbänke im Saal zwängte. Wer keinen Platz bekam, wurde abgewiesen und musste das Gericht wieder verlassen. Schließlich sicherten die Gerichtsdiener die Eingangstüren und ließen niemanden mehr passieren.

Der Richter, ein erfahrener Jurist Anfang sechzig, plante seine Prozesse mit Akribie und Routine. Streng sorgte er sofort für Ruhe. In seiner schwarzen Robe wirkte er wie ein Kolkrabe, der klug und faustisch sein Umfeld erfasste.

Die beiden Angeklagten begegneten sich heute nach langer Zeit zum ersten Mal wieder. Unter den strengen Augen des Gesetzes nahmen sie auf einer harten Holzbank Platz, die Hände und Füße in Eisen gelegt. Zwei Wachbeamte achteten zusätzlich darauf, dass sie nicht dennoch aneinandergerieten. Während der eine mit hängenden Schultern den Blick zum Boden richtete und sich auf den Handrücken biss, saß der andere selbstsicher daneben.

Es musste ihn große Überwindung kosten, mutmaßte der Staatsanwalt, seinem einfältigen Kumpan nicht sofort an die Gurgel zu gehen. Immerhin hatte er sie – wenn auch unabsichtlich und im Schlaf – verraten und in seiner Einfachheit auch das Täuschungsmanöver durch die Polizei nicht durchschaut. Seine Aussage war es, die diesen Prozess erst möglich gemacht hatte. Doch augenscheinlich vertraute Karras immer noch darauf, dass am Ende Aussage gegen Aussage stehen würde. Selbstbewusst genoss er die Tatsache, dass schon seine Präsenz seinen ehemaligen Kompagnon vor Schreck erstarren ließ.

»Im Zweifel für den Angeklagten«, waren Karras' letzte Worte an den Staatsanwalt gewesen, als dieser ihm beim Verhör mitgeteilt hatte, dass nun ein Gerichtsverfahren wegen Mordes auch gegen ihn eröffnet wurde.

Gegenüber, an der Fensterseite des Gerichtssaales, nahmen der Staatsanwalt und der Gerichtsschreiber Platz. Zunächst erteilte der Richter dem Staatsanwalt das Wort. Dieser verlas die Anklage und kündigte Zeugen an, auf deren Aussagen seine Vorwürfe beruhten. Wer diese Zeugen waren, verriet er, nach Absprache mit dem vorsitzenden Richter, jedoch nicht. Es galt, das Überraschungsmoment zu nutzen, ansonsten bestand die Gefahr, dass der Angeklagte wirklich ungeschoren aus der Sache herauskam.

Bedächtig erhob sich der Staatsanwalt und berichtete anhand der Ermittlungsakte aus Rotenburg mit klarer Stimme konzentriert von dem Mord an der Witwe Siebe im Februar 1895 in Ahausen.

»Können Sie uns etwas genauer sagen, wo sich dieses Ahausen befindet?«, unterbrach der Richter den Vortrag, um sich eine Vorstellung von den geografischen Entfernungen zu machen.

»Selbstverständlich, Euer Gnaden. Das von mir genannte Dorf befindet sich zwei Tagesreisen von hier entfernt im Preußischen. Genauer gesagt in der Nähe der Stadt Bremen, die Ihnen sicherlich ein Begriff ist.«

Der Richter nickte und forderte den Staatsanwalt auf fortzufahren. Dieser berichtete, was der Gastwirt der Schenke »Zum Aal« vor einigen Wochen gehört hatte. Und er betonte, dass sich die Polizei in dieser Sache offenbar sehr umsichtig verhalten hatte. Der Richter ließ den Gastwirt als Zeugen rufen und dieser erzählte in allen Einzelheiten von dem Aufenthalt der beiden Angeklagten auf seinem Heuboden.

»Sie waren in einem erbärmlichen Zustand und erregten mein Mitgefühl, daher erlaubte ich ihnen, in meiner Scheune zu nächtigen. Hätte ich geahnt, wen ich mir da auf den Hof hole, wäre es nicht dazu gekommen«, erklärte der Wirt bestimmt.

»Und Sie sind sicher, dass Sie alles richtig verstanden haben?«, forschte der Richter nach.

»Ja, durchaus! Immerhin habe ich einige Minuten auf der Leiter verbracht und war keine zehn Meter von den beiden Schlafenden entfernt. Außerdem wiederholte der Schlafredner einige Male die gleichen Sätze. Er warf sich auf seinem Lager hin und her, bäumte sich auf und blickte schließlich mit leerem Blick in meine Richtung, sodass ich zunächst glaubte, er habe mich gesehen. In meiner Aufregung bin ich die letzten vier Sprossen von der Leiter heruntergesprungen und habe mir dabei sogar den Knöchel gestaucht. Trotzdem eilte ich, so schnell es mir eben möglich war, zur nächsten Polizeiwache. Obwohl mein Anliegen ungewöhnlich war, schenkte man mir glauben. Vielen Bürgern bin ich von Person bekannt und habe mir noch niemals etwas zu Schulden kommen lassen, so erkläre ich mir das Vertrauen, das mir geschenkt wurde.«

In vielen Details ergänzte der Staatsanwalt die Aussage des Wirtes, sodass ein umfassendes Bild des Geschehens entstand. Auch deutete er an, dass seiner Meinung Karras der eigentliche Drahtzieher und in diesem Fall auch der Mörder gewesen war.

»Das ist unwahr und nicht bewiesen!«, brüllte dieser erzürnt dazwischen und unterbrach den Redefluss des Staatsanwaltes. Ansonsten lauschte Karras den weiteren Ausführungen des Staatsanwaltes anscheinend emotionslos. Dabei schüttelte er immer wieder demonstrativ den Kopf.

»Sie bestreiten also weiterhin, in der Mordnacht in Ahausen gewesen zu sein, obwohl dort eindeutig Spuren von mehreren Personen gesichert wurden?«, befragte der Richter Karras.

»Jawohl! Es muss jemand anderes dabei gewesen sein. Die Aussage des …«, er schluckte den »Idioten« herunter und atmete kurz heftig durch, »… meines Begleiters ist erstunken und erlogen. In seinen Träumen hat er dann einfach viele Eindrücke vermischt und mich zu seinem angeblichen Mitwisser gemacht, obwohl ich zu dieser Zeit gar nicht mit ihm unterwegs war, geschweige denn in diesem Ahausen.«

Der Kerl log immer dreister, ärgerte sich der Staatsanwalt.

»Nun«, unterbrach er Karras, »das lässt sich leicht feststellen! Ich bitte darum, den Zeugen Müller in den Gerichtssaal zu holen.«

Als dieser den Saal betrat, zeigte sich für einen Augenblick Entsetzen in Karras' Mimik. Der üble Kerl hatte den Bauern offenbar sofort wiedererkannt.

Nachdem dieser die Fragen zu seiner Person beantwortet hatte, wandte er sich den beiden Angeklagten zu. Sie wirkten ausgezehrt und heruntergekommen, dennoch erkannte er sie sofort wieder.

»Die beiden sind als Schlachtgehilfen auf meinem Hof gewesen«, beteuerte der Bauer Müller. »Das war im Februar 1895, einige Tage bevor sie auch bei Delventhal Beschäftigung fanden. Ich selbst hatte sie weiterempfohlen, da Delventhal auf der Suche nach Hilfskräften war und die beiden bei mir einen vernünftigen Eindruck hinterlassen hatten. Ich konnte doch nicht ahnen, dass alles ein so schlimmes Ende nehmen würde.«

»Er irrt sich! Nach so langer Zeit trügt ihn seine Erinnerung sicher! Auch hier steht doch Aussage gegen Aussage!« Karras' Stimme hatte den selbstsicheren Klang jedoch eingebüßt. Und er sank gänzlich in sich zusammen, als die Aussage von Bauer Müller durch die des Bauern Clüver bestätigt wurde, der die beiden Angeklagten ebenfalls sofort und mit absoluter Sicherheit wiedererkannte.

Als Clüver seine Aussage beendet hatte, sprang Karras plötzlich auf und stürzte sich mit seinen Hand- und Fußfesseln auf seinen Kumpanen.

»Du Idiot, du bringst uns an den Galgen mit deiner Dummheit!«, schrie er aus Leibeskräften und versuchte, den anderen zu schlagen. Doch die anwesenden Polizeigehilfen sprangen sofort herbei und verhinderten Schlimmeres. Sie nahmen Karras in den Würgegriff, bis er sich beruhigt hatte.

Zusammengekauert kniete der zweite Angeklagte am Fußboden. Blut lief über seinen Handrücken. In seiner Angst hatte er wieder fest hineingebissen. Panik lag in seinen Augen, während er zu Karras aufblickte. Starke Hände mit festem Griff zogen ihn wieder auf die Anklagebank hinauf. Dann legte jemand ein sauberes Verbandtuch auf die Bisswunde. Auch im Publikum herrschte nach dieser Attacke chaotische Aufregung.

Der Richter musste mehrfach energisch zur Ruhe aufrufen, ehe die Verhandlung fortgesetzt werden konnte.

»Sind Sie nun zu einer Aussage bereit? Sie sind sehr wohl im Februar 1895 in Ahausen gewesen«, hielt der Richter streng fest und ließ seinen scharfen Blick auf dem Angeklagten ruhen. »Gestehen Sie endlich und helfen Sie mit, dieses Verbrechen aufzuklären. Je aufrichtiger Sie aussagen, umso milder wird die Strafe ausfallen.«

Karras saß ganz still da. Seine Lage erschien ihm das erste Mal in seinem Leben wirklich aussichtslos zu sein.

»Ich …« Hilfesuchend ließ er seinen Blick über das Publikum schweifen – und stutzte.

Eine junge, rothaarige Frau saß leicht verdeckt in der letzten Reihe. Ihre Haltung war angespannt und ihr Gesicht verbarg sie hinter einem Stofftaschentuch, das sie sich unter die Nase hielt. Sie saß so weit entfernt, dass er sie nicht genau erkennen konnte, doch sie erinnerte ihn an Flora, an die gemeinsame Zeit, in der er glücklicher und zufriedener gewesen war als jemals zuvor in seinem Leben. Man hatte ihm erlaubt, sein altes Leben abzustreifen und in ein neues zu schlüpfen. Wie sehr hatte er die Anerkennung genossen, wenn er seine Sache gut gemacht hatte.

Und dann hatten sie ihn einfach verlassen. Anfangs hatte er darüber eine solche Wut verspürt, dass er den Idioten immer wieder schlug, bis dieser wimmernd im Dreck lag. Einzig dem Eingreifen beherzter Passanten verdankte er es, dass er in seiner Raserei keinen weiteren Totschlag begangen hatte. Immerhin hatte er seine neue Identität behalten und sich hin und wieder an Kämpfen beteiligt.

Vermutlich hatten sie ihn verlassen, nachdem der Idiot im Schlaf von dem Mord erzählt und irgendjemand, vermutlich Anita, zugehört hatte. Immer hatte er in Angst gelebt. Damit musste es vorbei sein, wenn er je wieder eine Aussicht auf ein Leben mit einer Gelegenheit wie bei Carl Faustus haben wollte. Wenn er nur ins Gefängnis kam, könnte er sich danach einer neuen Gruppe anschließen, ein neues Leben beginnen. Wohin sollte er sich sonst wenden?

Noch einmal suchte er mit raschem Blick die Frau mit den rötlichen Haaren. Sie saß weiterhin ruhig und aufmerksam in der letzten Zuschauerreihe.

Mit feuchten Augen wandte er den Blick ab und nickte dann dem Richter zu. »Ich werde meine Aussage machen und zu meiner Schuld stehen.«

Und so berichtete Karras, was sich nach der Aussage des nach wie vor namenlosen »Idioten« bereits abgezeichnet hatte: Die Gegebenheiten auf der Hofstelle Delventhal waren ihnen bekannt gewesen, da sie dort als Schlachtgehilfen tätig gewesen waren. Für ihre Mitarbeit waren sie entlohnt worden, dennoch hatten sie warme Kleidung und ein paar alte Stiefel des Bauern entwendet, da ihre eigene Ausstattung in einem jämmerlichen Zustand gewesen war.

Dieser Diebstahl hatte sich fast schon zufällig ergeben und war letztendlich ein Kinderspiel gewesen. Die beiden Hausbewohner hatten alle Hände voll zu tun gehabt, sodass sie von dem Diebstahl nichts bemerkt hatten. In den folgenden Tagen hatten sich die beiden Männer in Nachbarorten aufgehalten, aber keine weitere Arbeit bekommen.

Ob die Idee, dass sie zurückkehren könnten, bereits durch ihre Köpfe gegeistert war und sie an Ahausen herangeführt hatte, konnte Karras im Nachhinein nicht mehr sagen, die Entscheidung hatte er bewusst erst getroffen, als sie nahe des Ortes auf einen heruntergekommen und deutlich angetrunkenen Kerl getroffen waren, der damit geprahlt hatte, von einigen Weibsbildern durch Drohungen reichlich Geld erpresst zu haben, das er sofort in Schnaps umgesetzt hatte. Und wenn der letzte Schluck getrunken sei, so hatte er verkündet, würde er erneut dort vorstellig werden.

Bei diesem Bericht wurde von Hugo ganz aufgeregt. Er würde später um ein erneutes Verhör bitten müssen, um mehr über diese Begegnung zu erfahren. Doch so wie sich die Fakten darstellten, war der Kriminalinspektor sehr sicher, dass soeben auch ein weiterer Fall ein Ende gefunden hatte und er auch die Akte zu der Leiche im Graben endlich würde schließen können.

So angestachelt, hatte Karras sich dazu entschieden, sein Glück auch noch einmal auf dem Delventhalschen Hof zu versuchen. Doch dann war alles aus dem Ruder gelaufen.

Sie waren auf der Diele von der Witwe Siebe überrascht worden, die sofort ein Mordsspektakel veranstaltet und den Hund auf sie gehetzt hatte. Über sein weiteres Handeln hatte Karras nicht nachgedacht, sondern instinktiv gehandelt, um sich selbst zu schützen. Er hatte den Hund mit einem der noch herumliegenden Messer erstochen und anschließend die Witwe, die versucht hatte zu fliehen, mit einem Eisenriegel zum Verstummen gebracht. Um ihre Spuren zu verwischen, hatten die beiden Männer die tote Frau in den Hühnerverschlag gezogen, damit sie nicht sofort entdeckt werden würde.

Danach hatten sie eilig die Kammern nach Wertsachen durchsucht, aber nur etwas warme Kleidung und ein Taschenmesser gefunden. Eilig hatten sie sich die Taschen mit frischen Fleischwaren vollgestopft und danach das Haus verlassen. Es war ihr Glück gewesen, dass immer noch ein starkes Schneegestöber geherrscht hatte, denn als sie aus der Haustüre getreten waren, hatten sie den Hausherren bemerkt, der mit hochgeschlagenem Kragen von der Straße just das Hofgelände betreten hatte. Im letzten Moment hatten sie sich hinter dem Holzlager verborgen und Delventhal beobachtet, wie er die dunkle Diele betrat und kurze Zeit später im Eiltempo wieder herausrannte. Ihnen war sofort klar gewesen, dass ihnen nicht viel Zeit blieb, um zu entkommen.

Auf ihrer überstürzten Flucht aus Ahausen hatten sie dann tatsächlich den Trunkenbold entdeckt, der im Graben gelegen und, laut Karras Aussage, nicht mehr geatmet hatte. Kurzentschlossen hatten sie ihm die Jacke abgenommen und dabei auch noch einen größeren Geldbetrag gefunden, den sie ebenfalls bedenkenlos eingesteckt hatten.

In einem Gewaltmarsch von vielen Stunden hatten sie sich in dieser Nacht vom Tatort entfernt und schließlich Unterschlupf in einer kleinen, abseits gelegenen Jagdhütte gefunden, die sie zuvor mit einigen Kumpanen geteilt hatten, die zu jener Zeit jedoch in Fuhlsbüttel eingesessen hatten.

Wieder horchte von Hugo auf. Er würde Lütjenjohan bitten, ihm die Akten der beiden in Mulmshorn festgesetzten Gauner zu übersenden. Er konnte kaum glauben, wie oft er anscheinend bereits in die Nähe der Lösung gekommen war, ohne diese greifen zu können. Vielleicht würde Karras die beiden identifizieren und mehr von ihren Verbrechen berichten.

In besagter Hütte hatten er und der »Idiot« sich jedenfalls eine längere Zeit versteckt und von ihrem Diebesgut gezerrt, ehe sie sich in die Ferne aufgemacht hatten.

Die Heimkehr

Sommer 1898

Nach ihrer Aussage vor Gericht reisten die Zeugen Müller und Clüver wieder nach Ahausen zurück. Ihre Rückkehr war mit Spannung erwartet worden, war doch das Interesse am Mord an der Witwe Siebe im Dorf ungebrochen.

In der Schankstube erzählten sie von ihrer weiten Reise nach Böhmen und wie sie als Zeugen die Falschaussagen des Mörders wiederlegt hatten.

»Ohne uns wäre der Mord an der Witwe Siebe nicht gesühnt worden!«, erklärten Bauer Clüver stolz. »Wobei wir noch nicht wissen, wie das Urteil lautet.«

»Wir haben verdammtes Glück gehabt, dass wir an besagtem Abend den Mördern nicht noch in die Arme gelaufen sind und selbst Schaden genommen haben«, ergänzte Bauer Müller, der einen Hang zum Dramatischen hatte, und fuhr fort: »Da hat der Kriminalinspektor sich gründlich geirrt. Ich glaube, er war wirklich fest von der Schuld vom Delventhal überzeugt.«

»Hol doch mal einer den Delventhal dazu, damit wir gemeinsam mit ihm anstoßen können, jetzt, wo er doch unschuldig ist! Der hockt doch meistens alleine auf seiner Hofstelle«, äußerte einer der anderen Gäste.

»Unschuldig war er die ganze Zeit!«, widersprach der Wirt bedächtig. »Wir haben ihm nur nicht vertraut und das behält für immer einen bitteren Beigeschmack. Er muss sich ganz elend mit uns gefühlt haben. Kein Wunder, dass er nur selten auf ein Bier vorbeischaut.«

Betretene Stille setzte ein. Schweigend tranken die Männer ihre Gläser leer. Dann verließ einer nach dem anderen still die Schankstube. Von der euphorischen Stimmung war nichts geblieben und auch Clüver und Müller prahlten nicht mehr mit ihrer Bedeutung für die Lösung des Verbrechens.

Wie leicht konnte jeder von ihnen in eine solch unglückliche Situation geraten, überlegte der Wirt, und schloss die Tür hinter ihnen ab.

Das Urteil

Leitmeritz, Sommer 1898

Der Prozess dauerte zwei Tage, bis der Richter zu einem Urteil kam. Die Todesstrafe kam nicht zur Anwendung, da sie kurz zuvor, sehr zu seinem Bedauern, abgeschafft worden war. Karras erhielt 29 Jahre schweren Kerker, sein einfältiger Begleiter wurde zu 12 Jahren Kerker verurteilt. In seiner Aussage hatte Karras eingeräumt, dass er der Verantwortliche für den Mord war, und seinen Kumpanen entlastet.

Dieser habe ihn zwar nicht an der Tat gehindert und sei illegal mit in das Wohnhaus eingedrungen, habe aber nur auf seinen Befehl hin gehandelt und unter der Tat lange gelitten, erklärte Karras dem Richter. Häufig sei er von Albträumen heimgesucht worden, in denen er im Schlaf von der Tat sprach. Dies sei auch der Grund, warum er diesen Einfallspinsel überhaupt weiterhin an seiner Seite geduldet habe. Von Anfang an habe er befürchtet, dass er in einem unaufmerksamen Moment ihr Geheimnis ausplaudern würde.

Diese aufrichtige Aussage honorierte der Richter, indem er das Strafmaß für Karras um zwei Jahre verkürzte. Trotzdem würde dieser erst als alter Mann den Kerker verlassen.

»Eine brillante Idee, die Sie da in Ihr Schlussplädoyer einfließen lassen haben«, erfreute sich von Hugo am Tag nach dem Richterspruch, während er mit dem Staatsanwalt in dessen Amtsstube einen abschließenden Weinbrand genoss.

»Ja, es kann nicht schaden, wenn man von Amtswegen an seine Schandtaten erinnert wird. Eine ordentliche Tracht Prügel am Tage der Tat wird die beiden Gauner jährlich daran erinnern, was sie angerichtet haben!«, begründete der Staatsanwalt sein Ansinnen und lächelte verschmitzt.

»So sollte Zusammenarbeit immer funktionieren, über alle Grenzen hinweg, kooperativ und vertrauensvoll«, befand von Hugo beim Abschied.

»Ja, Kommissar Zufall darf man nicht verachten, er bringt durchaus positive Impulse in so eine verfahrene Sache«, resümierte der Staatsanwalt.

Zufrieden mit dem Prozessverlauf und dem gefällten Urteil kehrte der Kriminalinspektor am folgenden Tage nach Rotenburg zurück. Nachdem er die notwendigen Formalitäten abgeschlossen hatte und die Akte nun endlich zu den erledigten Fällen gehörte, führte ihn sein erster Dienstweg auf den Delventhalschen Hof. Es lag in seiner Verantwortung, befand der Kriminalinspektor, den Hausherren persönlich über den Prozess zu informieren. Zwar verspürte von Hugo kein Bedürfnis, sich für die drastischen Ermittlungsmethoden zu entschuldigen, aber er gestand dem Bauern das Recht zu, genau über den Tathergang informiert zu werden. Im Laufe dieses Gespräches konnte er dann leicht die eine oder andere Rechtfertigung für sein Handeln einflechten.

Bauer Delventhal saß auf seiner Diele am Feuer, als von Hugo in das Halbdunkel eintrat. Außer dem Knistern des Feuers vernahm von Hugo keine Geräusche. Die Tierbuchten waren leer, lediglich zwei Hofkatzen strichen die Diele entlang. Der Hausherr schnitzte mit einem zierlichen, aber sehr scharfen Messer an einem kleinen Pfeifenkopf herum. Ständig drehte und wendete er das klobige Holzstückchen in seinen groben Händen. Schnitt hier und da einige dünne Späne ab.

Erstaunen spielgelte sich auf Delventhals Gesicht, als er den unerwarteten Besuch wahrnahm.

»Was wollt Ihr hier? Versucht Ihr, mir erneut das Leben schwer zu machen?« Resignation und Bitterkeit schwangen in der noch immer kräftigen Stimme mit. Offenbar hatte sich die Kunde von dem Gerichtsprozess noch nicht zu ihm herumgesprochen.

»Es ist zu Ende, die Mörder der Witwe Siebe sind gefasst und bereits verurteilt. Nichts anderes wollte ich Ihnen mitteilen. Und es ist mir ein ehrliches Bedürfnis, dies persönlich zu tun.«

Ein kehliges Geräusch kam aus Delventhals Richtung, von Hugo war jedoch nicht sicher, ob es ein Lachen gewesen war.

»Verzeihung?«, sagte er etwas verunsichert.

»Dann klärt mich mal auf, warum es so lange gedauert hat, bis man die wahren Täter dingfest machen konnte und warum Ihr immer wieder meine Unschuld infrage gestellt habt«, forderte der Bauer. Bei diesen Worten zeigte er mit einer deutlichen Geste auf einen Stuhl am Küchentisch.

Von Hugo nahm ihm gegenüber Platz. Dann legte Delventhal sein Schnitzzeug aus den Händen und holte eine Flasche selbstgebrannten Holunderschnaps herbei. Er stellte sie mit einem deutlichen »Klong« in die Mitte des Tisches, anschließend griff er nach zwei angestaubten Gläsern auf dem Küchenbord. Flüchtig wischte er einmal mit einem Handtuch darüber, dann schenkte er sie ohne Nachfrage bis zum Rand voll.

»Ich brauche erstmal einen Schluck!«, äußerte er und stürzte den Schnaps in einem Zuge herunter. Wenn auch mit einem ausgeprägten innerem Widerstand, tat von Hugo es ihm gleich. Soviel Buße war akzeptabel, befand er.

»Die Täter sind Ihn…«, von Hugo zögerte. »Sie sind Euch wohl bekannt. Es handelt sich um die beiden Burschen, die Euch kurz vor dem Mord beim Schlachten zur Hand gingen. Sie kehrten noch einmal auf Euren Hof zurück, in der Annahme, dass Ihr abwesend sein würdet und somit die Witwe alleine das Haus hütete. Außerdem hatten sie eine genaue Vorstellung von den örtlichen Begebenheiten. Ihr Plan war es, Lebensmittel und wärmende Kleidung zu stehlen, bevor sie das Weite suchten.«

»Die beiden hatten doch ihr Geld und zusätzlich noch einiges von den Wurstwaren erhalten. Sie konnten mir nicht vorwerfen, sie um den Lohn betrogen zu haben. Warum kehrten sie ausgerechnet auf meinen Hof zurück? Könnt Ihr mir das erklären?«, erkundigte sich Delventhal erschrocken.

»Wie gesagt, es bestand der Eindruck, dass man hier leichtes Spiel hatte, da nur ein ältliches Frauenzimmer den Hof hütete«, erklärte von Hugo. »Am Tatabend seid Ihr ihnen übrigens fast in die Arme gelaufen. Im letzten Moment versteckten sie sich hinter dem Holzlager. Nachdem Ihr das Haus misstrauisch wieder in Richtung Schenke verlassen habt, machten sich die beiden ebenfalls auf und davon. Ihr Ziel war eine gut verborgene Hütte im Wald, die sie bereits des Öfteren als Versteck genutzt hatten.«

»Trotzdem erklärt das nicht, warum nirgendwo eine Spur von ihnen zu finden war. Immerhin wurde doch gezielt auch nach ihnen gesucht, oder? Und selbst das beste Versteck muss man ab und an verlassen, um sich mit den notwendigen Dingen zu versorgen.« Unverständnis sprach aus Delventhals Stimme.

»Durch einen Zufall fanden die beiden bei einer kleinen Gruppe von Schaustellern Unterschlupf und zogen mit ihnen als Artisten durch die Lande. Dabei veränderten sie nicht nur ihr Aussehen, sondern legten sich auch Künstlernamen zu. Einige Male haben sie sich im wahrsten Sinne des Wortes vor unseren Augen versteckt, wenn sie mit ihrer Gruppe auftraten. Mit dieser Truppe reisten sie zunächst bis nach Böhmen, wo sie von den Schaustellern jedoch zurückgelassen und zuletzt von ihrer verbrecherischen Vergangenheit endgültig eingeholt wurden«, beendete von Hugo seine Berichterstattung.

Delventhal saß schweigend am Küchentisch und starrte in die Flammen. So lange hatte er darauf gehofft, dass der Mord an der Witwe Siebe endlich aufgeklärt werden würde, zuerst Wochen, dann Monate und Jahre. Schlussendlich hatte er akzeptieren müssen, dass der Fall nicht gelöst werden konnte und man ihn immer weiter verdächtigte. Doch sein Leben hatte sich dramatisch verändert. Die Arbeit mit dem Holzhandel und den Tieren konnte er nicht alleine bewerkstelligen, allerdings fand er keine neue Haushälterin und auch keinen Helfer für diese Arbeiten. Also hatte er seinen gesamten Tierbestand veräußert. Die Kontakte innerhalb der Dorfgemeinschaft waren auf die geschäftlich notwendigen beschränkt, die Kartenrunde, mit der er auch in der Mordnacht zusammengesessen hatte, mied er. Er hatte sich stattdessen immer öfter in Verden aufgehalten und dort neue Kontakte geknüpft.

Und nun, da er endlich den Entschluss gefasst hatte, nicht länger in Ahausen zu verweilen, sondern seinen gesamten Besitz zu veräußern und sich in Verden zu verehelichen, waren die wahren Täter überführt worden. Er konnte erhoben Hauptes das Dorf verlassen und die Ereignisse und Anschuldigen gleich dazu. Er würde sich nicht davonstehlen müssen und er würde nicht fliehen, das war ein gravierender Unterschied und es steigerte seine Vorfreude auf den Neuanfang. Seine zukünftige Frau, eine kinderlose Witwe, gut dreißig Jahre jünger als er selbst, hatte niemals an seiner Unschuld gezweifelt. Bei ihr war sein wirkliches Zuhause.

Kriminalinspektor von Hugo räusperte sich und holte Delventhal damit aus seinen Gedanken zurück. »Haben Sie sonst noch Fragen?«

Delventhal schüttelte den Kopf.

»Tja, dann …« Von Hugo erhob sich, reichte dem Bauern die Hand zum Abschied und wünschte ihm alles Gute für seine Zukunft. Auch er würde die seinige in neue Bahnen lenken. Aus Leitmeritz hatte er das Angebot erhalten, die Leitung der dortigen Polizei zu übernehmen.

Niemals hätte er geahnt, dass dieser Fall schließlich, nach all der Zeit, für ihn zum Sprungbrett werden würde.

Er trat vor die Tür und atmete tief durch. Es würde endlich sein letzter Besuch in Ahausen gewesen sein.

Epilog

Die Abgründe der menschlichen Seele gleichen einem tiefen, unerschöpflichen Brunnen, an dessen Grund ein heimtückischer Quell sprudelt. Jene, die sich häufig daran laben, nehmen das Böse in sich auf, bis es sie gänzlich beherrscht und ihre Gesinnung unwiederbringlich verdirbt. Nur der wahrhaft aufrichtige Charakter ist geeignet und stark genug, dem Bösen entgegenzutreten.

Und von Hugo sagte sich mit stolzgeschwellter Brust, dass er ein solcher Charakter war. Er würde auch weiterhin mit Leidenschaft, die an Besessenheit grenzte, sein Amt ausüben. Seine Aufgabe bestand darin, diese unerquicklichen Quellen auszutrocknen, um die Welt zu einem besseren Ort zu machen.

Er durchschritt seine neue Amtsstube und blieb vor der kunstvollen Niederschrift stehen, die ihm sein Amtskollege aus Leitmeritz als Willkommensgeschenk überreicht hatte. Es war, sehr zu von Hugos Erstaunen, ein Spruch aus dem Talmud. Doch der Kriminalkommissar war nach kurzem Zögern begeistert gewesen und hatte das Blatt gerahmt und an seinem Arbeitsplatz aufgehängt. So mahnte ihn der Spruch täglich, seinen Vorsätzen treu zu bleiben. Leise las er sich selbst vor:

Achte auf Deine Gedanken,
denn sie werden Worte.
Achte auf Deine Worte,
denn sie werden Handlungen.
Achte auf Deine Handlungen,
denn sie werden Gewohnheiten.
Achte auf Deine Gewohnheiten,
denn sie werden Dein Charakter.
Achte auf Deinen Charakter,
denn er wird Dein Schicksal.

Anmerkungen der Autorin

Die Ermittlungsmethoden und technischen Möglichkeiten im 19. Jahrhundert unterschieden sich deutlich von den heute üblichen Methoden. Hatte man im 18. Jahrhundert bereits auf den Einsatz von Folter verzichtet, veränderten sich die Grundlagen für eine Strafermittlung und Verurteilung von Straftätern zusehends. Mit dem Verzicht auf das Eigenbekenntnis (Schuldbekenntnis) als ausschließliche Grundlage für eine Verurteilung wurden die rechtlichen Voraussetzungen für eine gerichtliche Untersuchungskunde geschaffen. Die Einbeziehung moderner Wissenschaften und Techniken erweiterten die technischen Möglichkeiten der Ermittlungsarbeit. Die Polizeiarbeit machte sich von den Aussagen der Täter unabhängig und vertraute auf die Gewinnung eigener Erkenntnisse. Der moralische Apell an das Gewissen der verdächtigen Personen verlor an Bedeutung.

Zeugenbefragungen, Indizien oder der Freibeweis waren von nun an gängige Methoden zur Erhebung des Tatbefundes und des wahren Nachweises des Verbrechens. Letztendlich stellte man die wissenschaftlich gesicherten Beweise über die Aussagen der Täter, sodass alleine aufgrund der Beweislage eine Verurteilung möglich wurde.

Welche emotionalen und gesellschaftlichen Auswirkungen ein zunächst nicht aufgeklärtes Kapitalverbrechen auf das Sozialgefüge eines Dorfes hatte, kann man nur erahnen. Überliefert ist lediglich, dass der verdächtige Bauer Delventhal im fortgeschrittenen Alter den Ort verließ, um andernorts neu anzufangen. Dies tat er, obwohl er Eigentümer einer einträglichen Hofstelle war, die ihm ein gutes Auskommen bot. Er verehelichte sich mit einer wesentlich jüngeren Frau und zeugte noch zwei Kinder. Nach Ahausen kehrte er nicht zurück.

Dennoch wäre im Fall der ermordeten Witwe Siebe das Verbrechen ungesühnt geblieben, wenn nicht Kommissar Zufall behilflich gewesen wäre. Ein unbeabsichtigtes Schuldbekenntnis, abgeben im Tiefschlaf, ermöglichte die Aufklärung des Falles und die Ermittlung der Täter. Besinnt man sich auf die bis dato übliche Methode des Eigenbekenntnisses, wird deutlich, warum das Umfeld so sensibel auf das nächtliche Geständnis reagierte.

Tatsächlich überliefert sind auch die zum Teil drastischen Methoden der Polizei. So haben die Exhumierung der Leiche und die Konfrontation des Bauern mit dieser wirklich stattgefunden. Ebenso den Tatsachen entspricht auch die besondere Bestrafung der Täter, die an jedem Jahrestag des Mordes eine Tracht Prügel bezogen.

Die Ereignisse rund um Carl Faustus und seine kleine Gruppe sind frei erfunden, auch wenn das Leben des fahrenden Volkes durchaus in dieser Form stattfand. Die Schausteller wurden von der Obrigkeit stets misstrauisch beäugt, auch wenn sie in diesem Fall lediglich dadurch eine Rolle spielten, dass sie die beiden Täter weit fort von Ahausen führten und ihnen – wohl unbewusst – Schutz boten.

Es war mir wichtig, in dieser Geschichte nicht nur einen spannenden Mordfall »nachzuerzählen«, der sich in Ahausen – meinem Zuhause und meiner Inspirationsquelle – so ereignet hat. Vielmehr geht es mir auch um das Gefühl der Zeit, um eine Darstellung des Lebens im Dorf und unter den Schaustellern, um den Aufbruch der Ermittlungsarbeit hin zu den modernen Methoden von heute und, wie auch in meinen bisherigen Romanen, um das fragile Gemeinschaftsgefüge, das so schnell aus den Fugen geraten kann.

Ich hoffe, dass Sie an dem Nacherleben der Zeit ebenso viel Freude hatten wie ich!

Jutta Michels

wurde in Düsseldorf geboren und studierte in Hannover. Seit mehr als 20 Jahren lebt und arbeitet sie in Ahausen. Neben ihrer Tätigkeit als freischaffende Künstlerin hat sie sich der Geschichte des kleinen Ortes bei Rotenburg/ Wümme verschrieben.

Auch ihre beiden Romane »Pfingstfeuer« (2012) sowie »Spurensuche« (2015) befassen sich mit der Geschichte des Orts und seiner Bewohner – und sind ebenfalls im Carl Schünemann Verlag erschienen.

Der 5. Juni 1933 ist für das kleine Dorf Ahausen bei Rotenburg ein Schicksalstag. Ein verheerender Brand legt den Ort in Schutt und Asche. Das Feuer bringt viele Dorfbewohner um Haus und Hof. Hätten sie diese Katastrophe verhindern können? Jutta Michels erzählt die wahre Geschichte der Grete von Ahausen, einer jungen Magd, die den Brand um 1900 vorhersah, und beschreibt bildreich und detailliert das dörfliche Leben im frühen 20. Jahrhundert. Ein historischer Roman nach einer wahren Begebenheit.

Pfingstfeuer
Roman nach der wahren Geschichte
der Grete von Ahausen
252 Seiten, Hardcover

Mathilde will nach dem Scheitern ihrer Ehe in Ahausen neu anfangen. Dort wird sie jedoch mit der Geschichte über den Mord an Alfred Runge, Architekt und Miterbauer der Böttcherstraße konfrontiert – und ihre Neugier ist geweckt. Sie beginnt zu recherchieren, doch schon bald stößt sie auf eine Wand des Schweigens. Schließlich muss sie erkennen, dass der Täter wohl keineswegs ein Unbekannter war ...
Eine faszinierende Zeitreise in das Ahausen der 1940er und eine spannende Spurensuche zum (wahren) Mordfall Alfred Runge.

Spurensuche
Roman nach einer wahren Geschichte:
der Mord an Alfred Runge
304 Seiten, Hardcover

Die Deutsche Nationalbibliothek verzeichnet diese Publikation in der Deutschen Nationalbibliografie; detaillierte bibliografische Daten sind im Internet über http://dnb.dnb.de abrufbar.

www.schuenemann-verlag.de

Text: Jutta Michels
Lektorat: Caroline Simonis
Satz und Buchgestaltung: Karin Hannemann

Printed in EU 2018 | ISBN 978-3-7961-1024-5